Anne Provoost

Tränen sind für die Augen, was der Regenbogen für den Himmel ist

Anne Provoost

Tränen sind für die Augen, was der Regenbogen für den Himmel ist

Aus dem Niederländischen
von Siegfried Mrotzek

anrich

Titel der niederländischen Originalausgabe:
Mijn tante is een grindewal

Sonderausgabe
1995 Anrich Verlag GmbH, Weinheim

Mijn tante is een grindewal
erschien erstmals 1990 bei Houtekiet, Antwerpen – Baarn

Einbandillustration: Annemarie van Haeringen, Amsterdam
Einbandgestaltung: Bayerl & Ost GmbH, Frankfurt
Satz: Walter Hörner, Aachen
Druck und Bindung: Druckhaus Beltz, Hemsbach
ISBN 3-89106-253-2

1

Tara Myrold ist meine Kusine. Ihre Mutter ist die Schwester meiner Mutter. Ich kenne sie noch nicht sehr lange, denn früher wohnte sie mit ihren Eltern weit weg in Cleveland. Meine Mutter zeigte mir zwar manchmal Bilder von ihr, aber zu ihr war es eine Fahrt von anderthalb Tagen, also durfte ich sie nie besuchen.

Vor ein paar Jahren bekamen wir einen Brief von Onkel Tony, der eigentlich Anton heißt, daß sie zu uns aufs Kabeljaukap ziehen würden. In dem Brief war wieder ein Bild von Tara, das Mama mir gab. Sie sagte, ich müßte oft mit Tara spielen, wenn sie hier wohnen würden.

Ich hielt das Bild mit zwei Fingern fest und schaute es mir an. Ich fand, sie sah nicht häßlich oder komisch aus, aber dumm. Sie trug eine Brille, und ihr Haar war sehr dünn, als würde sie kahl werden. Sie lachte nicht, sie hatte die Bluse auch nicht glattgezogen. Ich hatte den Eindruck, daß sie den Fotografen und den Apparat gar nicht bemerkte. Weil sich das Blitzlicht in ihren Brillengläsern spiegelte, waren ihre Augen nicht zu sehen. Nur ihr Gesicht, aber mit den Gedanken war sie weit weg, das konnte ich sehen. Ich war damals neun Jahre alt, und ich glaubte, Tara hätte keine Gedanken.

Ich beschnupperte das Bild, und es stank nach Toiletten und Zigaretten. Ich fand Tara sehr fies. Sie hatte ein häßliches rotes Kleid an, und an der Schulter war der Hemdträger zu sehen. Ich konnte sofort erkennen, daß sie sich nie wusch. Ich konnte ihr auch ansehen, daß sie die Nase hochzog, statt sich zu schneuzen, denn ihr Gesicht war vom Schnodder geschwollen. Ich steckte das Bild in der

Garage zwischen Schrank und Wand und dachte: Ich werde niemals mit Tara spielen.

Papa wollte überhaupt nicht, daß Onkel Tony und Tante Tanja bei uns wohnten.
„Anton ist verrückt", sagte er immer, und eigentlich meinte er: „Tanja ist verrückt", aber er wollte Mama nicht wehtun. Denn eigentlich war Mamas Schwester ein bißchen verrückt, das wußte die ganze Familie. Manchmal mußte sie in eine Klinik, weil sie gerade wieder einmal eine schlechte Periode hatte, und manchmal war sie zu Hause.
„Ihre Wohnung in Cleveland ist viel zu klein. Sie haben nur ein Schlafzimmer und eine kleine Küche. Sie können jedes Wort der Nachbarn hören. Und Tara will an der See wohnen, schreibt Tony. Wenn sie mehr Platz haben, kann Tante ihre schwierigen Perioden besser überstehen", sagte Mama.
„Wieso schwierige Perioden?" fragte ich.
„Das heißt, daß sie eine Zeitlang oft weint oder vergißt, das Essen zuzubereiten; oder sie vergißt, Tara von der Schule abzuholen, all so etwas."
Ich überlegte mir, daß so eine Periode bei uns sehr schön sein könnte. Dann könnte ich selbst etwas unternehmen. Vielleicht bekäme ich dann ein Fahrrad, um alleine zur Schule und wieder nach Hause fahren zu können.
Ich dachte an das Bild von Tara. Vielleicht war das in einer schwierigen Periode aufgenommen worden, wenn Tante Tanja dauernd weinte und vergaß, Taras Kleider zu waschen und ihr ein Taschentuch zu geben und sie morgens zu wecken...
Mama ärgerte sich über Papa, weil er schlecht über Onkel Tony gesprochen hatte.
„Anton ist nicht verrückt!" sagte sie. „Sage doch nicht so etwas, wenn das Kind dabei ist." Ich mußte ins Bett, und bevor ich einschlief, überlegte ich, daß es eigentlich ganz

schön war, daß sie kamen: Onkel Tony, der vielleicht verrückt war, Tante Tanja, die ganz bestimmt verrückt war und alles mögliche vergaß. Nur Tara gefiel mir ganz und gar nicht. Ich hoffte, ihre Mutter würde vergessen, sie mit zum Kabeljaukap zu bringen.

2

Das Kabeljaukap ist eine lange Halbinsel im Atlantischen Ozean. Da steht unser Haus, am Rand der Stadt Truro und am Rand der Dünen. Wenn man durchs Küchenfenster schaut, sieht man nur die Dünen und weit in der Ferne, fast am Meer, ein großes, verfallenes Haus. Niemand wollte darin wohnen. Es hieß, es liege zu weit von der Stadt weg und die Mauern würden im losen Untergrund brüchig. Aber alle wußten, daß es andere Gründe gab.

Als das Haus noch leer stand, bin ich an einem kalten Herbsttag mit meinem Freund David dort gewesen. Außer David gab es am Strand niemand in meinem Alter. Alle anderen von unserer Schule wohnten in der Stadt Truro. Es gab keinen, mit dem ich draußen spielen konnte.

„Ich weiß ein Loch, da können wir durchkriechen", sagte er.

Ich hatte Angst, denn schon wenn man vor dem Haus stand, konnte man hören, daß es unter dem Dach klopfte und tickte. David erzählte, daß Goody Hallet, die Hexe, die auf dem Rücken eines Wales reitet, dort gewohnt hätte.

„Du mußt keine Angst haben", sagte er. „Goody Hallet ist von einem Wal verschluckt worden. Die Walfänger haben ihre blutroten Schuhe im Magen eines Pottwals gefunden. Sie ist jetzt tot."

Ich war damals erst acht und noch sehr abergläubisch. Ich fragte mich, ob die Hexe nicht einfach ihre Schuhe im Magen des Pottwals zurückgelassen hatte und durch das Spritzloch entkommen war.

Ich hatte solche Angst, daß ich ohne nachzudenken durch das Loch in der blauen Haustür mit hineinging. Wir kro-

chen unter dem Schwanz der Meerjungfrau mit den häßlichen Warzen und ihrer krummen Nase hindurch.
„Sie heißt Sirene“, sagte David und legte die Hand auf die riesige Schwanzflosse.
„Woher weißt du das?“
„Das steht drunter.“ Er deutete auf die schwungvoll ins Holz geschnitzten Buchstaben. Ich schaute nicht hin. Ich wollte so schnell wie möglich durch die Diele zum Eßzimmer. Da war eine hohe Tür mit Glas und vergoldetem Knauf. Die war spaltbreit offen, und sie knarrte ein bißchen, als David sie ganz öffnete.
Im Haus von Goody Hallet war eigentlich jeden Tag Weihnachten. Der mächtige Tisch im Wohnzimmer war für dreizehn Personen gedeckt, darauf standen Menükarten mit deutschen Weihnachtsmotiven, und von der Decke hingen Papierschlangen herunter. Da stand ein Weihnachtsbaum mit Kugeln so groß wie Melonen, an der Wand hingen verdorrte Zweige, um die blaßrote Schleifen gebunden waren. An den Türen hingen graue Kränze mit aufgeklebten Eicheln und Walnußschalen, unter den Stühlen lag ein Läufer, der genauso weinrot war wie die Servietten auf den Tellern. Ich wußte, daß die Servietten noch viel röter waren, als sie aussahen. An den Rändern konnte man sehen, daß sie vom Staub aschgrau geworden waren, aber die Rückseiten waren noch knallrot. Die Blumen in den Vasen waren verdorrt und ließen die Köpfe hängen.
„Setz dich, wo du willst“, flüsterte David. Ich setzte mich nicht, denn die Stühle waren viel zu hoch und zu dick mit Staub bedeckt. Ich betrachtete die Kerzenständer. Die waren über und über mit Kerzenwachs bedeckt, und auch auf der Tischdecke sah ich große Tropfen davon.
„Sie haben nicht einmal die Kerzen ausgepustet, als sie weggegangen sind“, sagte ich mehr zu mir selbst als zu David. Der stand ganz am anderen Ende des Zimmers vor den großen Fenstern, die Ausblick aufs Meer boten.

„Komm mal hierher, Anna“, rief er. Ich erschrak über die plötzliche laute Stimme und eilte zu ihm, weil ich nicht wollte, daß er noch einmal rief.
„Sieh dir mal diese Zigarre an“, sagte er und deutete auf einen langen, verkohlten Wurm, der noch ganz die Form einer Zigarre hatte.
„Sie sind Hals über Kopf abgehauen. Niemand weiß, warum und wohin. Der Grund war, daß der kleine Filip verschwunden war.“
Die Geschichte von Filip hatte ich schon oft in der Schule gehört. Filip war ein kleiner Junge gewesen, der vor sehr langer Zeit in Truro gewohnt hatte. An einem warmen Tag verschwand er vom Strand. Die Leute sagten, sie hätten gesehen, wie er zu diesem Haus gelaufen sei. Danach war er spurlos verschwunden.
„Goody Hallet hat Filip versteinert“, sagte David mit Grabesstimme. „Komm mit.“
Er führte mich zu einer kleinen Gipsfigur, die an der Wand lehnte. Es war ein pudelnacktes, molliges Kind mit dicken Fingern und ausgestreckten Armen.
„War das wirklich einmal ein lebendiges Kind?“ fragte ich und streckte die Hand aus, um es zu berühren. David schlug mir den Arm herunter.
„Ganz bestimmt. Mein Vater hat das Baby gekannt. Es hatte Lockenhaar und sah aus wie dieses Kind.“
„Ist dies ein Engel?“ fragte ich, während ich auf die beiden abgebrochenen Stümpfe starrte, die aus den Schultern des Kindes herausragten. An den Gipsbrocken auf dem Fußboden konnte ich sehen, daß es Flügel gewesen waren.
„Aber nein, dumme Gans. Es war kein Engel. Es war ein ganz normaler Junge wie alle anderen in Truro. Die Hexe hat ihn versteinert. Sie versteinert alles, was sie will. Sie kann deine Beine versteinern, so daß du nicht mehr laufen kannst. Oder die Arme, wenn du etwas berührst.“ Er deutete auf meine Arme. Ich hatte Angst und wollte nach Hause.

„Hast du die schon gesehen?“ fragte David, um mich abzulenken. Er deutete auf die Geschenke unter dem Weihnachtsbaum. Da lagen sechs oder sieben Päckchen, alle in Geschenkpapier eingewickelt, und alle verschieden groß.
„O!“ rief ich aufgeregt. „Sollen wir sie aufmachen, David?“
Er schüttelte den Kopf.
„Jedesmal, wenn ich hier bin, will ich sie aufmachen, aber mein Vater hat gesagt, daß ich in diesem Haus nichts anrühren darf. Wenn wir es doch tun, versteinert sie unsere Hände.“
Ich schaute auf meine Hände, als gehörten sie mir gar nicht. Der Wind wehte nun stärker als vorhin, und oben knarrte das Gebälk. „Laß uns gehen“, sagte ich. Die Meerjungfrau an der blauen Tür hatte mehr Warzen im Gesicht als vorhin.

An meinem verstaubten Mantel konnte Mama sehen, daß ich in der Strandvilla gewesen war. Sie schlug mit der Kleiderbürste so heftig auf den Mantel, daß ich den Holzgriff fühlen konnte.
„Geh nicht dorthin, das ist Privateigentum.“
„Gibt es Goody Hallet wirklich?“ fragte ich weinend, denn sie tat mir weh.
„Nein, es gibt keine Hexen. Und Goody Hallet ganz bestimmt nicht. Die Leute erzählen die Geschichten nur, um sich gegenseitig Angst zu machen.“
Ich wußte, daß sie log. Ich lief nach oben und spielte mit meiner Puppenstube Spukschloß.
„Heute abend fragen wir Papa“, sagte ich zur Schwarzen Puppe, die wütend war, weil niemand ihr die Wahrheit sagte.
Am Abendbrottisch fragte ich Papa, was ich wissen wollte. Ich wußte, daß er mir alles sagen würde, auch die schaurigen Sachen.

„Hast du den kleinen Filip gekannt, Papa?“
„Welchen kleinen Filip?“
„Den kleinen Filip, der jetzt versteinert ist, weil er etwas im Haus von Goody Hallet angefaßt hat.“
Er lächelte. „Erzählt man sich heute noch diese Geschichten in der Schule?“ Er sah Mama an und sagte: „Das erzählte man sich schon zu meiner Zeit. Und wir bekamen natürlich den Schreck unseres Lebens.“
„Papa, warum ist bei Goody Hallet immer Weihnachten?“
„Das weiß niemand, mein Mädchen. Früher wohnten da sehr reiche Leute. An einem Weihnachtsabend sind sie alle weggegangen, und niemand weiß, wohin.“
„Warum haben sie den versteinerten Filip nicht mitgenommen?“
Papa sah Mama an. Sie nickte. „Erzähle ihr jetzt ruhig die ganze Geschichte“, sagte sie, und ich rutschte auf meinem Stuhl ganz weit vor. Papa steckte sich noch einen Bissen Kohl in den Mund, schluckte und nahm die Brille ab.
„Die Leute bringen zwei Geschichten durcheinander“, sagte er. „Die eine ist die Sage der Walfänger. Aber Hexen gibt es nicht, darüber brauchen sich kleine Mädchen also nicht den Kopf zu zerbrechen. Die zweite Geschichte handelt vom unerklärlichen Verschwinden eines kleinen Jungen, der an einem Herbstnachmittag in den Dünen gespielt hat. Es dauerte sehr lange, bis die Polizei eine Spur fand. Aber schließlich richtete sich der Verdacht gegen die Bewohner der Strandvilla. Am Tag vor Weihnachten, ich glaube, es war 1957, fand man das Kind, begraben in den Dünen.“
„Lebte es noch?“ fragte ich fast atemlos.
„Die Polizei fand den Beweis dafür, daß der Sohn der Leute aus der Strandvilla das Kind umgebracht hatte.“
Ich starrte auf meinen Teller und spürte, wie mir langsam etwas von dem Kohl wieder hochkam.
„Warum umgebracht?“ konnte ich noch fragen.

„Ach, es war ein seltsamer Junge. Er hatte den kleinen Filip mißhandelt und ..." Mama schnalzte mit der Zunge. Sie schob ihr Glas auf dem Tisch hin und her.
„Was ist das, mißhandelt?" fragte ich, denn ich spürte, daß da etwas nicht stimmte.
„Das heißt Schmerzen zufügen", sagte Mama schnell, und ich wußte, daß sie mir etwas vormachte.

Als ich abends im Bett lag, stieg in mir die Vermutung auf, mißhandeln könnte dasselbe wie versteinern sein. Ich bekam große Angst vor Goody Hallet und schwor mir, ihr Haus nie mehr zu betreten.
Den ganzen folgenden Herbst und auch im Winter wollte David mich immer wieder überreden, mit ihm hinzugehen.
„Du kriegst vier Stücke Kreide, wenn du mitgehst", sagte er.
Ich wußte, daß er sich alleine nicht traute, denn ich hatte ihm erzählt, daß mein Papa auch alles wüßte und der kleine Junge wirklich versteinert wäre und Goody Hallet bestimmt noch jedes Jahr zurückkäme, um dort Weihnachten zu feiern.
„Man weiß immer, wann sie kommt, denn ihre Stimme klingt wie der Sturmwind. ‚Sie ist der Dämon des Kreischens', sagt Thom Klika immer. Sie schreit wie ein Dampfer im Sturm. Nachts kann man sie weit draußen auf dem Meer ankommen sehen. Sie reitet auf dem Rücken eines Wals, an dessen Schwanz eine Lampe hängt. Sie führt die Fischer mit ihrem Licht in die Irre. Wenn ein Fischerboot untergeht, dann ist das ihre Schuld."
„Hast du denn nicht gesagt, sie wäre von einem Wal verschluckt worden?" fragte ich.
Er lachte geheimnisvoll, antwortete aber nicht. Ich war damals noch so jung, und ich glaubte alles, was er sagte. Inzwischen habe ich die Strandvilla viel besser kennengelernt, weil Onkel Tony und Tante Tanja da eingezogen

sind. Ich weiß jetzt auch, daß es überhaupt keine Hexen gibt. Sogar Menschen, die wie Hexen aussehen, sind darum noch keine. Trotzdem kommt mir das Haus immer noch nicht ganz geheuer vor. Goody Hallet hat zwar nicht darin gewohnt, aber vielleicht doch eine böse, alte Frau, die Kinder in ihrem Keller einsperrte oder ihnen vergiftete Bonbons gab. Etwas an dem Haus gibt mir noch immer das Gefühl, vor allem, nachdem Tara mir anvertraut hat, was ihr dort passiert ist.

3

Es dauerte lange, bis Tante Tanja ankam. Ich saß in den Dünen und schaute den Leuten zu, die im Wind auf dem weißen Strand spazierengingen. Da war der Mann, der den Rollstuhl mit seiner Frau darin über die sanft hügeligen Dünen bis ans Wasser schob. Manchmal hielt er an, wenn er etwas im Sand sah. Er hob es auf und zeigte es ihr. Sie redeten darüber, und sie nickte. Über ihren Beinen lag eine gehäkelte Decke. Ich hoffte, der Wind würde die Decke hochwehen, denn ich wollte sehen, ob sie überhaupt Beine hatte. Der Wind kam, und ich sah zwei Füße. Die bewegten sich nicht und lagen schwer wie Steine in den Fußstützen. Der Mann schob den Rollstuhl wieder zurück zum Asphaltweg. Dann kam ein Reiter vorbei. Das Pferd war grau und schlammbespritzt. Da kam auch noch ein Mann und ein Kind mit einem Drachen. Der Mann rückte dem Kind dauernd die Mütze zurecht. Und da war ein Hund mit struppigem Fell, der an allem roch und die Möwen ärgerte. Sonst war niemand auf dem Strand. Ich fand es langweilig. Ich hoffte, Tante Tanja würde bald kommen.

Als Anton Myrold und seine Familie bei uns ankamen, sah ich nur Tante Tanja. Ich musterte sie und versuchte zu erkennen, was an ihr verrückt sein könnte. Ich schaute auf ihre Handtasche und ihre Ohrringe. Bei jeder Bewegung klickten die beiden Kügelchen an ihren Ohrläppchen leise gegeneinander. Konnte man von dem leisen Klicken dicht vor den Ohren verrückt werden?

Sie war schön. Ich wünschte, sie wäre meine Mutter, denn sie war schlank. Meine Mutter war dick, und das mochte ich damals nicht. Eigentlich war Tante Tanja sogar dünn. Sie hatte keinen Busen. Sie war vorne ganz flach, wie ein Junge. Auf ihrer Schulter war kein Trägerband vom BH zu sehen. Sie trank die ganze Zeit Kaffee und sagte immer „nicht so viel", wenn Mama ihr nachschenkte.

„Es ist einfach alles zu schwierig gewesen", sagte sie mit einer Stimme wie ein Geigenbogen. „Die Wohnung so klein, und Anton, der das Kind total verwöhnt. Und ich sitze da mit meiner dummen Arbeit, von der man nur verrückt werden kann. Und die Miete ist so hoch in Cleveland. Jeder Dollar geht drauf. Ich trage immer alte Hosen. Der Arzt hat mir Beruhigungstabletten gegeben, und hinterher sagt er, ich hätte zu viele genommen. Klug wie sie sind, bilden sie sich ein zu wissen, was einem fehlt. Und dann muß man die Rechnung bezahlen."

Von mir aus hätte sie etwas verrückter sein können, denn sie sah ganz normal aus mit ihren Jeans und gelbbraunen Schuhen und den großen Ringen an den Fingern. Die Fingernägel waren kurz, und die Haut drumherum war geschwollen. Die Finger ihrer rechten Hand waren gelblich braun vom Nikotin. Onkel Tony war sofort mit Papa weggegangen, ihn hatte ich also gar nicht begutachten können. Sie wollten ein Auto kaufen, und danach wollten sie in ein Maklerbüro, um ein Haus zu suchen, hatten sie gesagt. Ich meinte, in unserem Haus wäre genug Platz für Tante Tanja und ihren Mann. Tara könnte ja vielleicht woanders wohnen.

„Anton ist nicht mehr so wie früher", sagte Tante Tanja. „Er ist so... wie soll ich sagen... so desinteressiert, wenn du weißt, was ich meine."

Mama sah erst sie an, dann mich.

„Anna, kannst du Tara einmal dein Lager zeigen?" fragte sie. Da erst sah ich, daß Tara auch mitgekommen war. Sie stand so unverhofft vor mir, und sie ähnelte fast gar nicht dem Kind auf dem Bild hinter dem Schrank in der Garage.

Sie trug keine Brille mehr, weil sie operiert worden war. „Früher konnte sie auf einem Auge schlecht sehen, aber jetzt ist alles in Ordnung“, sagte ihre Mutter. Sie deutete auf Tara, als spräche sie über eine Fernsehansagerin, über die sie einen Artikel in einer Frauenzeitschrift gelesen hatte. Tara schaute unverwandt aus dem Fenster und hörte nicht zu. Ihre Haare waren zwar dünn, aber nicht so dünn wie auf dem Bild. Ihre Kleider waren modisch und ganz neu. Am Handgelenk trug sie eine schwarze Damenuhr mit Sekundenzeiger, und an den Füßen hatte sie die gleichen Sandalen wie ich. Am meisten fielen mir an ihr ihre langen, gebogenen Wimpern auf. Solche Wimpern hatte ich noch nie gesehen. Sie hatte Augen wie ein Pferd, oder wie eine Puppe. Erst fand ich die Augen gruselig, später dann schön. Sie roch auch nicht so eindringlich wie auf dem Bild. Ihr Geruch war ganz normal, sie roch ein bißchen nach Schulkreide und Suppe und... und natürlich nach dem Flugzeug.
Sie war klein, einen Kopf kleiner als ich. Dadurch sah sie jünger aus. Sie sah aus wie eine Maus. Ich ging vor ihr nach draußen, um ihr mein Lager hinter der Düne zu zeigen. Als ich draußen auf sie wartete, stellte ich fest, daß sie mir nicht folgte, und da wußte ich, daß mein Lager sie nicht interessierte. Ich warf ein paar Steine auf das Wellblechdach der Garage und hörte mir das Poltern an.

Papa und Onkel Tony kamen ein paar Stunden später zurück. Sie blieben beim Auto und unterhielten sich noch kurz, bevor sie ins Haus gingen.
„Im Herbst, im September und vor allem im Oktober ist hier allerhand zu tun, wenn du bereit bist, Saisonarbeit anzunehmen. In der Moosbeerenernte. Schwere Arbeit. Wird aber nicht schlecht bezahlt. Ich kann mich bei der A.D. Makepeace Company erkundigen. Die brauchen immer Arbeitskräfte.“

Ich setzte mich, ohne ein Wort zu sagen, auf das Mäuerchen neben der Garage.
„Dieser Karton ist im Kofferraum geblieben“, sagte Papa und hielt einen ganz und gar mit Klebeband zugeklebten Karton in der Hand.
„Vorsicht damit“, rief Onkel Anton, und er machte einen schnellen Schritt auf Papa zu, nahm ihm den Karton ab und stellte ihn auf den Fußboden.
„Ziemlich zerbrechlich“, sagte er. Er hatte ein T-Shirt mit dem Aufdruck CLEVELAND INDIANS an.
„Das sind alte Singels, noch von meiner Mutter. Herrliche Musik aus den fünfziger Jahren. Ich spiele sie dir bei Gelegenheit mal vor.“
„Deine... Mutter?“ fragte Papa zweifelnd. „Ich dachte, die hättest du nie...“
Onkel Tony nickte. „Ich habe sie nie gekannt. Sie starb, als ich zwei Jahre alt war. Aber es ist ihre Sammlung. Mein Vater machte sich nichts daraus. Der konnte es nicht ertragen, daß ich sie mir anhörte. Aber ich war richtig weg von der Musik.“ Er kniete sich hin und riß die Klebestreifen ab. Er klappte den Karton auf und zeigte uns die Platten. Eine zog er heraus. FRANK SINATRA stand da drauf. Ich versuchte, alles zu lesen, aber er schob die Platte wieder in den Karton. Er schaute sie sich so beseligt an, als hätte er ein gerade geborenes Kätzchen vor sich.
„Darf ich die auch hören?“ fragte ich. Er setzte sich neben mich auf das Mäuerchen und zupfte sich an der Nase. Ohne auf meine Frage zu antworten, sagte er: „Manchmal darf Tara sie hören. Sie mag sie genauso gerne wie ich. Das Kind weiß genau, was schön ist.“ Er pulte sich ein Steinchen aus dem Sportschuh und warf es hinter sich.
„Der gebrauchte Buick, der ist eine Überlegung wert“, sagte er plötzlich zu Papa. Er zog sich am Ringfinger, bis es laut knackte.
„Darf ich die auch hören?“ wiederholte ich ungeduldig.

Er stand auf, nahm den Karton mit den Schallplatten und trug ihn ins Haus. Ich sprang auf und setzte mich wieder.
„Er hört nicht zu“, sagte ich zu Papa.
Er kam zu mir und nahm mich bei der Hand. „Komm“, sagte er.
Wir gingen ins Haus.

Tara kam nie in mein Lager, wenn ich da war. Anfangs saß ich da und wartete auf sie, weil ich hoffte, sie würde Frau spielen und Steinsuppe und Sandbrot zubereiten, während ich auf Jagd wäre. Aber sie kam nie. Sie stand nur auf einer Düne und schaute zu mir herüber, „um Wale zu sehen“, sagte ihre Mutter. Manchmal ging sie ins Wasser, sogar wenn es ziemlich kalt war, aber immer behielt sie das rote T-Shirt an. Unter dem T-Shirt trug sie dann einen altmodischen Badeanzug, der sehr lange Beine hatte. Sie kniete im Wasser und blieb minutenlang bibbernd hocken.
Wenn ihre Mutter sie holen kam, schimpfte sie nicht mit Tara. Sie sagte nicht einmal: „Du wirst dir noch eine Lungenentzündung holen.“ Sie gab ihr einfach ein Handtuch und ging, ohne sich umzuschauen, zurück nach Hause.
Tara hatte noch nicht oft mit mir gesprochen, als sie eines Morgens neben mir stand. Ich war angespannt dabei, neue Stöcke auf der Windseite meines Lagers in den Sand zu stecken.
„Wir wollen hoffen, daß es heute nicht regnet“, sagte sie.
Ich erschrak nicht über ihre Stimme, die sich genauso anhörte, wie ich es erwartet hatte, heiser und überhaupt nicht nasal. Eher die Stimme einer Frau als die eines Mädchens.
Ich schaute auf. Der Himmel war strahlend blau. Es hatte schon seit Tagen nicht mehr geregnet, und das Fernsehen hatte auch noch eine ganze Zeit ohne Regen vorhergesagt.
„Heute regnet es nicht“, sagte ich und steckte meinen Stock tiefer in den Sand.
„Das kannst du nicht wissen“, sagte sie und ging. Als ich

mittags nach Hause kam, bat ich Mama um meinen Regenmantel. Ich weiß nicht warum, aber ich glaubte, es würde regnen.

Ich wußte, daß Tara abends, wenn ich schon lange den Pyjama anhatte und im Bett lag, in mein Lager ging, um dort zu spielen. Dann gab sie allem einen anderen Platz und stellte und legte seltsame Sachen dazu, die sie auf dem Strand fand. Sie machte eine Tür, wo ein Fenster war, und den Topf, in dem geschossene Büffel gekocht wurden, benutzte sie als Bett für ihre Puppe.

Zu der Zeit wohnten die Myrolds schon in der Strandvilla. Aber erst wohnten sie noch ein paar Wochen bei uns, und da mußte ich mein Bett mit Tara teilen. Wir gingen nach oben, als wäre das selbstverständlich, aber sobald wir im Zimmer waren, war sie unausstehlich.

Ich mußte zum Beispiel minutenlang mit dem Gesicht zur Wand stehen, während sie sich auszog. Sie stand hinter der Schranktür und hielt sich die ganze Zeit ein Badetuch vor.

„Wenn du dich umdrehst, kratze ich dir die Augen aus", sagte sie kurz. Wenn sie fertig war, durfte ich mich ausziehen. Vom Bett aus beobachtete sie ungeniert alle meine Bewegungen. Ich beeilte mich, damit ich recht bald ins Bett kam.

„Du mußt das Licht anlassen", sagte sie. Erst dachte ich, sie hätte Angst im Dunkeln, aber nach ein paar Tagen begriff ich, daß sie in die Lampe starren wollte. Minutenlang lag sie mit weit geöffneten Augen neben mir und starrte ins helle Licht; sie blinzelte nicht einmal. Ich legte mich auf den Rücken und versuchte es auch.

„Das tut weh!" rief ich mit zur Grimasse verzogenem Gesicht. Sogar mit geschlossenen Augen konnte ich noch den hellgelben Lichtfleck sehen.

„Ja", antwortete sie, ohne sich zu bewegen. Beide Hände hatte sie in die Bettdecke verkrallt. Es dauerte eine ganze Weile, bis sie aufstöhnend das Gesicht zur Seite drehte und

die Augen schloß. Danach durfte das Licht ausgemacht werden. Im Dunkeln zischte sie mir zu, daß ich mich auf den Fußboden legen sollte.
„Ich kann nicht schlafen, wenn jemand neben mir liegt“, behauptete sie.
„Wenn ich auf dem Fußboden liege, dann liege ich auch neben dir“, versuchte ich, sie umzustimmen.
„Das ist nicht dasselbe“, meinte sie. „Wenn du dich im Bett bewegst, dann wabbelt es in meinem Bauch, und dann muß ich nachts dauernd zum Klo.“ Ich bewegte mich nicht, ich war fest entschlossen, diesem fremden Wesen nicht mein Bett zu überlassen. Aber sie lag schräg im Bett, mit den Füßen in meinem Rücken, und sie stemmte so stark, daß ich rausfiel. Ich dachte, sie wollte spielen und fing an zu lachen, sprang auf sie und versuchte, sie zur Seite zu drücken. Sie rollte hin und her, und für einen Moment meinte ich, sie auch lachen zu hören, aber da hatte ich mich geirrt. Ich spürte, wie sie im Dunkeln meine Hand suchte, um so kräftig wie sie konnte hineinzubeißen. Ich schrie und schlug ihr mit der Faust auf die Nase. Es tat uns beiden sehr weh, und weil sie nicht nach ihrer Mutter rief, ging ich auch nicht nach unten.
„Dies ist mein Bett“, sagte ich zu mir selbst, „und sie wirft mich nicht raus.“ Sie legte sich ganz eingerollt in eine Ecke, ich in eine andere, und so schliefen wir ein. Nachts wachte ich ab und zu auf, weil sie mir in den Magen trat.

4

Meine Eltern sprachen oft von Tara.
„Was hat das Kind?“ fragte mein Vater. „Wenn ich sie ansehe, dreht sie sich sofort um. Gehe ich zu ihr, sagt sie: ‚geh weg!‘ Sie antwortet nicht, wenn ich sie frage, was sie in der Schule gelernt hat.“
„Sie ist einfach sehr verlegen“, meinte meine Mutter. Sie unterhielten sich noch eine ganze Weile über Tara, aber ich verließ die Küche.
„Ich bin dauernd drauf und dran zu sagen: ‚Tara, sieh mich mal an‘, oder ‚antworte, wenn ich frage‘, oder ‚nimm den Daumen aus dem Mund.‘ Ist sie nicht ein bißchen zu alt, um noch am Daumen zu lutschen?“ hörte ich Papa sagen. Mama brummelte etwas. Es hörte sich beschwichtigend an. Papa redete weiter: „Tanja beschäftigt sich längst nicht genug mit dem Mädchen. Nur Tony widmet sich ihr, vielleicht sogar zuviel, würde ich meinen.“
Ich ging in mein Zimmer. Ich wollte nichts von ihr hören. Auch wenn Tara selbst in der Nähe war, verdrückte ich mich immer. Dann war sie so wütend, daß sie über den Strand brüllte: „Anna, komm hierher! Komm verdammt hierher zum Spielen! Das hat deine Mutter dir befohlen!“
Dann kam Mama zu mir. Ich sah sie schon von weitem über den Strand kommen. Die Küchenschürze noch umgebunden, marschierte sie durch die Dünendelle. Sie war außer Atem, als sie bei meinem Lager ankam und sagte: „Anna, du mußt mit Tara spielen! Sei doch nicht so selbstsüchtig. Tara ist doch deine Freundin!“
Tara saß da und schmollte.

„Anna nimmt mir alle meine Spielsachen ab", sagte sie. Mama sah mich an.
„Und wenn ich zu ihr komme, sagt sie schmutzige Wörter." Ich glaube, Mama wußte, daß sie log, denn sie schimpfte nicht mit mir. Sie sagte nur: „Ach, macht was ihr wollt. Das Essen steht auf dem Herd." Danach ging sie den ganzen Weg zurück zum Haus. Ich war noch eine Weile bokkig, wollte erst überhaupt nicht mit ihr spielen, ging dann aber doch zu ihr, weil sie schöne bunte Schaufeln hatte, mit denen man im Sand graben konnte. Eine durfte ich nehmen, die kleinste, mit Holzgriff und rosa Stiel. Die war noch in der Plastikverpackung.
„Hab ich heute morgen erst von Papa bekommen", sagte sie, als sie mein verwundertes Gesicht sah. Ich kniete nieder und begann, im Sand zu wühlen. Ich wollte einen Bach graben, aber sie wollte unbedingt einen Berg und daneben einen Teich. Und dann half ich ihr beim Bergbauen, aber dann begann sie mit dem Bach. Schließlich half ich ihr mit dem Bach, aber dann wollte sie einen, der von der See wegführte, statt darin zu münden. Ich sagte nichts mehr und grub einfach auf meiner Seite weiter. Plötzlich hörte sie auf und sah mich sehr streng an.
„Gib mir meine Schippe wieder!" sagte sie, aber ich tat, als hätte ich nichts gehört. Sie wartete noch einen Moment, nahm dann feinen Sand auf ihre Schippe und kam zu mir. Ich dachte, sie wollte meinen Bach zuschütten, aber das tat sie nicht. Sie warf mir die Schippe voll Sand genau ins Gesicht. Ich brüllte. Meine Augen und mein Mund waren voller Sand. Das schmeckte schrecklich. Der Sand stach mir in die Augen und knirschte zwischen den Zähnen. Ich ging nach Hause, und als Mama fragte, was denn passiert sei, sagte ich, ich wäre hingefallen.

Und so blieb es in den ersten Wochen, die sie auf dem Kabeljaukap war. Sie schlief in meinem Bett, aber meistens

durfte sie viel länger aufbleiben als ich. Jedesmal, wenn sie sich spät zu mir legte, drängelte sie mich mit aller Kraft an die Bettkante. Manchmal kam Onkel Tony und deckte sie zu. Dann flüsterten sie minutenlang, er mit seiner tiefen Männerstimme, sie mit ihrer tiefen Frauenstimme. Ich legte mir das Kissen über den Kopf und versuchte zu schlafen, ohne davon zu träumen, daß sie neben mir läge.
Mitten in der Nacht wurde ich wach, weil sie im Schlaf stöhnte. Das hörte sich an, als würge sie jemand. Ich wartete gespannt, bis sie ganz aufhörte zu atmen. Aber sie wühlte eine Weile, wurde dann still und atmete normal weiter.
Auch tagsüber war sie schrecklich gemein. Sie wollte immer mit mir spielen, aber ich wollte nicht, mußte aber, weil Mama es wollte. Ich spielte mit ihr, weil sonst niemand in meinem Alter in der Gegend wohnte und weil sie von ihrem Vater soviel schönes Spielzeug bekam. Ihre Haare kräuselten sich im Nacken immer mehr, aber an den Seiten blieb es dünn und brüchig. Ihre Wimpern wurden immer länger, und manchmal fand ich ihre Augen schön, aber meistens flößten sie mir Angst ein.
Wenn wir spielten, redeten wir meistens nicht miteinander, denn kaum sagten wir etwas, hatten wir auch schon Streit. Ich meinte immer, sie hätte angefangen. Ich versuchte, verträglich zu sein, und manchmal nahm ich mir morgens vor, den ganzen Tag zu tun, was sie wollte, damit wir endlich Freundinnen werden könnten. Aber dann kam ich zu meinem Lager, und da waren dann alle Zweige vom Dach heruntergerissen und ins Wasser geschleppt worden, oder alle fünf Puppen hatten Schlamm in den Augen und in den Haaren. Dann war ich wütend, so wütend, daß ich beinahe platzte.
Um mich zu rächen, zerschnippelte ich ihre Jacke, die sie am Vortag in meinem Lager liegengelassen hatte, in unzählige Schnipsel. Sie hat die Schnipsel einfach zusammenge-

legt, sie in die Tasche gesteckt und ihrer Mutter gezeigt: „Sieh nur, Mama, was Anna wieder gemacht hat."
Ihre Mutter sprach mit meiner Mutter, und meine Eltern waren aufgebracht: „So kennen wir dich nicht. So etwas hast du noch nie gemacht. Was fällt dir ein? Mauserst du dich zu einem gemeinen Mädchen?"
An jenem Tag habe ich sehr lange geweint.
In der Schule war Tara ein Problem. Alle standen mir bei, niemand konnte sie leiden. Sie wollte immer das Gegenteil, etwas anderes, ihren Willen. Nicht einmal Frau Abbelese mochte sie, und die war unsere Klassenlehrerin. Hin und wieder sagte sie: „Tara, was ist nur mit dir?" Und wenn sie mit ihrer Geduld am Ende war: „Tara, du bist unausstehlich. Verlasse sofort die Klasse!"
Sie war nicht trotzig, aber immer widerborstig, und alle mieden sie. Seltsam fand ich auch, daß sie nie weinte, nicht einmal, wenn alle mit ihr schimpften oder sie fortjagten. Als würde sie das erwarten. Die Lehrer fragten: „Ist das so üblich in Cleveland?"
Manchmal sah man sie erschrecken, weil jemand, der sie nicht kannte, freundlich zu ihr war. Normalerweise redete sie mit niemandem, erst recht nicht mit mir. Morgens sagte sie nur: „Gib mir deine Hausaufgaben!" Und während wir auf die Klingel warteten, schrieb sie dann alles ab. Ein paarmal bekam ich eine Sechs für meine Hausaufgaben. „Nicht alleine gemacht", stand in roten Buchstaben darunter.

David war einer der ersten Jungen in der Schule, der sie kennenlernte.
„Bist du bei Anna in der Klasse?" fragte er. „Das ist doch nicht möglich. Du siehst viel jünger aus. Du siehst so jung aus wie meine kleine Schwester."
Ich wußte, so etwas hätte er nicht sagen sollen. Für den Fall, daß Tara wütend werden sollte, ging ich ein paar Schrit-

te zur Seite. Tara stand da, die Hände in die Seite gestemmt. Sie stützte sich auf ein Bein und sah ihn herausfordernd an.
„Bist du der David von nebenan? Von dir hat Anna mir erzählt. Sie hält dich für einen Schlappschwanz, du hättest Angst vor Wasserhexen.“ David warf mir messerscharfe Blicke zu. Ich schaute in eine andere Richtung. „Du hast in der Schule auch immer schlechte Noten“, sagte sie, um alles noch mehr auf die Spitze zu treiben.
Ich weiß nicht, warum ich ihr das alles erzählt hatte. Ich glaube, ich habe dabei vergessen, ihr zu sagen, daß er mein bester Freund wäre.
David baute sich breitbeinig vor ihr auf. Er spuckte auf die Erde und sagte: „In der Schule sagen sie, deine Lieblingszahl ist die Eins. Das ist total verrückt. Wer ein bißchen Verstand hat, nimmt als Glückszahl nicht ausgerechnet die Eins. Nimm doch wenigstens die Elf, oder die Sieben. Du bist so verrückt wie deine Mutter!“
Tara sprang ihn an und stieß ihm den Ellbogen in die Rippen. Danach verschwand sie schnell zwischen den Tannen. David guckte mich an und spuckte noch einmal aus.
„Wenn du mit dem Scheusal spielst, brauchst du dich bei mir nicht mehr sehen zu lassen. Da halte ich mich lieber an meine kleine Schwester.“
Ich blinzelte und suchte nach Worten.
„Klatschtante!“ zischte er.
Mir war, als schlügen meine Füße im Sand Wurzeln, ich konnte nicht hinter ihm her laufen, als er mit einem Fluch verschwand.

5

Anfangs nahmen wir Onkel Tony, Tante Tanja und Tara überallhin mit. Sie sollten die Geschäfte in Truro kennenlernen, die Bank, die Bibliothek und die Schule. Wenn wir durch die Straßen gingen, spürte ich, wie die Leute uns anstarrten. Wir waren ein seltsamer Aufzug. Ich lief wie immer mindestens zehn Meter vor Papa und Mama her, die Hand in Hand oder untergehakt gingen. Ich konnte mich erinnern, daß ich als kleines Mädchen immer in der Mitte ging, ein Händchen fest in Papas, das andere in Mamas Hand. Dann ließen sie mich springen und manchmal auch fliegen. Ich konnte nicht genug davon kriegen.

„Jetzt ist es aber genug", sagte Papa schließlich. „Jetzt muß Anna laufen. Papas Arm ist müde und Mamas auch."

„Ja, meiner auch", bestätigte Mama, als ich sie bittend ansah. In dem Moment beschloß ich, zu groß zu sein, um bei den Händchen genommen zu werden. Von dem Tag an wollte ich lieber vorauslaufen, so daß ich ihre langweiligen Gespräche über neue Waschmaschinen und entfernte Verwandte nicht hören mußte. Wenn ich vorauslief, konnte ich selbst bestimmen, in welche Straße wir einbogen, und ich war als erste zur Stelle, wenn es etwas Aufregendes zu sehen gab.

Ich hatte erwartet, Tara würde mit mir vorauslaufen. Aber sofort erkannte ich, daß die Myrolds eine andere Ordnung einhielten. Tante Tanja und Onkel Tony gingen nicht nebeneinander, sondern hintereinander. Manchmal ging Tante Tanja vorne, manchmal Onkel Tony. Tara ging in jedem Fall an der Hand ihres Vaters. Sie führte mit ihm die kindlichsten Gespräche, die ich mir überhaupt vorstellen konnte.

„Truro liegt am Meer, nicht wahr, Papa? Endlich wohnen wir am Meer!“ Bei den Ampeln rief sie: „Rot! Siehst du, Papa, wir müssen anhalten. Rot heißt anhalten. Alle bleiben stehen. Gleich, wenn grün kommt, dürfen wir weitergehen.“
Ich schämte mich so sehr, zu dieser Gesellschaft zu gehören, daß ich mindestens eine halbe Straßenlänge vorauslief.
„Anna, wir gehen hier rein“, rief Mama mich zurück. Sie stand vor dem Eingang eines riesigen Gebäudes und winkte mich heran. Ich ging langsam zurück und folgte ihr durch die Glastür, auf der WOHNUNGSVERMITTLUNG stand.
„Da werden ein paar Häuser zur Miete angeboten. Onkel Anton will sehen, ob etwas für ihn dabei ist.“
Onkel Tony sprach ein paar Minuten mit der jungen Frau am Schalter. Tara stand dicht neben ihm, während Tante Tanja auf einem Stuhl saß. Die junge Frau zeigte Bilder von Ein- und Mehrfamilienhäusern, und ab und zu machte sich Onkel Tony Notizen.
Plötzlich schien Taras Aufmerksamkeit gefesselt zu sein. Sie redete aufgeregt und kniff ihren Vater immer wieder in die Hand, wobei sie den Kopf schüttelte. Er schaute sie an, dann richtete er den Blick wieder auf die junge Frau. Tara zerrte an seiner Hand, und er nickte. Ich schaute ihnen minutenlang zu, ohne auf die anderen Leute im Raum zu achten. Ich sah, wie Onkel Tony Tara die Schulter massierte, sich zu ihr hinunterbeugte und mit ihr sprach. Er war groß und sehr schlank und sah gut aus. Sein T-Shirt hing ihm vorne aus der Jeans. Er schnippte wie ein Cowboy mit den Fingern, und um den Hals trug er ein buntes Tuch. Ich hätte gern einen Mann wie Onkel Tony zum Papa gehabt.
Gleich darauf kamen die Drei und erzählten, da wäre eine Wohnung im Fischerhaus zu vermieten. Die wäre groß, zudem ziemlich teuer, und sie hätte keinen Garten.
„Dann sind da noch ein paar Wohnungen, die nicht in Fra-

ge kommen, weil sie nur ein Schlafzimmer haben, und das ist genauso schlimm wie unsere Wohnung in Cleveland. Und dann... dieses hier...", sagte Onkel Tony und blätterte schnell in den Papieren in seiner Hand. Er legte einen kleinen, weißen Zettel mit seiner Handschrift obendrauf.

„Die junge Frau sagte, die Strandvilla wäre nicht weit von eurem Haus entfernt und sei nun endlich zu vermieten. Jemand hat sie gekauft und will die Einrichtung am Donnerstag öffentlich versteigern lassen. Die Miete soll ziemlich niedrig sein, ich weiß aber nicht warum."

Aus dem Augenwinkel sah ich, wie Papa und Mama sich anschauten. Goody Hallet, fuhr es mir durch den Kopf. Tara wird über Nacht in einen Stein verwandelt und steht für alle Zeiten neben dem kleinen Filip. Tante Tanja und Onkel Tony feiern das ganze Jahr über Weihnachten und essen Staub aus grünroten Tellern.

„Ich habe gehört, das sei ein sehr schönes Haus, Anton", sagte Papa und legte Onkel Tony eine Hand auf die Schulter. „Es ist riesengroß, das ist ein gewaltiger Unterschied zu dem, was ihr bisher gehabt habt. Aber ihr braucht natürlich nicht alle Zimmer zu benutzen."

Onkel Anton nickte, und Tara war wieder genauso still wie vorhin.

„Warum ist die Miete denn so niedrig?" fragte Tante Tanja, die immer noch auf dem Stuhl saß.

„Märchen", sagte Mama kurz. „Dumme Geschichten über Hexen und versteinerte Kinder. Vor langer Zeit hat einmal jemand aus dem Haus ein Kind ermordet. Als das rauskam, hat die ganze Familie innerhalb von ein paar Stunden das Haus verlassen. Weil alles zurückblieb und man durch die Fenster die Spinnen über die Stühle und Teppiche kriechen sehen kann, hat es immer etwas Spukhaftes gehabt. Das ist vor fast dreißig Jahren passiert, aber die Fischer mit ihrer schlichten Phantasie machen den Schulkindern heute immer noch Angst damit. Die Leute hier in der Gegend sind einfach verrückt."

„Ich habe keine Angst“, sagte Tara unverhofft. Papa lächelte ihr zu und streichelte ihr übers Haar. Sie machte schnell einen Schritt zurück. Papas Hand blieb einen Augenblick in der Luft hängen, dann seufzte er trocken und zog sie zurück.
„Natürlich hast du keine Angst“, sagte er, um nicht so dumm dazustehen. „Die Strandvilla ist das schönste Haus von Truro.“

Nach der öffentlichen Versteigerung machte ich mir vor allem Gedanken über die Geschenke.
„Die Geschenke, die unter dem Weihnachtsbaum lagen, haben sie nicht verkauft“, sagte ich aufgeregt zu Mama. Sie lächelte. Sie wartete mit dem Abendessen auf mich und Papa. Sie hatte meine Lieblingspizza im Ofen.
„Anton weiß nicht, was er tut“, sagte Papa mit tief brummender Stimme. Er warf sein Jackett auf den Stuhl und band sich die Schuhe auf.
„Er hat ein paar Sachen gekauft, aber er hätte viel mehr kaufen sollen. Zwei Betten hat er gekauft. Nur zwei Betten und zwei Matratzen. Und die gingen weg für zwanzig Dollar pro Bett und zehn für eine Matratze. Der Dummkopf. Wohnt in einem Haus mit ungefähr zehn Schlafzimmern und kauft nur zwei Betten. Er kann nicht einmal Besuch unterbringen.“
Er nahm eine Scheibe Brot, und mir gab Mama auch eine.
„Dann bietet er noch mit für einen Küchentisch und vier Stühle. Und Schränke jede Menge. Wenn ich mich nicht irre, hat er fünf gekauft. Er wollte noch mehr, aber die Angebote wurden zu hoch. Das war zu erwarten, denn es waren alte Stilmöbel. Und dann waren da natürlich noch der Eichensalon und die antiken Sachen. Die haben enorme Preise erzielt. Robert behauptet, das hohe Angebot für die Gemälde wäre vom Sohn der Familie gekommen. Telefonisch. Der ganze Krempel bleibt für Anton und Tanja.

Nur die Möbel und das Leinen sind weggeschafft worden. Und natürlich das Porzellan und Zinn und so. Alles, was Wert hat, ist weg. Aber Teppiche, alte Lampen, Regale, Kartons, Körbe, Bücher und Töpfe haben sie genug bis ans Lebensende."

„Und die Geschenke!" rief ich aufgeregt.

„Ja, der ist ihnen auch geblieben, der riesige Weihnachtsbaum mit dem Schmuck, und das Papier, der Ramsch, die gesprungenen Weihnachtskugeln, und auch die kaputten Fenster. Sie werden einiges aufzuräumen haben."

„Papa, meinst du, ich kann eins von den Geschenken haben, die unter dem Weihnachtsbaum lagen?"

Mama gab mir ein Butterbrot und sagte: „Anna, das gehört jetzt alles Tante Tanja und Onkel Tony. Was sie damit machen, ist ihre Sache. In den Päckchen wird ja doch nur Plunder sein."

Das glaubte ich nicht. Plunder gibt es nicht. Alles war ganz besonders und aufregend und schön im Haus von Goody Hallet, also konnte es kein Plunder sein. Es konnte höchstens häßlich sein oder kaputt, oder ein blöder Schraubenzieher mit einer Zange. Aber wahrscheinlich war alles wunderschön und wertvoll. Im großen Paket war vielleicht eine Holzkiste mit einem Schlüssel. Wenn man die öffnete, kam eine Ballerina heraus und tanzte nach leichter Orgelmusik, die unter ihren Spitzenschuhen spielte. Und in den kleineren Päckchen waren bestimmt Stempel oder Bücher über Abenteuer auf Inseln mit Dinosauriern. Im allerkleinsten Päckchen war wahrscheinlich ein Metallwürfel mit einem Fenster, in dem das genaue Datum erschien, wenn man ihn umdrehte. Oder ein Schlüsselanhänger mit aufklappbarem Etui, und darin das Bild der Großmutter. Oder ein Kugelschreiber, auf dem eine Miniaturkutsche mit Pferden hin und zurück fährt, wenn man daran reibt. Oder ein Ring mit einem gelben Stein.

Aber darf man die überhaupt anfassen? dachte ich plötzlich in Panik. Was ist, wenn die Hand, mit der man die Musikschachtel aufmacht, zu Stein wird? Oder was wird mit den Augen, wenn man das Abenteuerbuch liest? Mit dem Finger, wenn man den Ring mit dem gelben Stein ansteckt?

„Dann ist es vielleicht doch besser, wenn Tara alle Geschenke behält", sagte ich mit tiefer Stimme, und Mama nickte zustimmend.

„Wohnt Tara denn von jetzt an in der Strandvilla, und nicht mehr hier?" fragte ich noch. Mama machte nur „mmm", und Papa wiederholte zum dritten Mal, wie seltsam er es fände, daß Onkel Anton keine Stunde länger als unbedingt nötig bei uns im Haus bleiben wollte.

„Die Villa ist doch noch ein Trümmerhaufen", sagte er, „und trotzdem wollen sie schon einziehen. Ich weiß nicht, was die sich denken."

Ich konnte nur daran denken, wie froh ich war, daß ich mein Bett jetzt wieder für mich alleine hatte.

Noch am gleichen Tag kamen die Myrolds und holten alle ihre Sachen ab. Onkel Tony packte gerade seine Schallplatten in den Karton, als Tara anfing, über Spielzeug zu maulen.

„Wenn wir da jetzt alleine wohnen, hab ich nichts mehr zum Spielen. Das gehört alles Anna."

Beruhigend antwortete Onkel Tony: „Ich kaufe dir neue Sachen, Schatz, das weißt du doch."

„Ich will nichts Neues. Ich will das da", und dabei deutete sie auf meine Puzzles und meine Schiffchen. Sie stampfte wütend auf. Mama sah ratlos ihre Schwester an, aber die packte ungerührt weiter ihre Sommersachen ein.

„Tara, Schatz, bitte doch Anna, ob sie dir etwas leiht, statt hier so rumzutoben", sagte Onkel Tony nachsichtig. Taras Gesicht entspannte sich.

„Ich will die Negerpuppe!" sagte sie. Ich erschrak. Ich spielte nie mehr mit der schwarzen Puppe, aber als ich

klein war, war es meine Lieblingspuppe, und Tara wollte ich sie nicht überlassen.
„Ich will die Negerpuppe!" schrie sie.
„Anna?" sagte Onkel Tony fragend und schaute mich lange an. Mama nickte, und ich wußte, daß ich keine Wahl mehr hatte.
„Sie kann sie mitnehmen", sagte ich. „Ich spiele ja doch nicht mehr damit."
Als Tara die schwarze Puppe mit dem Kopf nach unten unter dem Arm aus dem Haus trug, kam ich mir bestohlen vor. Zugleich spürte ich aber auch, daß sie mächtig war und alles erreichen konnte, was sie wollte.

Mir war klar, daß es von nun an unmöglich sein würde, Tara aus dem Weg zu gehen. Da sie nun nicht mehr bei uns wohnte, wollte ich wissen, was sie tat. Ich mußte das Haus sehen, alle Bodenkammern und Kellerräume, und ich wollte dabei sein, wenn sie die Geschenkpäckchen aufmachte. Ich wollte aufräumen helfen, die Bücher ins Regal, die Körbchen auf die Wandborde und die Töpfe in die Schränke zu stellen. Überall würde ich versteinerte Finger und Füße finden, aber das wäre ja gerade spannend. Die Chance konnte ich mir nicht entgehen lassen. Tara mußte meine Freundin werden.
Als ich Tara am nächsten Morgen besuchte, saß sie vor dem Haus auf der Erde und malte mit großen Kreidestükken. An die Hauswand hatte sie schon ein paar seltsame Kritzeleien gemalt. Es schienen Wellen mit spitzen Kämmen zu sein. Und auf den Fensterluken waren noch mehr dieser seltsamen Zeichen. Hier und da malte sie ein Tier drüber, einen Fisch oder einen Vogel, und etwas mit vier Beinen, was ich nicht erkennen konnte.
„Ich habe Kreide", sagte sie, bevor ich etwas sagen konnte. „Und damit male ich."
Ich stellte mich dicht neben sie und betrachtete ihr dünnes

Haar auf dem vorgebeugten Kopf. Sie richtete sich auf.
„Wenn du jetzt sofort weggehst, kriegst du auch ein Stück“, sagte sie. Wie ein böser Zwerg stand sie dicht vor mir, und ich verstand nicht ganz, was sie meinte. Ich wollte gerne ein Stück Kreide haben, aber ich wollte überhaupt nicht weggehen. Ich war wegen der Geschenke gekommen, und ich würde nicht gehen, bevor ich die gesehen hatte.
„Was war in den Päckchen“, fragte ich geradeheraus. Mit einem Stück Kreide in der Hand kam sie dichter an mich heran.
„Hier“, sagte sie. „Nimm.“ Ich nahm das Stück Kreide und sah es mir an. Ich sah es mir lange an, denn was ich in der Hand hielt, war der seltsamste Gegenstand, den ich jemals gesehen hatte. Es dauerte eine Weile, bis ich ihn erkannte... Aber dann wußte ich es, und es lief mir eiskalt den Rücken hinunter. Es war eine versteinerte Hand. Die Hand eines kleinen Kindes. Sie schien noch zu leben und sich zu bewegen.
„Der kleine Filip“, stieß ich gepreßt aus. „Das ist eine Hand vom kleinen Filip.“
„Ach“, meinte Tara, „das war nur eine dumme Gipsfigur. Mama fand sie häßlich, und da hat Papa sie für mich in Stücke geschlagen, damit ich etwas zum Schreiben habe. Jetzt kann ich überall das Meer malen, und dann schreibe ich Wörter dazu. Aber geh jetzt lieber. Geh und male etwas auf dein Haus.“
Ich warf Filips Hand auf die Erde und lief durch den Garten zurück nach Hause. Aus tiefstem Herzen wünschte ich mir, Tara wäre nie gekommen.

6

Ich setzte mich auf ein Stück Treibholz und weinte eine ganze Weile. Ich hätte auch zu David oder Papa gehen können, aber daran dachte ich in dem Moment nicht. Als ich keine Tränen mehr hatte, wischte ich mir die Wangen ab und ging zurück. Sie saß da und schrieb konzentriert Buchstaben, ein „S“ und ein „E“ und noch ein „E“. Neben ihr auf dem Boden stand ein Glas grüne Limonade. Ihr Vater gab ihr immer Limonade, so viel sie nur wollte. Bei uns zu Hause gab es nur Saft.
„Wenn du die Geschenkpäckchen aufmachst, werden deine Hände zu Stein“, sagte ich unvermittelt, aber sie schaute nicht auf. Ich ging dichter heran und sagte: „Goody Hallet verwandelt alles in Stein. Wenn du lügst, wird dein Mund zu Stein. Wenn du etwas nimmst, was dir nicht gehört, werden deine Hände zu Stein. Wenn du Leute trittst, die bei dir im Bett liegen, wird dein Fuß zu Stein.“ Ich wußte, daß David das etwas anders erzählt hatte, aber ich wollte ihr wirklich Angst machen.
„Wenn Goody Hallet in deine Limonade spuckt, und du trinkst sie, dann werden deine Eingeweide zu Stein. Du solltest dich also vorsehen, wenn du etwas trinkst.“ Ich versuchte, mir noch schlimmere Sachen auszudenken, aber sie malte einfach weiter ihre Buchstaben. Ich wußte, daß Tara die Ohren schließen konnte wie andere Leute die Augen. Sie malte Fische, schrieb ein „F“, danach ein „I“ und ein „SCH“, und nahm mich überhaupt nicht wahr. Sie wurde sich meiner Gegenwart erst bewußt, als ich mit großen Schritten zu ihr ging und sie mit dem Knie anstieß. Die Pfropfen schienen ihr aus den Ohren zu fliegen.
„Was willst du?“ fragte sie.

„Ich sagte, daß deine Eingeweide zu Stein werden, wenn Goody Hallet in deine Limonade spuckt."
Leicht überrascht schaute sie ihr Glas an und deutete dann auf ihr T-Shirt. „Nicht, wenn man Rot trägt, dann kann einem nämlich nichts passieren", sagte sie mit Grabesstimme. „Oder wenn man auf einem roten Fahrrad fährt."
„Rotes Fahrrad?" fragte ich mit bangem Vorgefühl. Würde sie von ihrem Vater ein rotes Fahrrad bekommen? Sie deutete auf das Dornengebüsch. Ich ging hin und sah ein Rennrad mit Bonanzalenker liegen. Der Rahmen war tiefrot, und an den abgebogenen Handgriffen baumelten bunte Bänder. Es war das schönste Fahrrad, das ich jemals gesehen hatte.
„Von deinem Vater?" fragte ich überflüssigerweise.
„Ja", antwortete sie. „Wenn du mitgehst Muscheln suchen, darfst du damit fahren." Ich nickte eifrig und wünschte mir, sie würde sagen: „Wenn du mitgehst Muscheln suchen, kannst du es haben."
Jede einen Eimer in der Hand, gingen wir zum Strand. Tara kannte sich auf Stränden überhaupt nicht aus, sie kannte nur Gassen und Keller, also ging ich vor.
„Dies ist nicht die richtige Zeit", sagte ich, „wir haben Flut. Wir müssen wiederkommen, wenn die Gezeitenlinie trocken ist. Dann können wir Muscheln suchen. Jetzt sind keine zu finden." Aber sie war hartnäckig.
„Suchen", sagte sie kurz.
Wir suchten sehr lange. Nicht alle Muscheln waren gut genug für Tara. Sie durften nicht abgebrochen oder geborsten sein. Wir fanden nur wenige unbeschädigte Muscheln. Die See war noch nicht bereit zu ihrer neuen Lieferung. Dafür müßten wir die Ebbe abwarten.
„Sie kapiert nichts von der See", sagte ich mit gesenktem Kopf.
Wir entfernten uns immer mehr von der Strandvilla. Unsere Eimer füllten sich allmählich.
„Gehen wir doch mal hin und sehen, was er hat", sagte ich

und deutete auf einen Angler, der mit hohen, grünen Stiefeln im Wasser stand. Es dauerte eine ganze Weile, bevor wir bei seinen Eimern mit Aas und Beute waren. Schon von weitem sahen wir neben den Eimern einen großen Fisch liegen. Tara begann zu laufen, als sie es sah.
„Ein Hai“, rief sie mir zu. „Ein Haibaby. Das hat er gerade erst herausgeholt, denn es bewegt sich noch ein bißchen.“
Ich ging bedächtig drauf zu, denn vor Haien hatte ich Angst. Das Tier war so lang wie mein Bein, und auf beiden Seiten des Kopfes hatte es große Kiemenspalten. Tara stand dicht davor, schaute in die kleinen Augen und streichelte den sich träge bewegenden Schwanz.
„Wie niedlich“, sagte sie.
„Haie sind schrecklich“, klärte ich sie auf. Ganz offensichtlich verstand sie überhaupt nichts von Fischen. „Haie verschlingen Menschen und andere Fische. Sie sind verrückt nach dem Geruch von Blut und reißen ihre Opfer in Stücke.“ Ich blieb so weit wie möglich von dem bösartigen Biest entfernt, denn je mehr ich davon erzählte, desto ängstlicher wurde ich. Vielleicht biß er ihr die Hand ab.
„Er ist noch so klein“, sagte sie ungerührt. „Wenn einer Menschen frißt, dann kann er doch trotzdem lieb sein.“
Ich wiederholte in Gedanken mehrmals ihre Worte, war aber immer noch nicht beruhigt. Kann ein Tier gleichzeitig blutdürstig und lieb sein? Sie unterbrach meine Überlegung: „Er ist so lieb wie mein Papa“, sagte sie, und ich dachte dabei an das rote Fahrrad, die Geschenke unter dem Weihnachtsbaum und die zerbrochene Gipsfigur.

Nachdem wir den ganzen Weg am Strand zurückgegangen waren, verlangte Tara von mir noch eine Gefälligkeit, bevor ich mit dem Fahrrad fahren dürfte. Ich mußte mit ihr eine Sandburg bauen. Ich erinnerte mich an die Rauferei vor ein paar Wochen, aber ich nahm mir vor, nicht daran zu denken. Tara war von jetzt an meine Freundin, und mit

Freundinnen baut man Sandburgen. Ich hatte schon Tausende von Sandburgen gebaut, also war es für mich eine Kleinigkeit. Ich konnte Burgen mit unterirdischen Gängen und mit Gittern und Zweigen vor den Fenstern und Türen bauen. Meine Burgen hatten meistens sogar Zinnen, oder wenigstens etwas, was so aussah, und sie hatten Bäumchen im Garten. Ein Burggraben mit Wasser darin wäre vielleicht etwas zuviel Arbeit. Ich wollte schließlich noch radfahren und mir die Päckchen von Goody Hallet ansehen.
Ohne lange zu überlegen, begann Tara mit der Burg. Sie warf einfach etwas Sand auf einen Haufen und lief drum herum.
„Du mußt erst die Umrisse zeichnen", sagte ich, und mit einer Schaufel zeichnete ich einen Kreis in den Sand. „So entscheidet man, wie groß sie wird." Sie machte weiter, losen Sand herumzuwerfen.
„Und du mußt nassen Sand nehmen, nicht trockenen. Den trockenen Sand müssen wir abkratzen, dann können wir anfangen."
„Man kann doch auch einfach Wasser aus der See draufkippen", unterbrach sie mich. „Dann ist er doch auch naß."
Ich fand sie unbelehrbar. Wußte sie denn nicht, daß drübergekipptes Wasser alles zu Schlamm machte? Nassen Sand, richtig naßkalten Sand, der schon tagelang durchfeuchtet war, den brauchten wir. Ich fragte mich, ob es wohl der Mühe wert war, Tara zur Freundin zu nehmen. Sie verstand nichts von der See und dem Strand, und vielleicht ließ sie mich ja doch nie in ihr Haus. Vielleicht waren die Weihnachtsgeschenke von Goody Hallet schon lange weggepackt oder weggeworfen, und ich bekam sie nie zu sehen.
„Glaubst du, daß in den Päckchen steinerne Arme und Beine sind?" fragte ich und sah zu, wie sie losen Sand unter Kontrolle zu bringen versuchte. Aber sie hörte nicht zu.

Ich glaube, sie wußte schon gar nicht mehr, daß ich da war. Sie ging mit einem Eimer zum Wasser, kam zurück und kippte ihn über der Burg aus. Der Sandberg wurde weggespült, und sie starrte auf den Schlamm.
„Mehr Wasser", hörte ich sie brummeln, also ging sie noch einmal zur Wasserlinie. Mit den Füßen im Wasser ging sie hin und her und besah sich alles, was sich unter ihr bewegte. Plötzlich schrak sie zusammen. Mit krampfhaft zuckender Bewegung stellte sie den Eimer ab und legte den Kopf in den Nacken. Sie gab keinen Ton von sich, aber an ihrer Haltung konnte ich sehen, daß da etwas nicht stimmte. Die Hand auf den Mund gelegt, blieb sie stehen. Ich sprang auf und lief zu ihr.
„Wenn ich mir ganz feste in die Hand beiße, tut das Bluten nicht so weh", sagte sie. Sie hatte die Zähne tief in die Hand geschlagen. Ich sah mir ihren Fuß an und bemerkte, wie sich das Wasser drumherum langsam rot färbte.
„Glas!" rief ich. Ich war schon unzählige Male in Glas getreten, aber noch nie hatte ich soviel Blut gesehen. Ich hatte jedes Mal laut geweint, bis meine Mutter mich holen kam und eine Eiskompresse drauflegte. Aber Tara gab keinen Mucks von sich. Sie biß sich nur in die Hand.
„Du mußt zu deiner Mutter gehen", sagte ich leicht in Panik. „Sie muß eine Eiskompresse drauftun."
Tara machte mit der anderen Hand eine abwehrende Bewegung. „Das geht vorbei. Ich beiße mir so feste in die Hand, daß ich meinen Fuß nicht spüre."
Sie ging auf den Strand und blieb eine Weile sitzen. Ich stand neben ihr. Der Sand in der Wunde stillte das Bluten. Sie hatte nun beide Hände neben sich gelegt.
„Wenn dir mal jemand weh tut, dann mußt du dir so in die Hand beißen, daß es da noch mehr weh tut. Dann spürst du die anderen Schmerzen nicht."
Ich wühlte die Zehen in den Sand. Schmerzen sind Schmerzen, dachte ich, und ob die Hand oder der Fuß weh tut, das ist doch egal. Wir blieben ziemlich lange im Sand

sitzen. Sie tat nichts, um die Wunde zu säubern. Mein Taschentuch wollte sie nicht. Sie ging auch nicht zu ihrer Mutter. „Geh jetzt", sagte sie plötzlich.
Ich sah sie verwundert an. Sie hatte mir noch nicht gezeigt, was in den Päckchen unter dem Weihnachtsbaum war.
„Und das Fahrrad?" fragte ich.
Sie stand auf, nahm ihren Eimer und ging zurück nach Hause. „Das Fahrrad kriegst du nicht", antwortete sie kurz. „Du hast dein Versprechen nicht gehalten, du hast keine Sandburg gebaut."
Mir wurden die Beine steif vor Wut. Sie schaute sich um, und als sie sah, daß ich ihr nicht folgte, rief sie mir zu: „In den Päckchen waren keine versteinerten Arme und Hände. Was drin war, das rätst du nie!"
Sie hatte sie also geöffnet. Ihre Hände waren nicht versteinert, als sie die Bindfäden löste und das Packpapier abriß. Ich lief ihr nach, aber sie begann humpelnd zu rennen und verschwand durch die blaue Tür mit der häßlichen Meerjungfrau. Ich lief um das Haus herum, versuchte hereinzuschauen, weil ich sehen wollte, ob der Inhalt der Päckchen vielleicht auf dem Tisch oder irgendwo auf dem Fußboden lag. Aber ich sah nur Kartons, Papier und Krimskrams. Alles sah noch genauso aus wie gestern. Nur die Geschenke lagen nicht mehr unter dem Weihnachtsbaum. Vor den meisten Fenstern waren die Gardinen zugezogen. Das rote Fahrrad lag im Gebüsch, aber ich traute mich nicht, es wegzunehmen. Die Luft aus den Reifen zu lassen, würden Papa und Mama wohl genauso gemein finden, wie eine Jacke zu zerschnippeln. Auf der schmalen Terrasse waren dunkelrote Sandspuren. Auf einer der Fliesen stand noch ein halbvolles Glas gelbgrüner Limonade. Es schäumte nicht mehr, und die Eiswürfel waren geschmolzen. FISCH stand darunter geschrieben. Ich kniete neben dem Glas nieder und sammelte Speichel im Mund. Den spuckte ich ins Glas. Danach lief ich wie eine Blinde nach Hause.

7

An stürmischen Tagen kamen Tante Tanja und Tara zu uns.
„Dann brauche ich das Klopfen und Rütteln auf dem Dachboden nicht zu hören", sagte Tante Tanja. Wenn sie den Kopf bewegte, tickten die grünen Kügelchen an ihren Ohren leise aneinander. Sie holte eine Tüte Saft aus unserem Kühlschrank und goß sich ein Glas ein.
„Ich möchte auch", sagte Tara.
„Erst die Tante fragen", sagte ihre Mutter. Mama nickte und gab mir auch etwas. Der Sand wehte an die Scheiben, und oben klapperte ein Fenster. Das war das Fenster mit dem kaputten Schloß, das erkannte ich am Geräusch. Mama bat mich kurz, es zuzumachen.
Tara folgte mir die Treppe hinauf. Sie hielt die Schultasche unter den Arm geklemmt, darin war wahrscheinlich eine schwere Hausaufgabe. Ich wußte, ich würde ihr wieder helfen müssen.
„Ich habe sie mitgebracht", sagte sie flüsternd.
Ich tat so, als könnte ich sie wegen des starken Windes nicht verstehen.
„Ich habe sie mitgebracht", wiederholte sie etwas lauter und schaute sich schnell im Zimmer um.
„Die Päckchen", schoß es mir sofort durch den Kopf, aber ich rührte mich nicht. Ich saß auf meinem Bett und blieb sitzen, bis sie die Schnallen ihrer Tasche öffnete. Sie machte so langsam, daß ich Angst bekam.
Versteinerte Hände, konnte ich nur denken. Zerbrochene Hände und Füße und Köpfe, und Gesichter mit gesprungenen Wangen. Ein Riß mittendurch. Ein abgefallenes Ohr.

Am Lärm der See konnte ich hören, wie stark der Sturm geworden war. Es war ein Orkan. Der Orkan, der Goody Hallet zurückbrachte, die Dämonin des Kreischens, wie Thom Klika sie nannte. Ich krallte die Finger in die Bettdecke und lauschte dem Sturm. Das Klicken der Schnallen machte mir soviel Angst, daß ich mir fast in die Hose gemacht hätte. Ich guckte nicht zum Fenster, weil ich wußte, daß die häßliche Meerjungfrau Sirene uns beobachtete. Geistesabwesend fuhr ich mir mit den Fingern durch den Pferdeschwanz. Am Tag hatte ich in der See gebadet, meine Haare waren hart geworden vom salzigen Wasser.
„Ich will sie nicht sehen“, stieß ich endlich mühsam hervor. Tara schaute mich verwundert an und machte die Schultasche wieder zu. Das fand ich schade, denn ich wollte sie doch sehen. Aber auch wieder nicht. Nicht in meinem Zimmer. Nicht da, wo ich die ganze Nacht mit dem Sturm über mir alleine schlafen mußte.
„Anna!“ rief Mama von unten. Ich sprang auf und lief wie der Wind die Treppe hinunter, Tara dicht hinter mir.
„Dein Popcorn ist fertig“, sagte sie, als ich auf halber Treppe war. „Darum bettelst du doch schon den ganzen Nachmittag.“
Die Küche roch stark nach dem gerade gebrutzelten Mais. Das war der Geruch von Kirmes und Winterabenden. Tante Tanja streute Salz darauf. Das tat sie mit langsamen Bewegungen und ohne aufzustehen.
„Sie wollte unbedingt am Meer wohnen“, sagte sie, als hätte sie uns nicht hereinkommen gehört. „Und wenn Tara etwas will, dann gibt es nichts anderes. Dafür sorgt schon ihr Vater. Sie wollte am Meer wohnen, um die Fische kennenzulernen,“ sagte sie. „Fische! Dafür muß ich da in der Einsamkeit wohnen. Das macht mich verrückt.“
Ich hörte auf zu kauen, als sie das sagte. Meinte sie wirklich verrückt?
„Ich kann das Kind nicht erziehen, mit dem Mann in der

Nähe", fuhr sie mit Blick auf Tara fort. „Er erlaubt ihr alles, was sie will." Sie stopfte sich den Mund voll Popcorn.
„Er erlaubt ihr alles, was sie will", wiederholte Tara im gleichen Ton.
„Wenn ich sie ins Bett schicke, holt er sie wieder nach unten und sitzt mit ihr stundenlang vor dem Fernseher."
„...stundenlang vor dem Fernseher", echote Tara die Worte ihrer Mutter nach. Jedes Wort sprach sie genauso aus wie ihre Mutter, im gleichen Tonfall und mit den gleichen Atempausen, wie ein Gedicht, das sie schon tausendmal gemeinsam aufgesagt hatten. „Wenn ich sage, daß es kein Dessert gäbe, wenn sie ihr Gemüse nicht äße, gibt er ihr sein Dessert und ißt ihr Gemüse." Tante Tanja sah ihre Tochter verstört an. Sie machte eine kurze Pause.
„In den Geschäften bekommt sie alles, was sie will", fuhren sie im Chor fort.
„Sie trägt die schönsten Kleider", sagte Tante Tanja schnell, aber Tara war genauso schnell und sprach gleichzeitig mit ihr die gleichen Wörter.
„Tara, halt in Gottes Namen den Mund", schrie Tante Tanja unverhofft. Eine Speichelflocke flog ihr aus dem Mund und landete im hohen Bogen in der Schale mit Popcorn. Mama beruhigte sie.
„Beruhige dich doch, Tanja", sagte sie.
Ich guckte angeekelt auf das Popcorn. Ich versuchte zu schätzen, wo der Speichel hingeflogen war.
„Als Tara ein Baby war, hat Anton sich überhaupt nicht um sie gekümmert. Ich mußte alles machen und immer rennen, rennen, wenn sie weinte oder sich naß gemacht oder Hunger hatte. Aber jetzt heißt es Tara hier und Tara da, zu jeder Tageszeit. Ich versteh das nicht."
Mama schob Tara das Popcorn zu. „Hier, nimm noch etwas", sagte sie leise. Tara nahm sich eine Handvoll. Ich war mir nicht sicher, ob sie die Speichelflocke auch mitgenommen hatte.

„Und du, Anna. Du wolltest doch so gerne Popcorn, und jetzt schaust du drein, als wäre es Gift." Ich zog die Schultern hoch. Erst abwarten und sehen, was mit Tara passierte. Mama griff in die Schale und steckte sich die weißen Flocken einzeln in den Mund. Zwischen ihren Zähnen hörten sie sich komisch an.
„Anton kümmert sich nicht um mich. Ich bin zur Sonnenbank gegangen und ich habe abgenommen, aber nichts hilft. Er tut grad so, als..."
Mama nahm mich bei der Schulter. „Geht ihr jetzt nach oben und spielt", sagte sie nachdrücklich. Sie drückte mir das Popcorn in die Hände und machte die Tür auf.
Sie hatten wieder Geheimnisse. Die Schwestern unterhielten sich wieder über Dinge, die niemand hören durfte. Wie ein Roboter stiefelte ich die Treppe hinauf. Das Fenster mit dem kaputten Schloß hatte der Wind wieder aufgerissen. Ich ging schnell hin und schüttete die Schale mit dem Popcorn für die Möwen aus. Dann schloß ich das Fenster mit einem kleinen Keil.
Jetzt sind wir in Sicherheit, dachte ich und schaute auf die schäumenden Wellenkämme in der Ferne.
„Kriegst du in den Geschäften wirklich alles, was du willst?" fragte ich Tara, die mir gefolgt war.
„Mein Vater sagt, ich bin sein Püppchen", antwortete sie. Es donnerte. Komisch, das Püppchen eines anderen zu sein. Ich hätte gern einen Papa, der mir alles kaufte und mein Gemüse aufaß. Einen Papa wie Onkel Tony, der mich dauernd küßte und mich „Schatz" nannte und der mir jeden Tag Geschenke machte. Vielleicht würde er mich auch Püppchen nennen. Und Weihnachten läge für mich eine Puppe unter dem Baum.
„Mama sagt jeden Tag dasselbe. Das kenne ich schon auswendig", sagte sie bald darauf. Dann schwieg sie wieder eine Weile.
„Wo ist das Popcorn?" fragte sie und deutete auf die leere Schale.

„Weggeworfen“, sagte ich kurz. „Das war gefährlich. Da war Speichel drauf, und der verändert die Stimme. Aber jetzt sind wir sicher. Das Fenster ist fest zu.“
„Richtig fest zu?“ fragte sie.
Ich lächelte.
„Willst du die Geschenke nicht doch sehen?“ fragte sie. Ich nickte. Sie machte die Schnallen auf, und ich rutschte auf Knien näher heran. Sie holte ein paar grellbunte Dinger aus der Schultasche und legte sie in einer Reihe auf den Teppich.
„Das war drin. Ich habe sie aufgemacht und dachte, da wäre was zum Anzuziehen drin, T-Shirts oder Hemden oder so. War aber nicht. Kannst du raten, was es ist, wenn ich sie auseinanderfalte?“ Sie hielt mir die knallrote Stoffrolle vors Gesicht. Ich lehnte mich zurück und zuckte die Schultern.
„Hokuspokus“, sagte sie, als sie den Stoff entrollte. Und dann hatte sie eine grelle Fahne in der Hand.
„Weißt du jetzt, was es ist?“ fragte sie.
„Natürlich weiß ich das“, sagte ich seelenruhig. „Das ist ein Windsack.“
„Richtig“, sagte sie. „Als ich das Päckchen aufmachte, wußte ich nicht, was ein Windsack ist. Unsere Wohnung in Cleveland hatte keinen Balkon, also hatten wir auch keinen Windsack, den wir raushängen konnten. Aber Papa hat mir erklärt, was es ist. Er hatte auch einen, als er klein war.“
Vor lauter Enttäuschung war ich kaum fähig, ihr zuzuhören.
Ein Windsack! Ich konnte nicht glauben, daß Goody Hallet Windsäcke unter ihrem Weihnachtsbaum liegen hatte. Windsäcke sind zwar schön, aber eigentlich zu nichts nutze. Man kann nichts damit anfangen, und ganz bestimmt sind sie kein Weihnachtsgeschenk. Goody Hallet hätte wenigstens ein Schmuckstück schenken können, eine Haar-

spange oder eine Brosche mit vergoldeter Nadel oder ein Buch mit Zaubersprüchen. Aber Windsäcke! Schön, aber nutzlos! Die haben helle Farben, und die hängt man in einen Baum oder an einen Pfahl, so daß der Wind darin spielen kann. Man kann sie sich nur ansehen und feststellen, aus welcher Richtung der Wind weht. Was bringt Goody Hallet dazu, so etwas als Geschenke einzupacken?

„Waren das denn alles Windsäcke?“ fragte ich.

„Da waren sechs Windsäcke und dann noch ein Buch. Das liegt zu Hause. Die Windsäcke will ich auf den Balkon vor meinem Zimmer hängen. Papa sagt, ich kann sie alle haben.“

„Aber wo sind denn die großen Pakete? Da waren doch auch große Pakete?“

„Das sind sie. Es waren große Kartons mit viel Zeitungspapier darin.“ Sie rollte die rotgrünen Windsäcke wieder auf. Ich wünschte mir, sie würde mir einen geben, denn die Farben waren sehr schön.

„Wenn es stürmt, reißen sie“, sagte ich, um ihr Angst zu machen.

„Die roten gehen nicht kaputt“, sagte sie überzeugt. „Rot heißt STOPP. Das heißt, man ist außer Gefahr, auch vor dem Wind. Wenn man Rot trägt, ist man sicher. Darum ist Rot meine Lieblingsfarbe.“ Nachdrücklich deutete sie auf ihren roten Pulli. Dann schaute sie zum Fenster. Der Wind versuchte, es aufzureißen, aber der Keil saß zu fest.

„Hast du auch Angst vor Goody Hallet?“ fragte sie mit Grabesstimme. Ich dachte, ich würde im Boden versinken. Hatte sie womöglich meinen Blick gesehen? Hatte sie im Fenster auch das Gesicht der Sirene gesehen? Hatte sie im Wind den Gesang von Goody Hallet erkannt?

„Es gibt keine Hexen“, sagte ich tapfer. Sie nickte und lächelte. Draußen wurde es etwas ruhiger.

„Tara! Wir gehen nach Hause!“ rief ihre Mutter von unten.

„Dein Vater wartet auf dich!“ Sie erschrak und sprang auf. „Hier“, sagte sie und hielt die aufgerollten Windsäcke in den ausgestreckten Händen. „Du darfst wählen.“
Ich deutete auf den, der fast ganz orangefarben war.
„Orange ist wirklich hübsch“, sagte sie. Und ich hörte sie förmlich denken: „Aber nicht so sicher.“ Ich schaute ihr nach, bis sie unten war. Durch das Fenster sah ich Mutter und Tochter im Wind durch die Dünen gehen. Der Wind ließ ihre Haare waagerecht nach hinten flattern, und Tante Tanja ging vorgebeugt und hatte die Hände auf die Brust gelegt. Sie ging vor und schaute sich nicht um.
Tara bummelte. Sie blieb stehen, um etwas aufzuheben oder um sich den Mantel zurechtzuziehen. Aber Tante Tanja blieb nicht stehen und rief sie auch nicht zu sich. Es sah aus, als würden sie getrennt durch den Sturm gehen.

8

In der Schule ging es nicht gut mit Tara. Frau Abbelese konnte es nicht vertragen, daß Tara manchmal minutenlang dasaß und träumte und nicht hörte, was in der Klasse gesagt wurde.
„Du bist doch nicht taub", sagte sie dann, und ihren schnellen Handbewegungen war anzusehen, daß sie drauf und dran war zu schreien. Aber Tara richtete den Blick geistesabwesend auf die Tafel. Mit automatischen Bewegungen holte sie drei Bonbons aus der Rascheltüte auf ihrem Schoß und steckte sie sich in den Mund. Sie kaute träge und bemerkte nicht, daß die ganze Klasse sie anstarrte.
„Die ist aber komisch", flüsterte der Junge neben mir.
„Ihre Mutter ist verrückt", antwortete ich ebenfalls flüsternd, „und bei ihr fängt es auch schon ein bißchen an."
„Tara Myrold, hör auf zu naschen, wenn ich mit dir rede", sagte Frau Abbelese noch einmal mit gezwungener Ruhe in der Stimme.
Tara schluckte den angesaugten Speichel runter und konzentrierte sich auf das beißende Gefühl im Gaumen. Da wir sie alle ansahen, konnten wir auch den süßen Speichel auf ihrer Zunge schmecken. Wohlwollend sah sie Frau Abbelese an und nickte.
„Gut so", sagte die Lehrerin. „Und hör zu, was ich sage."
Sie sagte ganz langsam, daß alle mitarbeiten müßten. Daß alle ihre Rechenaufgaben machen müßten. Daß sie dem Lehrer zuhören müßten. Und während sie sprach, stopfte sich Tara einen Bonbon nach dem anderen in den Mund, bis der wieder ganz voll war.

Ich war zufällig in der Strandvilla, als Frau Abbelese kam, um mit Tante Tanja über Tara zu reden. Ich sah, wie die ahnungslose Lehrerin auf den trockenbraunen Weihnachtsbaum in der Ecke und die zerbrochenen Gipsengel auf dem Fußboden starrte. Sie verhedderte sich ein wenig in den blauen Lackbändern, die am Türbogen hingen. Sie lächelte verwirrt und schob mit den Füßen die Packpapierfetzen zur Seite.
„Ein großes Haus", sagte sie zu Tante Tanja, und die lachte laut.
„Mich machen große Häuser ganz verrückt", antwortete sie mit schriller Stimme. Sie stellte sich vor den riesengroßen, vergoldeten Spiegel, fuhr sich mit der Hand durch die Haare und zog an ihren grünen Ohrringen, die ihr fast bis auf die Schultern hingen.
„Wir sind aus Cleveland weggezogen, weil die Wohnung dort zu klein geworden war. Der Arzt meinte, ich bräuchte Ruhe und Geräumigkeit. Tara wollte an der See wohnen, also kamen wir hierher. Weg von allem. Ich langweile mich zu Tode. Ich habe studiert, müssen Sie wissen. Ich habe ein Diplom und darf hier mein Leben verpfuschen."
Frau Abbelese erschrak sichtlich, als sie das hörte, und Tara hockte hinter dem Sofa und kicherte.
„Ich habe einen Wäschetrockner kaufen müssen. Ich kann keine Wäsche im Wind trocknen lassen, dann stinkt sie nach Fisch. Und dann das Versprechen, wir zögen hierher, weil ich hier einen Garten haben könnte." Sie schwieg, und auch Frau Abbelese sagte kein Wort.
„Setzen Sie sich doch", sagte Tante Tanja etwas lauter. Sie deutete auf den verstaubten Holzstuhl. Sie machte es sich auf dem Sofa bequem.
Frau Abbelese setzte sich.
„Ich komme wegen Tara", begann sie vorsichtig.
„Tara, geh nach oben und spiele mit Anna", sagte Tante Tanja kurz. Ich stand auf und klopfte mir die Kreide von

der Hose. Als ich sah, daß Tara einfach sitzen blieb, blieb ich hinter der Tür stehen.
„Sie hört nicht auf mich", sagte Tante Tanja mit klagender Stimme, die ich schon kannte. „Das liegt an ihrem Vater. Der läßt ihr immer den Willen. Sage ich, sie müßte ins Bett, holt er sie wieder runter und sitzt stundenlang mit ihr vor dem Fernseher. Sage ich, es gäbe kein Dessert, wenn sie das Gemüse nicht aufäße, gibt er ihr sein Dessert und ißt ihr Gemüse auf. In den Geschäften kriegt sie alles, was sie will. Sie trägt die schönsten Kleider. Als sie ein Baby war, hat mein Mann sich nicht um sie gekümmert. Alles mußte ich machen, und mich abmühen, wenn sie weinte oder sich naß gemacht hatte oder Hunger hatte. Sie hatte Flaumhaare und trug eine Brille, das häßlichste Kind im ganzen Block, das war Tara. Aber nachdem sie nun operiert worden ist und ihre Haare etwas voller sind, ist er nicht mehr von ihr wegzukriegen. Tara ist unantastbar. Sie arbeiten gegen mich. Am liebsten würden sie ungestört zu zweit wohnen und mich irgendwo in ein Heim für frustrierte Mütter stecken. Ich kann froh sein, daß ich hier schlafen darf. Aber ich werde verrückt von all dem Sand im Haus. Und vom Wind! Wie eine heulende Sirene tobt der ums Haus."
Ich erschrak über das Wort Sirene, blieb aber still.
Frau Abbelese knetete sich ununterbrochen die Hände, während sie zuhörte. Tara zupfte Flusen aus dem Sofa und konzentrierte sich auf die Fädchen. Ich wußte, daß sie von dem Gespräch kein Wort mitkriegte. Tante Tanja legte ein Bein über die Sofalehne und fuhr fort: „Sie ist ein jähzorniges Kind. Die geringste Kleinigkeit macht sie wütend. Dann bringt sie mir dumme Zeichnungen von Fischen und Flaschen und sagt: ‚Sieh nur, Mama, sieh doch, siehst du denn nicht! Guck gut hin!' Sage ich dann, ich sähe nur Fische und Flaschen und das Meer, ist sie so außer sich, daß sie sich die Haare ausreißt. Und sie hat doch so wenige."

Von meinem Platz aus guckte ich auf Taras dünne Haare und lange Wimpern. Ich fand es komisch, der langen Erwachsenenunterhaltung zuzuhören. Tara machte es nichts aus. Eine ganze Weile hörte ich dem langweiligen Geklatsche zu. „Verwöhnt", „Vater", „Problemlösung", „Disziplin", „Vorgehensweise" und „Gehorsam" kamen immer wieder vor. Ich hörte wieder genauer hin, als ich meinen Namen hörte.

„Ich glaube, Tara und Anna sollten soviel wie möglich zusammen sein. Anna ist ein gutes Beispiel. Sie gehorcht und macht ihre Aufgaben. Vielleicht können sie in Zukunft in der Schule nebeneinander sitzen." Als Frau Abbelese das sagte, erschrak ich. Ich wollte nicht neben Tara sitzen. Niemand wollte neben ihr sitzen, darum saß sie schon die ganze Zeit alleine ganz hinten. Ich machte einen Satz vorwärts und lief zu ihnen.

„Ich will nicht neben Tara sitzen", sagte ich, ohne nachzudenken.

„Anna!" rief Frau Abbelese entrüstet aus. „Hast du gelauscht? Ich dachte, du wärest gegangen."

Tara stand auf und umklammerte meinen Arm. Sie zog mich mit hinaus in ihr Zimmer.

„Du mußt in der Schule neben mir sitzen", triezte sie mich. „Du bist das gute Beispiel."

Ich antwortete nicht und ging auf den Balkon. Von da aus konnte man die Boote sehen. Man konnte sehen, was angespült wurde, das Treibholz und die Plastiktüten.

Tara kam zu mir. „Glaubst du, von hier aus kann man Europa sehen?" fragte sie.

„Europa?" wiederholte ich verblüfft.

„Europa, ja. Ich habe auf der Karte gesehen, daß zwischen uns und Europa nur das Meer ist. Da scheinen die Leute Holzschuhe zu tragen, und einer scheint den anderen zu kennen. Da gibt es überall kleine Dörfer mit Kirchen mit Türmen und Wetterhähnen, und die Autos sind auch so

klein. Die Menschen wohnen in ganz alten Häusern aus Backsteinen, statt aus Holz. Da fahren Züge, die voller Kinder sind. Die haben alle eine Uniform an, wenn sie zur Schule gehen, und wenn man ihnen zuwinkt, winken sie zurück. In den Straßen laufen Pferde, die Kutschen ziehen, und darin darf man den ganzen Tag herumfahren, wenn man will. Da sind auch überall Blumen."
Ich beugte mich über das Geländer und spähte in die Ferne, ob ich Land sehen konnte. Dann setzte ich mich wieder auf den Holzboden, das Gesicht in die Sonne.
„Warum hast du die Windsäcke noch nicht aufgehängt?" fragte ich. Ich hatte sie aufgerollt in einer Ecke ihres Zimmers liegen sehen, neben der schwarzen Puppe, die ohne Beine und mit dem Gesicht nach unten lag.
„Die kannst du alle haben. Ich will sie nicht", sagte sie.
„Wirklich?" fragte ich ungläubig.
„Bis auf den roten. Den will ich behalten und hier drin aufhängen. Alle anderen kannst du haben. Ich will sie nicht auf meinem Balkon haben. Zu viele Farben. Die Leute könnten kommen und gucken, was es ist." Die Haare hatte ihr der Wind flach auf den Kopf gelegt, so daß sie wie kahl aussah. „Ich möchte nicht, daß die Leute hier reingucken."
Ich lief ins Zimmer und rollte meine neuen Schätze einen nach dem anderen aus. Sie waren atemberaubend schön, mit hellen Farben, es war sogar einer mit violetten Streifen dabei.
„Diesen will ich behalten", sagte sie und deutete auf den mit den roten Streifen. Ich fand es nicht schlimm, daß sie einen behielt. Ich konnte mir vorstellen, wie schön sie auf unserer Terrasse aussehen würden. Ich würde Papa genau zeigen, wo ich sie haben wollte, und wir würden sie uns den ganzen Sommer über ansehen.
„Weißt du, daß der Wolf Rotkäppchen nicht gefressen hat, weil seine Mutter ihm ein rotes Käppchen aufgesetzt hat? Rot heißt: Bleib von mir weg!"

„Der Wolf hat Rotkäppchen doch gefressen", sagte ich so sanft wie möglich, denn ich fürchtete, sie würde mich beschimpfen.
„Aber nein, dumme Pute. Du hast keine Ahnung von Märchen. Papa hat es mir selbst erzählt." Mit großen Schritten ging sie zum Regal und nahm ein Buch herunter. MÄRCHEN stand vorne drauf. Sie begann wild darin zu blättern, hörte aber auf, weil sie jemanden auf dem Flur hörte. Die Tür wurde aufgemacht und Onkel Tony kam herein.
„Tara, Liebling, was machst du?" fragte er. Zu mir sagte er nichts. Tara stand da mit dem Buch in der Hand und schien ihn nicht zu hören.
„Wir lesen ein Buch", sagte ich schnell. Er kam und setzte sich neben mich aufs Bett. Er stützte sich mit den Ellbogen auf die gespreizten Knie und fuhr sich mit der Hand durch die Haare. Er seufzte ein paarmal, schaute erst Tara, dann mich an. Tara bewegte sich nicht.
„Ich habe mich gerade mit eurer Lehrerin unterhalten", sagte er bedächtig. „Ihr müßt heute abend gemeinsam die Schularbeiten machen."
Ich habe meine Bücher doch gar nicht bei mir, fuhr es mir durch den Kopf. Er stellte sich hinter Tara und massierte ihr die Schultern.
„Tara geht heute abend mit und schläft auch bei euch", sagte Onkel Tony mit zurückgelegtem Kopf. „Es ist besser, wenn sie nicht hier ist. Das ist besser für uns beide."
Deutlich hörbar schluckend ging er aus dem Zimmer. Aus dem anderen Schlafzimmer hörten wir gleich darauf sehr laute Musik.
„Frank Sinatra", sagte Tara ohne weitere Erklärung.

Als wir die Strandvilla verließen, hielt Tara das Märchenbuch immer noch unter den Arm geklemmt. Ich hatte die Hände voll mit meinen Windsäcken. Im Dornengebüsch lag das rote Fahrrad mit dem Bonanzalenker auf der glei-

chen Stelle wie vor einigen Wochen. „Im Sand kann man nicht radfahren“, sagte sie.
Den Rest des Abends mußte ich immer an das Fahrrad denken. Ich dachte auch an Onkel Tony und an seine Musik. Mama und Papa fanden nichts dabei, daß Tara bei uns blieb. Als wir mit den Hausaufgaben fertig waren, mußten wir ins Bett. Da lagen wieder zwei rosa Kopfkissen, genau wie damals, als Tara noch bei uns wohnte.
„Stell dich mit dem Gesicht zur Wand und dreh dich nicht um“, befahl sie kurz. Ich stand mit dem Gesicht zur Wand und hatte die Hände zu Fäusten geballt. Ich haßte die ganze Prozedur, ich wollte nicht, daß sie wieder begann. Ich wollte nicht in meinem eigenen Zimmer mit dem Gesicht zur Wand stehen.
„Kannst du dich nicht normal benehmen?“ fragte ich.
„Wenn du nach etwas guckst, was du nicht sehen darfst, werden deine Augen zu Stein, weißt du das nicht mehr?“ fragte sie. „Wenn du über etwas redest, was du nicht sehen darfst, wird dein Mund zu Stein. Willst du vielleicht einen Mund aus Stein haben?“ Ich sagte nichts und fuhr mir mit dem Zeigefinger über die Lippen.
Als sie fertig war, durfte ich mich umziehen. Sie lag schon in der seltsamen Haltung im Bett, die ich von früher kannte: Die Knie am Körper hochgezogen, dazwischen die Arme verschränkt. Sie kroch ganz unter die Decke, so daß sie wie ein zusammengeknautschter Lappen aussah.
„Morgen hängt Papa die Windsäcke auf, hat er versprochen“, sagte ich, um das Schweigen zu brechen. Sie blieb still liegen.
„Wir müssen noch ins Rotkäppchenbuch gucken“, sagte ich, denn ich wußte genau, daß der Wolf Rotkäppchen gefressen hatte. Sie antwortete nicht und blieb unbeweglich liegen. Sie bewegte sich nicht einmal, als ich geräuschvoll zu blättern begann, bis ich das Märchen gefunden hatte. ROTKÄPPCHEN stand in schwungvollen Buchstaben

darüber. Auf der nächsten Seite war ein Bild von Rotkäppchen, aber daran war herumgeschnippelt worden. Mit einer feinen Schere war ihr der Mund herausgeschnitten worden. Auf der nächsten Seite war ein Bild, das Rotkäppchen im Gespräch mit ihrer Mutter zeigte.

„Bringst du bitte diesen Korb der Großmutter", stand darunter. Mit einem schwarzen Stift hatte jemand Rotkäppchens Mund übermalt. Ein paar Seiten weiter war Rotkäppchen zu sehen, wie sie Blumen pflückte. Die untere Gesichtshälfte war verschwunden.

Tara schlug die Decke zurück und nahm mir das Buch ab. Sie blätterte schnell die Seiten um.

„Hier!" sagte sie und zeigte mir das letzte Bild, auf dem sich Rotkäppchen und Großmutter umarmten. „Siehst du jetzt,daß sie nicht gefressen wurde? Sie lebt noch."

„Sie lebt noch, aber trotzdem wurde sie gefressen. Der Jäger hat sie gerettet", erwiderte ich. Sie hob das Buch hoch und warf es, so weit sie konnte, durchs Zimmer. Wie ein toter Vogel fiel es zu Boden. Sie zog sich die Decke über den Kopf und sagte: „Kaum zu fassen, wie dumm du bist. Du verstehst einfach rein gar nichts." Sie schwieg und schien auch nicht mehr zu atmen. „Wenn Rotkäppchen aus dem Magen eines Tieres entkommen kann, dann kann Goody Hallet das auch. Aber vielleicht kommen die Flaschen auch wieder heraus, mit ein bißchen Glück."

Der Gedanke, daß Goody Hallet nicht tot war, alarmierte mich für einen Moment. Dann schlief ich ein. Ab und zu schrak ich vom Gewühle im Bett auf. Manchmal sagte sie seltsame Worte, ohne dabei wach zu werden. Bis ich wieder einschlief, schaute ich dann durchs Fenster zu der Stelle, wo morgen die tanzenden Windsäcke hängen würden.

9

Am nächsten Morgen klagte Mama über Zahnschmerzen. Sofort dachte ich an das Popcorn mit dem Speichel.
„Dein Mund ist verhext, Mama", sagte ich todernst. Ich wußte, daß Tante Tanja Geheimnisse erzählt hatte. „Wenn man etwas weitersagt, wird der Mund zu Stein. Das liegt daran, daß du Speichel gegessen hast."
Mama lächelte mich an und strich mir das Haar zurück. „Wie kommst du auf den Unsinn?" fragte sie. Ich band mir die Schuhe zu. Mama schaute zu Tara hinüber, die am anderen Ende des Zimmers einen Teller mit Cornflakes vor sich hatte. Sie beugte sich zu mir herunter und flüsterte: „Anna, du darfst nicht glauben, was Tara dir erzählt. Sie ist ein bißchen seltsam. Wenn sie etwas sagt, dann komm und frage mich, ob das wahr ist."
Ich ging ins Wohnzimmer, um meine Schultasche zu holen, und sie kam mit mir.
„Tara ist auch verhext", sagte ich schnell. „Sie findet Haifische niedlich. Und sie hat Angst, daß die Leute nach ihren Windsäcken gucken könnten. Sie beißt sich sogar in die Hand, wenn sie Schmerzen hat. Und sie will sich nie umziehen, wenn ich dabei bin."
„Oh, ja?" sagte Mama nur.
„Sie hat Rotkäppchens Mund rausgeschnitten", fuhr ich fort. „Und sie baut Burgen aus trockenem Sand. Ich glaube, sie ist wirklich verhext."
Mama sah mich sehr lange an, als ich das sagte.
Dann mußte ich zur Schule.

Als ich abends nach Hause kam, waren die Windsäcke

schon aufgehängt. Es war ein herrlicher Anblick, die bunten Windsäcke an den Balken der Terrasse, und alle stramm im Wind.

„Das mußt du knipsen, Mama!" sagte ich aufgeregt. Sie lachte und blieb sitzen. Ich ging in den Garten, um mir die Windsäcke auch einmal von da aus anzusehen. Das Haus war viel schöner geworden. Die Grashalme bewegten sich in die gleiche Richtung wie die Windsäcke. Hinter mir hörte ich das Meer.

„Ich hole Tara und zeige es ihr", rief ich aufgeregt. Mama ergriff meine Hand, bevor ich gehen konnte.

„Tara sollte nicht zu oft hier sein", sagte sie. „Einmal in der Woche ist mehr als genug. Ich habe deswegen Frau Abbelese angerufen, und sie ist der gleichen Meinung." Ich nickte. Ich konnte sie gleich anrufen und bitten, ans Fenster zu kommen. Vom Dachgeschoß der Strandvilla aus konnte man die Windsäcke bestimmt sehen.

„Und der Zahn?" fragte ich. Sie machte eine wegwerfende Handbewegung. Das Telefon klingelte, und sie ging in die Diele, um abzunehmen. Ich hörte sie aufgeregt ins Telefon nörgeln. Es mußte Tante Tanja sein, denn an der hatte sie immer etwas zu bekritteln.

„Wer war das?" fragte ich, als sie wieder hereinkam.

„Tante Tanja fragt, ob Tara heute nacht nicht doch hier schlafen könne. Ein Notfall, sagt sie."

„Wie, ein Notfall?"

„Ach, sie ist zu erschöpft, sich um Tara kümmern zu können. Morgen wird es wieder gehen."

Papa kam an diesem Abend spät nach Hause. Wir lagen schon im Bett, schliefen aber noch nicht. Tara machte das Licht an, als sie seine Stimme im Flur hörte. Sie saß dicht neben der Lampe auf dem Nachtschränkchen und starrte auf die Tür. Ihre dünnen Haare waren wie von einem Heiligenschein umgeben, aber ihre Augen konnte ich nicht sehen.

„Ob er hereinkommt?" fragte sie.
„Aber nein", antwortete ich müde.
„Tut er dir weh, wenn er noch reinkommt?" fragte sie sofort danach.
„Er gibt mir einen Kuß. Manchmal kitzelt er mich, daß ich vor Lachen fast ersticke, oder er massiert mir den Rücken, wenn es mich juckt oder wenn ich nicht einschlafen kann. Aber das tut nicht weh." Ich streckte den Arm aus, um an den Lichtschalter zu kommen, denn ich fand das Licht lästig.
„Nein! Tu's nicht!" rief sie. „Dann erschrecken wir zu sehr, wenn er reinkommt. Dann liegt er plötzlich neben uns, ohne daß wir was davon merken." Das fand ich lächerlich. Ich zog mir das Kissen über den Kopf und versuchte einzuschlafen.
„Ich möchte Goody Hallet sein. Schön im Bauch eines Wals, wo mich niemand finden kann", sagte sie mehr zu sich als zu mir. Im Nebenzimmer hörte ich Mama mit hoher Stimme reden. Ich verstand nur „Tara" und „nicht gut für Anna".
„Puh!" brummte ich unter dem Kopfkissen. „Eklig. Weißt du, wie der Magen von so einem Wal aussieht? Wale fressen Bälle und Seile und Netzfetzen und Planken und Flaschen und..."
„Flaschen fressen sie auch?" fragte Tara mit der Stimme ihrer Mutter. „Das ist schrecklich!"
„Nicht schrecklicher als eine Planke."
„Viel schrecklicher als eine Planke", sagte sie nachdrücklich. „Ich glaube, ich träume jetzt davon."
Ich setzte mich, um Luft zu schnappen. Sie starrte wieder mit offenen Augen in die Lampe. Ich hörte Papas beschwichtigende Stimme.
„Schön träumen, und dann mitten in der Nacht wach werden", sagte ich. „Herrlich. Dann kann man wieder einschlafen, denn es ist noch nicht Zeit zum Aufstehen." Sie

versetzte mir einen Stoß,als hätte ich etwas Schlimmes gesagt. Ich stöhnte. Warum war es nebenan so still?
„Findest du das wirklich gut, mitten in der Nacht wach werden? Man kann auch wach werden und sehen, daß jemand im Zimmer ist, der einem weh tun will. Ich hasse es, wach zu werden. Allerdings im Haus von Goody Hallet wach zu werden, das ist erst richtig schrecklich. Vielleicht kommt sie ja nachts auf Besuch."
„Ach, wer weiß, ob Goody Hallet wirklich in der Strandvilla gewohnt hat. Mama meint, das ist dummes Gerede."
Mama erzählte nebenan, was heute morgen passiert war, das spürte ich. Ihre Worte summten mir wie Bienen durch den Kopf: „Anna, du mußt nicht glauben, was Tara dir erzählt. Sie ist ein bißchen seltsam. Wenn sie etwas sagt, dann komm und frage mich, ob das wahr ist."
Taras Gesicht war plötzlich ganz nahe bei mir. Ich konnte ihren warmen Atem spüren.
„Natürlich hat Goody Hallet in der Strandvilla gewohnt. Sie brauchte doch ein Haus direkt am Meer, denn sie hatte doch keine Beine." Ich sah sie fragend an. Von einer Goody ohne Beine hatte ich noch nie etwas gehört. Sie nickte heftig. „Goody Hallet hatte nur einen Fischschwanz, wie die Sirene auf der Tür."
Ich spürte, wie sich mir langsam der Magen umdrehte.
„Und ihre roten Schuhe?" fragte ich mit schwacher Stimme.
„Weiß ich doch nicht", brummte sie. „Jedenfalls habe ich Angst, wenn ich nachts wach werde."
Ich setzte mich auf. Sie machte mir Angst. Ich wollte keine Angst haben, jedenfalls nicht, bevor ich Mama gefragt hatte.
„Du hast aber auch vor allem Angst", murmelte ich, um mir selbst Mut zu machen. Sofort darauf verspürte ich einen stechenden Schmerz im Arm.
Als ich am nächsten Abend ins Bett ging, fand ich eine

Mappe unter ihrem roten Kopfkissen. Da sie nun weit weg in der Strandvilla war, konnte ich mir ihre Papiere in aller Ruhe ansehen.

Die Mappe war so gut wie leer. Es waren ein paar nichtssagende Zeichnungen darin, aus denen ich nicht schlau wurde. Außerdem noch ein zusammengeknüllter Zettel, den ich glatt strich, bevor ich ihn las. Darauf stand eine seltsame Nachricht:

SOS EUROPA. KOMM ZUM KABELJAUKAP, ZUR STRANDVILLA. (WENN ICH ETWAS SAGE, WIRD MEIN MUND ZU STEIN).

Es war auch eine Seite aus einem Buch über einen Schiffbruch oder so etwas dabei. Eine Passage war unterstrichen. Ich las sie schnell, aber sie war nicht interessant. Ich las auch die zweite unterstrichene Passage: *„Er füllte die Flasche zu einem Fünftel mit Sand, damit sie senkrecht im Wasser treiben konnte. Danach drückte er den Korken fest rein. Und jetzt wollen wir hoffen, daß kein Wasser reinkommt, dachte er. Er schleuderte sie ins Meer und schaute der dümpelnden Flasche nach, bis sie aus seinem Blickfeld verschwunden war.“*

Als ich meinte, unter meinem Fenster Tara zu hören, schlug ich die Mappe schnell zu.

10

Taras Leistungen in der Schule besserten sich nicht. „Sie ist nicht reif für den Stoff“, hatte Frau Abbelese zu Tante Tanja gesagt. „In dem Kind ist ein seltsamer Widerspruch: Sie ist so lebensklug, trotzdem kommt sie in der Klasse nicht mit. Ich glaube, sie sollte dieses Schuljahr wiederholen. Sie braucht vielleicht etwas mehr Zeit, sich anzupassen.“

Ich wußte, daß Mama insgeheim froh war, daß Tara nicht länger mit mir in einer Klasse sein würde. Dann konnte sie nicht mehr die Hausaufgaben von mir abschreiben oder sich von mir die Bücher ausleihen. Onkel Tony protestierte heftig, als er davon hörte. Aber Frau Abbelese ließ sich nicht umstimmen. Tara hörte nicht hin, als sie sich am Telefon stritten. Den ganzen Sommer über war sie damit beschäftigt, Flaschen mit Schraubverschlüssen zu sammeln. Ich stellte keine Fragen, als ich ihr die leeren Flaschen aus unserer Küche gab. In ihrem Zimmer standen Hunderte von Flaschen.

Manchmal spielte sie damit, meistens aber nicht. Mama sagte jeden Morgen: „Warum besuchst du nicht einmal David? Ihr seid doch früher die besten Freunde gewesen. Vielleicht kann er im nächsten Jahr in der Schule wieder neben dir sitzen.“ Aber David war nie zu Hause. Einmal war er bei seiner Großmutter in New York, ein andermal war er mit seinen Freunden mit dem Skateboard auf dem Betonhof hinter der Makepeace Fabrik.

„Siehst du nicht, daß ich beschäftigt bin“, sagte er kalt und abweisend. Ich versuchte auch, mich auf dem Skateboard zu halten, aber ich fiel aufs Steißbein, als David mir einen

Schubs gab. Ich verkrümelte mich zur Bibliothek und lieh mir ein paar Bücher aus. Von dem Moment an wußte ich, was ich tun würde: Ich würde mich durch die Sommerferien lesen. Von meiner Leseecke aus konnte ich Tara durch die Dünen stromern sehen, aber ich dachte nicht einmal daran, nach draußen zu gehen.

Tante Tanja wurde mit jedem Tag schöner. Sie arbeitete in der Kerzenfabrik als Verkaufsleiterin und kam nicht mehr so oft zu uns. Sie hatte übrigens vor, das war ein Vorschlag von Papa, die Strandvilla gründlich sauberzumachen, um im nächsten Sommer Zimmer an Touristen vermieten zu können.
„Dabei kannst du steinreich werden", hatte Papa gesagt. „Die Leute, die nicht vom Kabeljaukap kommen, die lassen sich von Hexenhäusern nicht abschrecken wie die dummen Fischer hier." Ende des Sommers fragte Tante Tanja uns, ob wir ihr beim Saubermachen helfen wollten. Da mußte umgeräumt und aufgeräumt, gefegt und gestrichen werden. Ich war froh, daß ich helfen konnte, denn ich mochte die unzähligen Kartons, Schubladen, Ecken und Zimmer, in denen man stundenlang herumstöbern und das Gefühl haben konnte, auf einem Markt zu sein, auf dem alles zu haben war.
Manchmal half Tara, aber eben nur manchmal. Wenn Mama und Tante Tanja nach Truro gingen, weil sie etwas zu erledigen hatten, durfte ich alleine im Haus arbeiten. Das waren die schönsten Stunden. Ich ging auf den Balkon und schaute über das Meer, als wäre ich die Gräfin des Hauses. „Ich sehe Europa!" Ich ging in Tante Tanjas Schlafzimmer und zog ihre Kleider an. Ich schminkte mir das Gesicht und ging wieder auf den Balkon.
Unten am Strand sah ich Tara und Onkel Tony nebeneinander auf einem Handtuch sitzen. Tara trug ihren hochgeschlossenen Badeanzug mit einem roten T-Shirt darüber.

Onkel Tony trug nur eine Badehose mit breiten Streifen. Er redete leise mit ihr und lachte hin und wieder. Durch die viele Schminke im Gesicht hatte ich in der Sonne ein komisches Gefühl, als würde mir in der Wärme das Rot von den Lippen tropfen.
Onkel Tony stand auf und ging zum Wasser. Ich schaute auf ihn hinab wie auf einen Untertan. Er watete ein paar Meter ins Meer, ließ sich dann lang ausgestreckt ins Wasser gleiten und begann zu schwimmen, ohne dabei zu spritzen. Sein Kopf wurde immer kleiner, bis er nur noch ein Punkt war.
Ein Punktkopf, dachte ich. Seht nur, die Gräfin der Punktköpfe. Und gleich darauf: Onkel Tony schwimmt weit ins Meer hinaus. Er kommt nie mehr zurück, denn er wird von den Haien verschlungen.
Ich ging in die Küche und wusch mir die Schminke ab. Die Kleider legte ich, so gut ich konnte, zusammen und wieder dorthin, wo ich sie weggenommen hatte. Dann ging ich zum Schrank in der Diele und probierte Tante Tanjas Schuhe mit hohen Absätzen an. Es war auch ein Paar rote Schuhe dabei, die ganz verstaubt waren.
„Vielleicht kommen die aus dem Bauch des Wals", dachte ich laut. Ich setzte mich aufs Sofa neben der Tür und probierte sie an. Im nächsten Augenblick ging die Tür auf, und Onkel Tony kam herein. Weil sie naß waren, waren seine Haare viel dunkler als normal, und die Badehose klebte ihm an den Beinen. Im Zwielicht sah er mich nicht. Er ging sofort nach oben ins Badezimmer. Ich machte schnell die Riemen der roten Schuhe auf und ging barfuß zum Schrank.
Ich ging so leise die Treppe hinauf, daß Onkel Tony mich unmöglich hören konnte. Oben wollte ich sehen, mit wem er sprach. Die Tür zum Badezimmer war offen, und ich hörte ihn hoch und fast singend reden. Mit dem Gesicht zur Wand beugte er sich über das Waschbecken. Im Bade-

zimmer war niemand, mit dem er sich hätte unterhalten können. Da war nur das große Bild von Tara über dem WC, aber das war nichts Besonderes, überall im Haus hingen Bilder von ihr.
„Erst das Salzwasser abwaschen", sagte er. „Dann schön viel After-shave. Mann, riecht das gut! Oh, das ist nur mein Körpergeruch. Noch kämmen. Wo ist der verdammte Kamm!" Ich wurde rot, oder mich irritierte der Rest Make-up auf der Haut, und ich versteckte mich hinter einer Säule in der Diele.
„Ein richtiger Mann!" hörte ich ihn bald darauf stöhnen. Er stellte den kleinen Kassettenrecorder an, der immer neben dem Waschbecken stand, und begann mitzusingen. Ich trippelte die Treppe hinunter, griff mir in der Diele meine Schuhe und verließ das Haus.

Ein paar Wochen später begann Onkel Tony für A.D. Makepeace zu arbeiten. Seine Hände waren immer violett von den Moosbeeren, und er hatte ein bißchen Ärger mit dem Rücken. Tara und ich mußten wieder zur Schule, aber wir saßen im Bus nicht nebeneinander. Ich saß immer neben David, und abends kam er mit zu mir nach Hause, um gemeinsam mit mir die Schularbeiten zu machen. Danach spielten wir. Er brachte mir das Skateboardfahren bei und las alle meine Bücher. Wir sahen oft fern, und es war genau wie früher, bevor Tara zum Kabeljaukap kam. Mama war zufrieden.
Eines Nachmittags im November, als die Moosbeeren gepflückt und die Herbstferien vorbei waren, zog dichter Nebel über Truro auf. Wir sahen durch die Fenster des Klassenzimmers, wie es draußen grau wurde. Für die Jahreszeit war das ganz normal, aber bevor wir nach Hause fuhren, nahm der Busfahrer wie immer sein Mikrophon: „Ihr geht nach dem Aussteigen in Gruppen nach Hause. Bleibt auf der Straße und geht auf keinen Fall in die Dünen

oder den Wald. Haltet euch am Straßenrand wegen der Autos, aber verlaßt nicht den Asphalt." Die Jungen pfiffen und die Mädchen verdrehten die Augen.
„Nebel ist herrlich", stöhnte David, und die Jungen johlten noch lauter. Tara, David und ich mußten beim Hochlandleuchtturm aussteigen.
„Tara, paß auf, daß du bei uns bleibst", sagte ich, als der Bus weiterfuhr. Das hätte ich nicht sagen sollen. Sie sah mich giftig an und sagte: „Ich bin kein kleines Kind!" Der Atem stieg ihr in Kringeln aus dem Mund. Sie zog die Schultern hoch und ging vor. Wir versuchten, mit ihr Schritt zu halten, aber als wir sahen, daß sie in den Sand hineinlief, blieben wir stehen.
„Du wirst dich verlaufen!" rief David, und seine Stimme hörte sich eher vorwurfsvoll als warnend an.
„Ihr wollt ja doch lieber allein sein!" antwortete sie scharf.
„Dann könnt ihr euch befummeln!" Mir schoß die Röte ins Gesicht.
„Die Hexe!" zischte David. Er lief hinter ihr her, und ich folgte ihm mit beiden Händen in den Hosentaschen. Der Sand knirschte etwas unter den Füßen. Ich wußte genau, wo ich war, und ich versuchte, durch den Nebel hindurch Tara im Auge zu behalten.
„Wo will sie so schnell hin?" keuchte David.
„Dies ist der Weg nach Hause. Sie kennt den Strand", sagte ich. Gleich darauf war sie im Nebel verschwunden.
„David, wir müssen zusammenbleiben. Wir dürfen es Tara nicht nachmachen. Tara ist ein bißchen verrückt", sagte ich und fragte mich, wo denn der Strandhafer war, der hier hätte stehen müssen. Die kleine Tanne mit dem Steinhügel war auch nicht da. Ich versuchte, genauso große Schritte zu machen wie David.
„Weißt du noch, wo wir sind?"
„Du?"
„Ich glaube, daß dies die große Dünenmulde ist. Ich bin

mir aber nicht sicher." David blieb stehen und pfiff durch die Zähne.

„Das ist alles die Schuld der Hexe", sagte er. „Tara wohnt im Haus von Goody Hallet, darum passieren solche verrückten Sachen. Wir gehen in die falsche Richtung." Er blieb stehen und versuchte, sich zu orientieren. „Ich weiß es nicht mehr. Hier ist eine Tanne. Komm, setzen wir uns drunter und warten, bis sich der Nebel etwas gelichtet hat." Er bückte sich, ging unter die Tanne und setzte sich auf seine Schultasche. „Du hast doch nicht etwa Angst?"

„Nein", log ich. „Wir sind ja nicht weit von zu Hause weg."

David forderte mich mit einer Handbewegung auf, mich auch zu setzen. Ich schaute ihm über die Schulter, um zu sehen, woher das leise Geräusch hinter uns käme. Er hustete und neigte mir das Gesicht zu.

„Mit Tara mußt du aufpassen", schnaufte er. „Vor allem darf kein Stückchen von deinen Zehennägeln bei ihr bleiben. Paß auf, daß du kein Haar in ihrem Zimmer zurückläßt. Hexen machen schreckliche Sachen mit anderen Leuten. Wenn Goody ihr hilft, kann sie dich auch aus der Entfernung krank machen."

„Wie, aus der Entfernung?" fragte ich, und meine Stimme war dünner als sonst.

„Hexen schmelzen Wachs und stecken dein Haar oder deinen Nagel rein. Aus dem Wachs formen sie dann eine Figur, die so aussieht wie du. Wenn sie die Figur dann mit einer Nadel stechen, tut es dir schrecklich weh. Und wenn sie den Wachskopf abhacken, stirbst du." Er sprach mit Grabesstimme und sah mich aus den Augenwinkeln an; ein Auge war kleiner als das andere.

„Ich glaube nicht an Hexen", sagte ich tapfer. Er holte ein Päckchen Zigaretten und Streichhölzer hervor.

„Rauchst du?" fragte ich.

„Goody Hallet rauchte Pfeife", sagte er, ohne auf meine

Frage einzugehen. „Hüte dich vor Frauen, die Pfeife rauchen. Und hüte dich auch vor Frauen mit roten Schuhen!" Er hustete, als er sich die Zigarette ansteckte.

„Stimmt es, daß Goody Hallet keine Beine, sondern einen Fischschwanz hatte?" fragte ich.

„Natürlich stimmt das. Goody war eine Meerjungfrau."

„Aber die roten Schuhe?"

„Die roten Schuhe waren nur Täuschung. Sie hatte keine Beine, und das wußte niemand, weil sie immer ein langes Kleid trug. Nur der Graf aus der Strandvilla, der hatte einen Verdacht. Er lud sie zu einem Glas Wein ein. Dann setzte er das Zimmer knöcheltief unter Wasser. Als Goody hereinkam, hob sie den Rock an, um ihn nicht naß zu machen. Sofort sah der Graf ihren Fischschwanz. Und weil er den gesehen hatte, hat sie ihn geheiratet."

„Woher weißt du das alles?" fragte ich stockend.

„Von Thom Klika, dem Regenbogenmann. Du weißt doch, der mit dem Laden voller Regenbögen neben der Cranberry."

Ich nickte.

„Der hat mir noch viel mehr erzählt. Willst du es hören?"

Ich hauchte mir in die Hände und antwortete nicht.

„Thom Klika sagt, daß Goody den kleinen Filip in Stein verwandelt hat. Er behauptet, daß der Geist des Jungen noch umherirrt. Vor allem, wenn es stürmt oder neblig ist, kann man ihn sehen. Er läuft pudelnackt und weinend durch die Dünen. Er ruft immerzu: ‚Mama! Mama!'" David imitierte die Stimme eines Kindes, das klagend seine Mutter ruft. Das Rufen schien von hinten zu kommen, nicht aus seinem Mund. Ich zog mir den Schal fester um den Kopf.

„Ich will nicht hier bleiben, David", sagte ich schnell. „Ich gehe nach Hause." Ich stand auf und wartete, daß er mit mir ging. Ich horchte auf jedes Geräusch. Nach dreißig bis vierzig Metern begann der Strandhafer. Dann kam die Tanne mit dem Steinhügel.

„Erinnerst du dich noch an den Tag in den Herbstferien in Truro?“ plapperte David weiter. „Tara war von oben bis unten mit Beerensaft beschmiert. Ihre Hände waren lila von den Moosbeeren. Sie sah aus, als wäre sie in eine Badewanne voll Blut gefallen.“ Ich ging schneller, denn ich erkannte den Weg. Dann sah ich auch schon die Umrisse unseres Hauses.

„Wir sind da!“ rief ich David zu. Als ich in die Küche stürmte, liefen mir die Tränen über das Gesicht.

Den ganzen Winter über spielte ich kein einziges Mal mit Tara. Manchmal traf ich sie in der Schule, und mir fiel auf, daß sie jedes Mal ein Stückchen gewachsen war. Aber sie blieb einen Kopf kleiner als ich. Ich blickte sie nie lange an, obwohl ich sah, daß sie mir mit ihren langen Wimpern zublinzelte. Auch Tante Tanja und Onkel Tony sah ich nicht oft.

„Tante Tanjas Haus ist wieder eine Gerümpelbude“, sagte Mama. „Aus dem Plan, nächsten Sommer Zimmer zu vermieten, wird wohl nichts werden.“

David erzählte mir alle Gruselgeschichten, die er schon gelesen hatte. Ich gewöhnte mich daran und hatte keine Angst mehr. Ich fing an, mir selbst auch Geschichten auszudenken, und als ich sie ihm erzählte, sah er mich bleich wie ein Laken an.

„Phantastisch! Anna! Großartige Schauergeschichten. Die mußt du aufschreiben, und dann ein Buch daraus machen. Dann können wir sie verfilmen. Du bist die Hexe, und ich bin der Geist!“

Wir spielten unseren Film und sahen uns abends gruselige Videokassetten an. Daß ich nachts schreiend wach wurde und das Licht brennen ließ, erzählte ich ihm nie.

Im Frühjahr phantasierten wir von Grabsteinen und Stürmen. Je näher der Sommer kam, desto mehr Kobolde und Klopfgeister kamen in unseren Geschichten vor. In jeder

Geschichte starben Leute, die dann nach einiger Zeit in der Welt der Lebenden herumspukten. In jeder Geschichte geschahen nachts die seltsamen Sachen, tagsüber die normalen. Die Nacht war die Zeit des Flüsterns und Schleichens, des Versteckens und Verschweigens.
Tara wußte nichts von unseren Geschichten, und das fanden wir ganz in Ordnung. Alles war unser Geheimnis, und das brauchte sie nicht mit uns zu teilen. Nur wußten wir nicht, daß Tara erlebte, was wir phantasierten.

11

Nicht lange danach passierte etwas Schreckliches. Ich strolchte nichtsahnend durch die Dornensträucher. Daran wuchsen blaßrosa Blüten, und in den Sträuchern saßen Drosseln und sangen. Ich sammelte kleine Insekten in Gläsern und hatte gerade ein größeres, seltsames Tierchen gefangen. Ich hatte Angst davor, aber nicht genug, um nicht doch das umgedrehte Glas drüberzuschieben und dann den Deckel draufzuschrauben. Ich sah mir das Tier voller Abscheu an, und das Biest erwiderte den Blick mit großen, bösen Augen.
Ich hörte nichts Verdächtiges, aber ich spürte, daß etwas bevorstand. Ich stand auf und streckte die Beine. Ich schaute so weit ich konnte über die Dünen hinweg bis zum Meer.
In einiger Entfernung sah ich Tara herumlaufen, schneller als normal, und sie hatte auch einen anderen Gesichtsausdruck. Sie entfernte sich von ihrem Haus, ging direkt auf unseres zu. Im Sand hinterließ sie ihre Fußspuren. Ihre Augen glichen zwei großen Feuerkugeln. Ich wußte, daß sie etwas Schreckliches gesehen hatte. Goody Hallet? Den kleinen Filip mit steinernen Händen? Einen Hai, der Flaschen fraß? Den Mann in ihrem Zimmer? Rotkäppchen ohne Mund? Ich wußte es nicht und brauchte es auch nicht zu wissen. Tara war eine Hexe, was ihr auch geschehen mochte.

Ich habe an dem Abend einfach weitergesucht, und als ich keine Insekten mehr fand, die ich noch nicht hatte, ging ich mit meinen fünf Gläsern nach Hause. Ich blieb noch bei ei-

ner seltsamen Venusmuschel und einem vertrockneten Seestern stehen.
Ich wußte, etwas mußte mit Tara sein, aber eigentlich interessierte es mich nicht. Als ich hereinkam, saß Mama da und schrieb. Papa stand hinter ihr und las über ihre Schulter mit. Tara saß da, das Gesicht weiß wie die Wand und starrte vor sich hin, und Onkel Tony lag schräg auf dem Sofa, das Gesicht mit beiden Händen bedeckt. Alle tranken Sherry, und Mamas Gesicht war naß von den Tränen. Ich setzte mich zu Onkel Tony aufs Sofa, und der schob die Beine etwas zur Seite. Er sah mich an, und ich erwiderte den Blick ganz fest, denn er pulte in der Nase. Ich wollte, daß er den Finger sofort aus dem Nasenloch holte, aber seine Gedanken waren weit weg, und er merkte nicht einmal, daß ich ihn ansah.
„Tante Tanja ist tot“, sagte jemand.
„Ja, diesmal ist sie tot“, sagte ein anderer. Ich dachte: Das ist doch nicht möglich! Sie ist doch noch nicht alt. Vielleicht sterben Verrückte jung.
Mama schneuzte sich immerzu, während ich in meinem INSEKTENBUCH FÜR KINDER die Namen meiner Insekten suchte. Als ich fertig war, holte ich den Rhabarber aus dem Kühlschrank. Ich wusch ihn, stippte ihn in Zucker und biß rein. Er war schrecklich sauer, also tat ich etwas mehr Zucker drauf. Während ich am Stengel sog, wurde mir langsam bewußt, wie schade es war, daß ich nun keine Tante mehr hatte. Der Gedanke, daß Tara nun keine Mutter mehr hatte, kam mir nicht. Mama hat mir später erklärt, daß Tante Tanja Selbstmord begangen hatte. Sie hatte eine ganze Menge Schlaftabletten geschluckt und sich danach einfach ins Bett gelegt. Tara dachte später, sie schliefe noch, aber als sie ihre Hand nahm, war ihr, als berühre sie die Hand einer Puppe.
Davon träumte ich oft. Ich träumte, daß ich ins Schlafzimmer meiner Mutter ging. Mama schlief und hatte ein wei-

ßes Gesicht, ich berührte sie, und sie war ganz kalt. Ich wachte mitten in der Nacht auf und konnte mich vor Schreck nicht mehr bewegen. Manchmal konnte ich nicht einmal mehr die Augen schließen, weil die Lider lahm geworden waren. Dann dachte ich: Wie froh kann ich doch sein, daß ich nicht Tara bin.

„Warum wollte Tante Tanja denn sterben?“ fragte ich.

„Sie hatte eine Depression“, sagte Mama. „Das heißt, man fühlt sich plötzlich nicht mehr wohl und glaubt, niemand liebt einen. Alles ist einem zuviel, und man ist schlecht gelaunt.“

„Oh, dann weiß ich, was eine Depression ist“, sagte ich. „Tara hat sie oft, sie hat jeden Tag eine.“

„Das meine ich nicht“, sagte Mama. Sie fügte nicht hinzu, was sie meinte. Bald darauf hörte ich sie zu Papa sagen: „Da würde ich auch verrückt werden: ein so großes Haus ohne Möbel und voller Gerümpel.“ Ich fragte mich, was Tante Tanja nun wohl mehr wäre, verrückt oder tot. Oder vielleicht verhext?

Zwei Tage nach der Beerdigung hörte ich, wie Onkel Tony Papa erzählte, daß Tante Tanja schon öfter gesagt hätte, sie wäre am liebsten tot. Den Kopf wie ein Geier zwischen die Schultern gezogen, ging er neben Papa her. Wenn Papa nicht hinsah, begann er, in der Nase zu pulen. Seine Nase war voll mit verkrustetem Eiter, das wußte ich genau, denn manchmal verzog er vor Schmerzen das Gesicht. Ich versuchte, nicht hinzuschauen, tat es aber doch. Er hörte nicht auf, auch nicht, als er merkte, daß ich ihn beobachtete.

„Sie hat schon einmal Tabletten genommen, damals noch, in Cleveland. Ich habe sie rechtzeitig gefunden, und man hat ihr den Magen ausgepumpt. Danach kam sie in die Klinik in Chardon. Die Ärzte dort sagten, sie müßte raus aus der Stadt, an einen ruhigen Ort, zu Leuten, die sie kennen. Da habe ich euch den Brief geschrieben.“

Ich trat Steinchen vor mich her und tat so, als hörte ich

nichts. Ich hockte mich hin, hob etwas auf und betrachtete es andächtig. Aber zugleich hörte ich die seltsamste Geschichte, die ich jemals gehört hatte. Warum hatte Tara mir nie etwas davon erzählt? Wenn meine Mutter so etwas tun sollte, würde ich das jedem erzählen.

Aber Tara sagte überhaupt nichts. Nach dem Tod ihrer Mutter kam sie nicht mehr zur Schule und schlief auch nicht mehr bei mir. Morgens sah ich sie in den Dünen herumlaufen, während ich auf den Bus wartete. Manchmal hatte sie den Pullover über den Kopf gezogen und lief wie eine Blinde über den Strand. Ich rief ihren Namen, aber sie hörte mich nicht. Sie rannte an der Wasserlinie hin und her, bis sie über einen Stein oder ein Seilende fiel. Dann zog sie den Pullover herunter, beschaute sich das Knie und ging humpelnd nach Hause.

Wenn ich von der Schule nach Hause kam, lag sie in der Dünenmulde oder lief wie ein wilder Hund ganz schnell auf bloßen Füßen durch die Dornensträucher. Die Waden und Schienbeine waren voller Schrammen, und ich konnte von weitem sehen, daß sie blutete. Nach einer Weile ging sie zum Strand und stellte sich ins salzige Wasser. Sie ging zu den Stellen, wo der Sandstrand in Schlick übergeht, und ihre Beine waren grau, als sie herauskam.

Ich sprach lange Zeit ganz selten mit ihr. In der Schule war viel zu tun, Klassenzimmer aufräumen, Klassenarbeiten schreiben, Bücher tauschen und Ferienträume. Ich suchte wie eine Irre ein paar Bücher, die noch auf meiner Liste standen, die ich aber nicht finden konnte. Außerdem suchte ich nach einem passenden Geschenk für unsere Rektorin. Ich hatte überhaupt keine Zeit, an Tara zu denken.

Am ersten Ferientag ging ich nach draußen und fiel beinahe über die lang ausgestreckt daliegende Tara. Sie lag auf der Treppe vor unserem Haus und verschwand wie ein Schatten, als sie sah, daß ich nicht in der Schule war. Ich

folgte ihr, um mit ihr zu spielen. Ich wollte durch die leeren Zimmer auf der oberen Etage der Strandvilla laufen oder einen Wettkampf mit ihr machen. Aber ich konnte nicht an sie herankommen.
Ich folgte ihren Fußspuren bis in den nassen Sand, wurde aber von anderen Spuren verwirrt. Manchmal sah ich sie von weitem. Sie ging mit ausgestreckten Armen auf einen Schwarm Möwen zu. Die Vögel flogen schreiend auf und begannen, sie schimpfend zu umkreisen. Sie warf mit Steinen nach Treibholz auf den Wellen, schrie den Segelbooten unverständliche Worte zu, hackte mit den Schuhsohlen Quallen in Fetzen, zerbrach Messer, zertrat Seeigel und zerriß Seesterne.
Abends saß sie bis sehr spät vor dem Fernseher. Papa sagte, daß sie danach manchmal noch an den Strand ginge, und ich war neidisch, denn ich wußte, daß man nachts Waschbären beim Muschelsuchen beobachten konnte.

Das erste Mal, als sie wieder mit mir sprach, sagte sie: „Ich fahre eine Runde mit der Strandtrambahn." Es gab überhaupt keine Strandtrambahn, hier nicht, und auch nicht in der ganzen Gegend. Aber sie hatte früher schon mal gesagt, jeder Strand müßte eine Trambahn haben, sonst wäre es kein echter Strand. Die Tram müßte oben offen sein, so daß man alle Fahrgäste den Passanten zuwinken sehen könnte.
Dann ging sie wieder und saß stundenlang irgendwo auf einer Düne und starrte ins Leere. Von weitem sah sie aus wie eine Grille, wie sie da mit den Armen zwischen den dünnen Beinen hockte. Es sah aus, als könnte sie jeden Moment loshüpfen oder schrille Laute ausstoßen.
Ich ging zu ihr, und als ich mich neben sie setzte, lief sie nicht weg. Sie holte etwas Rundes und Glitzerndes aus der Tasche, wollte mir aber erst nicht zeigen, was es war.
„Was ist es?" fragte ich mindestens zehnmal. Schließlich

streckte sie die offene Hand vor. Es war ein goldener Ring. „Den habe ich von Papa“, sagte sie. „Er hat Mama gehört. Siehst du, da steht etwas drin.“ Mit halbgeschlossenen Augen las ich: 1 + 1 = 1.

„Das ist falsch!“ rief ich. „Das ist ein falsches Rechenergebnis!“

Ich erkannte, daß verrückte Menschen nicht gut rechnen können.

„Er hat Mama gehört, und jetzt gehört er mir. Ich muß warten, bis meine Finger groß genug sind, hat Papa gesagt.“

Ich rollte den dünnen Ring zwischen den Fingern, schob ihn mir über den Daumen und wünschte mir, auch einen Goldring zu haben.

„Wenn du den Ring trägst, dann heißt das, daß du mit deinem Vater verheiratet bist“, sagte ich spöttisch lachend. Sie drehte mir ruckartig das Gesicht zu und preßte die Lippen aufeinander. Ich zog sie am Arm und sagte: „Dann mußt du mit ihm in einem Bett schlafen. Und dann kriegst du ein Baby.“ Sie sprang auf und riß mich heftig an den Haaren. Ich schrie. Sie lief weg und ließ sich den Rest des Tages nicht mehr blicken.

Ich dachte, es würde wieder eine lange Periode des Schweigens folgen, und das wäre mir auch egal gewesen. Da, wo sie an meinen Haaren gezerrt hatte, war die Kopfhaut noch immer rot. Ganz ruhig saß ich vor der Haustür in der Sonne. Es war brütend heiß. Hinter unserem Haus liefen die Krähen mit aufgesperrten Schnäbeln durch den Strandhafer. Die Möwen unterhielten sich mit langen Rrr's und Aaa's, denn es war ja Sommer. Über die Betonfliesen huschten kleine rote Spinnen. Sie liefen im Kreis herum, und mit den Fingern zerquetschte ich eine nach der anderen. So konnte ich kleine rote Flecken machen und darauf vertrauen, daß die Zeit verging.

Plötzlich wurde mir bewußt, daß ich die Tierchen tötete. In der Spinnenwelt war bestimmt schon Panik ausgebrochen, und vielleicht weinte irgendwo ein Spinnenkind, weil ich seine Mutter zerquetscht hatte.
„Wenn man vom Flugzeug aus die Menschen betrachtet, sehen sie auch aus wie kleine Spinnen“, erklang Taras Stimme dicht neben mir. Sie hatte meine Gedanken erraten, und die Beule auf dem Kopf begann sofort zu glühen.
„Vielleicht beobachtet uns jetzt jemand, wie wir hier die Spinnen beobachten“, fuhr sie fort. „Vielleicht ist Goody Hallet so riesengroß, daß wir sie nicht einmal bemerken. Vielleicht ist die Düne dort ihr einer Fuß, und die dort der andere.“ Sie deutete auf die Dünenhänge. „Goody Hallet wird gleich einen Finger ausstrecken und uns plattdrücken. Weil sie sich langweilt. Dann wird sie uns betrachten und sagen: ‚Was für ein schöner, kleiner roter Fleck!‘ “
Ich schaute sie an und wischte mir am Pullover das Blut vom Finger.
„Glaubst du, daß Goody Hallet existiert?“ fragte sie geradeheraus. Ich wußte, daß für sie seit Tante Tanjas Tod alles anders war. Ihre langen Wimpern flatterten schnell auf und nieder, und sie stieß ein piependes Geräusch aus.
„Ich glaube nicht mehr an Goody Hallet“, antwortete sie. „Früher ja, aber jetzt nicht mehr. Darum habe ich keine Angst mehr vor ihr. Ich habe nur noch Angst vor dem, was es wirklich gibt. Zum Beispiel vor Menschen, die sterben. Oder solchen, die einem weh tun.“
Ich rieb mir die Beule auf dem Kopf.
„Du hast mir gestern weh getan“, sagte ich mürrisch.
„Natürlich habe ich dir weh getan. Du bist doch meine Freundin!“ meinte sie.
Ich roch die Sonne auf den Betonfliesen. Ich roch auch das Meerwasser und das Salz im Sand. „Wenn es warm ist, riecht man alles viel besser“, sagte ich. Aber sie hörte nicht hin. Sie zerquetschte sehr konzentriert Spinnen.

12

Weil Tante Tanja gestorben war, wollte Mama, daß ich wieder jeden Tag mit Tara spielte.
„Sei lieb und tu, was ich sage. Tara ist sehr traurig und braucht eine Freundin", sagte sie, bevor ich an den Strand ging. Sie lud „das arme Kind" zu passenden und unpassenden Zeiten ein, bei uns zu essen, bei uns zu schlafen oder mit uns nach Truro zu gehen. Ich schämte mich schrecklich vor David, der mich laut auslachte, als ich vorbeikam. Er wurde in dem Jahr vierzehn, und sein Vater wollte, daß er im Restaurant am anderen Ende der Stadt arbeitete. Das war ein Glück, denn ich sah ihn nur noch selten. Und wenn ich ihn traf, redete er kaum noch mit mir.
Obwohl Tara sagte, sie wäre meine Freundin, konnte sie doch noch sehr gemein sein. Manchmal meinte ich, ich könnte verstehen, warum ihre Mutter sterben wollte, denn mit so einer Tochter leben zu müssen, das wäre die Hölle. Eines Tages, als sie heimlich meine Tüte Pommes leergegessen hatte, war ich so wütend, daß ich sagte: „Du bist die Pest in Person! Deine Mutter hatte recht, lieber tot zu sein. Du hast sie verrückt gemacht." Ich hatte ihr schon oft Gemeinheiten an den Kopf geworfen, und meistens revanchierte sie sich auf die gleiche Art oder sie schlug mir mit der Schultasche auf den Kopf. Diesmal reagierte sie ganz anders.
Ihre großen Augen wurden ganz feucht, ihre Schultern begannen zu zucken, und aus ihrer Kehle kam ein tiefer, langer Laut, wie von einem Bären. Erst begriff ich nicht, was geschah, aber dann sah ich, daß sie weinte. Sie schlug nicht um sich, sie brüllte nicht, sie weinte, und dieses Weinen

kam tief aus ihrem Innern. Das fand ich seltsam, denn sie hatte noch nie geweint, wenn ich dabei war. Und ich war eigentlich ganz zufrieden, sie da auf der Bank mit nassen Wangen und verklebten Wimpern sitzen zu sehen, denn das war genau das, was sie verdiente.
„Nicht schlecht gemacht", stieß sie mühsam hervor. Und dann noch einmal: „Nicht schlecht gemacht. Nicht schlecht gemacht." Und das wiederholte sie mehrmals wie eine Schallplatte, auf der die Nadel in einer Rille hängengeblieben war. Ich ging weg, um es nicht mehr hören zu müssen.
Von dem Tag an, an dem sie in meiner Gegenwart geweint hatte, lief sie mir dauernd nach. Sie bat mich, ihr bei der Ferienaufgabe zu helfen, und verabredete sich mit mir zum Fernsehen. Manchmal sprach sie stundenlang von ihrer Mutter, und das schien sie zu erleichtern.
„Ist es dir schon mal aufgefallen, daß Tony, Tanja und Tara alle mit T beginnen?" fragte sie dann. „Das ist so, weil wir zusammengehören. Wir sind eine Familie."
Dann war es wieder eine ganze Zeit lang so, als hätte es Tante Tanja nie gegeben. Wir spielten drinnen oder draußen, je nachdem, wie das Wetter war. Wir bauten immer weniger Lager oder Sandburgen, denn die fanden wir kindisch, aber wir fanden neue Spiele für den Sommer, die uns gefielen. Wir warfen den Ball an die Wände der Strandvilla, oder spielten mit Mama Bingo. Onkel Tony erlaubte uns, auf der Terrasse die Felder für „Himmel und Hölle" auszumalen, und dann kam er mit dem Fotoapparat und knipste uns. An einem Sonntag machte er mindestens dreißig Aufnahmen von Tara, danach ging er wieder. Tara tat so, als bemerke sie überhaupt nicht, daß er die Kamera auf sie richtete.
An verregneten Tagen saßen wir auf meinem Zimmer und sangen Lieder, oder wir klebten schöne Bilder auf Papier, Holzkästchen oder Stoff. Mit einem feinen Messer schnit-

ten wir Blumen aus den Musterbögen, dann malten wir sie an. Wir verbrauchten sehr wenig Farbe, denn wir wollten keine Flecken machen und nur Pastelltöne haben. Wir hatten Vögel, Häuschen und Kränze in Violett, Blaßrosa und Himmelblau.

„Paß doch auf, du Tollpatsch! Du machst einen Fleck auf meine Arbeit", konnte ich rufen, und sie wurde nicht wütend, wenn ich sie anschnauzte. Sie sah einfach zu Boden. Ich konnte sie nur noch selten wütend machen, aber ich konnte ihr noch oft weh tun. Wenn ich gegen sie aufgebraust war, setzte sie sich für eine kleine Weile in die Hängematte auf der Terrasse und schaukelte. Ich setzte mich neben sie und begann, unsere Lieder zu pfeifen. Es dauerte oft eine Weile, bis sie mitsang, aber meistens klappte es. Sie wurde ganz ruhig, wenn ich ihr vom Meer erzählte, von den Anemonen und den Algen, den Korallen und den Sandbänken.

Sie wollte alles über das Meer wissen. Sie stellte Fragen, die ich nicht beantworten konnte, und sie erzählte mir Sachen, von denen ich noch nie etwas gehört hatte. Nach einiger Zeit kam ich dahinter, daß sie ihr Wissen aus ein paar Büchern aus der Bibliothek hatte, aber vor allem aus dem Buch, das sie von Goody Hallet bekommen hatte, das im siebten Päckchen unter dem Weihnachtsbaum gelegen hatte. Das war ein Buch über die See, mit Kapiteln über Seesterne, Krabben, Schiffslotsen, Wale und Plankton. Durch ihr Selbststudium während des Sommers wußte sie nun mehr über den Strand und das Drum und Dran als ich, die ich hier schon mein ganzes Leben lang wohnte.

Wir gingen zum Strand und suchten die Muscheln aus ihrem Buch. An warmen Vormittagen tauchten wir oft im flachen Wasser, sie mit ihrem neuen, ich mit meinem alten Schnorchel. Das Wasser war trübe, aber wir fanden trotzdem die seltensten Schätze.

Meine Arme und Beine wurden in diesem Sommer immer

länger. Ich behielt nun beim Baden das Hemd an, und vor dem neuen Schuljahr bekam ich von Mama einen Bikini. Tara schien kaum oder nur wenig zu wachsen. In der Schule nannten sie sie: „Tara Küßchen", oder sie sagten: „Küßchen mit den roten Puppenkleidern." Aber weil ihre Mutter tot war, sagten sie es nie, wenn Tara es hören konnte.
In den ersten Wochen des neuen Schuljahres fiel mir auf, daß sich Frau Abbelese in den Pausen oft mit Tara unterhielt. Ich wußte nicht, worüber sie redeten, und Tara erzählte es mir auch nicht. Ich vermutete, daß sie über Tante Tanja sprachen und darüber, wie es nun mit Tara und ihrem Vater weitergehen sollte. Auffällig war, daß sie Schwierigkeiten hatte, sich auf den Unterricht zu konzentrieren, aber die Lehrer zeigten mehr Nachsicht als früher.
David gab sich nicht die geringste Mühe, weiterhin mit mir befreundet zu bleiben. Er trieb sich mit Jungen seines Alters herum und setzte sich im Bus immer auf die letzte Bank. Da machten sie einen Höllenlärm, pfiffen den Mädchen hinterher und rauchten Zigaretten, bis der Fahrer sie rauswarf.
„Einen Schürzenjäger", nannte Tara ihn. Sie erzählte, daß sie ihn in den Dünen mit Laura aus ihrer Klasse gesehen hätte, und am gleichen Tag auch noch mit einem anderen Mädchen, das sie nicht kannte. Ich habe nie erfahren, ob das stimmte. Aber ich wußte, daß sich David und seine Freunde einen Spaß daraus machten, mit Steinen nach jungen Möwen zu werfen. Manchmal trafen sie eine in der Luft, und dann johlten und fluchten sie so laut, daß man es in Truro hören konnte.

13

Einige Zeit später strandeten die Grindwale auf dem Kabeljaukap. Das Ereignis stand auf der Titelseite aller Zeitungen, und plötzlich herrschte so viel Betrieb, daß ich fast vergaß, daß es jemals eine Tante Tanja gegeben hatte.

Ich saß auf einer Dünenflanke und kratzte am Schorf auf dem Knie. Der Schorf war steinhart, und darunter war gelber Eiter, der an den Rändern hart geworden war. Damit es nicht so weh tat, versuchte ich, den harten Schorf langsam loszupulen.

Ich war schon eine ganze Weile konzentriert mit meinem Knie beschäftigt, und als ich dann aufschaute, lagen da eine große Anzahl von seltsamen, schwarzen Klötzen an der Wasserlinie. Erst dachte ich, es wären gekenterte Ruderboote, aber das war nicht möglich, denn es waren keine Menschen in der Nähe. Das Meer hörte sich an wie immer und hatte auch seinen normalen Salzgeruch.

Ich stand auf, und um mir alles besser ansehen zu können, ging ich ein Stück die Düne hinauf. Was da lag, das waren keine Boote, das lebte. Ich konnte jetzt ganz deutlich sehen, daß es Körper waren, die atmeten. Ich sah auch große Gesichter, kleine Augen und Münder, die leicht zu grinsen schienen. Es waren Fische, so groß, wie ich noch keine gesehen hatte. Es waren viele, mindestens dreißig oder vierzig. Manche lagen fast ganz im Wasser, nur die Flanke ragte heraus, andere lagen mit dem Kopf und dem Bauch auf dem Strand und schlugen mit der riesigen, platten Schwanzflosse ins Wasser. Sie hatten gewaltige Rückenfinnen und zwei Flankenflossen, die viel länger waren als meine Arme und die sich bei einigen Tieren bewegten.

Ich blieb stehen. Ich war so erstarrt, daß ich mich nicht zu bewegen wagte.
„Warum verlassen sie das Meer?“ fragte ich mich. „Ist das Meer ihnen zu schmutzig? Suchen sie etwas zu fressen? Vielleicht sind es Haie, die scharf sind auf Menschenfleisch. Nicht so lieb wie Taras kleiner Hai. Sondern Haie mit riesigen, messerscharfen Rückenfinnen, wie man sie manchmal vom Strand aus sehen konnte.“ Ich dachte an die Geschichten von Haien, die Menschen einfach einen Arm oder ein Bein abbeißen, und mußte schlucken. Die Tiere dort waren mindestens hundertmal größer als die jungen Haie, die wir schon auf dem Strand liegen gesehen hatten.
Ich erschrak noch mehr, als ich hinter mir eine Bewegung hörte. Ein Hai, der mich von hinten angriff? Es war Tara.
„Sieh nur“, sagte sie leise. „Wale. Das sind Wale.“
Sie wartete nicht auf mich, sondern lief zu ihnen. Sie war sehr klein, als sie sich den riesigen Tieren näherte. Jetzt sah ich deutlich, daß sie sehr unterschiedlich groß waren. Manche waren so lang wie ein Fischerboot, andere nur so lang wie ein Viererkanu. Tara stand neben einem der Tiere. Sie klopfte ihm freundschaftlich auf die Schulter und den Rükken. Sie hatte keine Angst, und sie taten ihr nichts.
Ich muß so schnell wie möglich nach Hause, dachte ich. Ich muß Mama oder Papa holen, und ich muß ihnen sagen, daß sie die Feuerwehr anrufen müssen. Oder sonst jemanden. Den Strandwärter vielleicht? Aber ich lief nicht nach Hause. Der Strand war so ruhig, daß ich nicht in Panik geraten konnte. Dies war kein Notstand, es war eine Erscheinung, und sie war schön.
Ich ging langsam in Richtung Strand und hörte, daß die Tiere klickende und brummende Laute von sich gaben. Zwei lagen auf der Seite und zeigten ihren grauen Bauch. Die Flanken hatten wellige, metallfarbige, gelbbraune oder weiße Flecken und Streifen, aber ihre Rücken waren glatt und schwarz.

Sie sahen mich alle mit kleinen, hellen Augen mit dunklen Rändern an. Sie schnaubten laut durch das Spritzloch im Hinterkopf. Manche spritzten sogar etwas Wasser auf, wie ein kleiner Springbrunnen. Über ihnen hing ein seltsamer Geruch, wie eine Mischung aus Heu und Algen.
„Sie haben schöne Köpfe, findest du nicht auch?“ rief Tara mir über den gewaltigen Rücken eines der Tiere zu. „Genauso runde Köpfe wie Babys.“ Sie kam zu mir.
„Ich glaube, es sind Grindwale“, sagte sie. „In meinem Buch über das Meer ist ein Bild von ihnen. Das sind die Wale, die Flaschen verschlucken. Wenn du eine Flaschenpost verschicken willst, mußt du viele Flaschen ins Meer werfen, denn die Hälfte wird verschluckt.“
Sie nahm mich beim Arm und drängte mich ganz dicht an einen Wal heran. Ich schaute auf die muskulöse Masse, die sich überall bewegte und zusammenzog und zitterte. Dann stellte ich mich dicht an das freundliche Gesicht, und ich hatte keine Angst.
„Traurig, findest du nicht?“ meinte Tara. Ich sah sie verwundert an, denn ich wußte nicht so recht, was so traurig war. Kein Tier war verletzt. Die lagen doch alle da und lächelten zufrieden.
„Die werden alle sterben“, sagte sie mit einer Stimme, die nicht die ihre zu sein schien.
„Sterben?“ fragte ich. „Wie meinst du das? Warum sterben?“
Sie guckte mich an, als hätte ich eine fürchterlich dumme Frage gestellt. „Sie sind doch gestrandet. Siehst du das denn nicht? Sie werden bald sterben, weil sie austrocknen. Es sind schließlich Wale, also Wassertiere. Das Wort Wasser-tie-re sprach sie so gedehnt, als ginge sie davon aus, daß ich noch nie etwas davon gehört hätte.
O!“ sagte ich. Und ich traute mich nicht, noch mehr zu fragen, denn sie schien die Geduld zu verlieren.
„Gestrandet“, wiederholte ich bedächtig. Und dann wußte

ich es wieder. Die Erinnerung war irgendwo in meinem Hinterkopf, aber das Wort „gestrandet" holte alles wieder zurück. Als ich noch ein ganz kleines Mädchen war, war das schon einmal vorgekommen. Damals sah es genauso schön aus und genauso traurig. Sie waren riesengroß gewesen, viel größer als diese, und sie hatten einen Rachen so groß wie ein Boot. Pottwale waren es, zwei. Sie starben innerhalb von ein paar Stunden. Ich saß auf Papas Schultern und habe sehr lange zugeguckt. Ich bat ihn, nicht zu dicht heranzugehen, denn ich hatte Angst.

Mir gingen die Fragen durch den Kopf, die ich mir damals gestellt hatte: „Das ist doch nicht möglich, daß die Tiere sich hier einfach auf den Strand legen, um zu sterben? Sie haben doch Augen im Kopf! Sie müssen doch sehen, daß sie in die falsche Richtung geschwommen sind und nur kehrtmachen müssen? Ist das Meer denn zu schmutzig für die Pottwale? Suchen sie etwas zu fressen?" Die Pottwale wurden in enormen Sandgruben begraben. Der Bauch des ersten riß auf, als der Kran ihn hochhob; die ganze Gegend stank zwei Tage lang nach verfaulenden Eingeweiden und geronnenem Blut.

Diesmal war es eine ganze Herde, aber sie sahen alle glücklich und gesund aus. Die Tiere mußten wieder zurück ins Wasser. Ich drehte mich um, und sofort überfiel mich die Panik, die ich erwartet hatte. Ich lief zu Tara und ergriff ihren Arm.

Sie wartete nicht, bis ich etwas sagte. „Wenn die Sonne weiterscheint, sind sie gegen Abend alle tot." Sie sprach ruhig, als hätte sie vor, alles einfach geschehen zu lassen.

„Wir müssen etwas tun", schrie ich ihr ins Ohr. Meine Stimme zitterte, und ich versuchte, kräftig zu schlucken, damit sie sich nicht überschlug.

„Was willst du denn machen?" fragte Tara, und einen Moment lang sah es so aus, als wollte sie wieder kratzbürstig werden.

„Mit Eimern Wasser über sie gießen, damit sie naß bleiben. Und die Feuerwehr anrufen, die sie ins Wasser schieben kann." Tara schüttelte den Kopf. Die dünnen Locken im Nacken schaukelten im Takt mit. „Ich glaube nicht, daß wir das tun dürfen. Wenn die Grindwale hier sterben wollen, dann müssen wir sie sterben lassen. Wenn du sie daran hinderst, tun sie das eines Tages ja doch."
„Das glaube ich nicht! Du weißt doch gar nicht, ob sie sterben wollen."
„Ich weiß es nicht, aber es ist doch möglich", antwortete sie ruhig, und dabei betonte sie die Wörter „weiß" und „möglich" wie ein Schulmeister. Sie schloß die Augen, und ich sah, wie sich die Wimpern berührten, wenn sie die Lider zusammenkniff.
„Wenn deine Mutter nicht mehr leben will, dann ist da auch nichts dran zu ändern. Mütter, die sterben wollen, sterben schließlich auch, egal, was man dagegen tut."
Danach schwieg sie. Die Wale auf dem Strand waren seltsam, und Tara auch. Sie war ruhig, noch ruhiger als beim Schaukeln auf der Terrasse. Sie ging von einem Tier zum anderen und redete mit ihnen. Als ich hörte, was sie sagte, dachte ich, sie wäre verrückt geworden.
„Hast du meine Flasche verschluckt", fragte sie immer wieder. „Du hast doch nicht etwa meine Flasche verschluckt? Die muß doch nach Europa, die darfst du nicht verschlucken."

14

Hinter der Düne erklang unerwarteter Lärm. Erst hörte es sich an wie das hohe Summen eines Rasenmähers, aber das Geräusch wurde lauter und tiefer. Ich lief auf die Düne hinauf und sah einen Jeep auf großen Rädern schnell auf uns zukommen.

Es dauerte noch einen Moment, bis er bei den Walen war; es hatte schon lange nicht mehr geregnet, und der Sand war locker. STRANDWÄRTER stand auf der Tür des Jeeps, und darunter, in kleineren Buchstaben: NATIONALPARK. Ein Mann in olivfarbenem Hemd und Khakihosen sprang heraus. Er begann sofort herumzurennen und die beiden anderen Männer zu rufen, die nun auch ausstiegen.

„Dreißig? Herrje, das sind mehr als dreißig! Das sind mindestens vierzig! Und da liegen noch wenigstens zehn im Wasser. Wie ist das denn möglich?“ rief der Mann in der Khakihose. „Ich rufe die Feuerwehr und die Polizei an.“

„Die Rundfunkstation soll auch durchgeben, daß wir Männer brauchen. Jeder, der zwei Hände hat und helfen kann, ist willkommen“, rief einer der anderen, während der erste zum Jeep lief und in ein Mikrophon an einem langen Kabel zu sprechen begann.

„Hallo, Kleine!“ rief der andere Mann, der so aussah wie jemand, den ich kannte. „Seid ihr schon lange hier? Wie lange liegen die Delphine hier schon?“

„Eine Weile“, antwortete Tara, bevor ich etwas sagen konnte. Mir kam es so vor, als lägen sie hier schon ein paar Wochen. Wir hatten so lange, wie ich mich erinnern konnte, auf die Tiere gestarrt, und wir hatten so lange über sie geredet, daß es mir so vorkam, als hätte ich ein ganzes Buch über Meerestiere im Sand gelesen.

„Wir sind gerade aus der Luft informiert worden. Ein Sportflieger hat sie liegen sehen." Und zu seinem Partner: „Wie viele sind es denn nun? Wir brauchen die genaue Zahl, für die Aufpäppler in Boston. Die Leute müssen gleich hier sein mit ihren Lastwagen. Wir müssen die Sache doch ein bißchen organisieren."
„Siebenundvierzig", antwortete der Mann kurz.
„O.K.", rief der Strandwärter vom Jeep aus. Er hängte das Mikrophon wieder auf. „Wir ziehen schon mal die Taucheranzüge an. Schick die Kinder nach Hause. Hier geht's gleich rund."
Ich wollte nicht nach Hause, und Tara auch nicht. Wir gingen ein paar Schritte zurück, um aus dem Blickfeld des Strandwärters zu verschwinden. Ich wußte, er würde bald froh sein, daß wir dageblieben waren.
„Glaubst du es jetzt, daß es keine Wale sind!" sagte ich gehässig zu Tara, während die drei Männer schwarze Anzüge und Gürtel aus dem Koffer holten. „Es sind Delphine. Das hat der Mann gesagt."
„Un-mög-lich", sagte Tara nachdrücklich. Offensichtlich fühlte sie sich auf die Zehen getreten. „Delphine sind viel kleiner. Das steht in meinem Buch."
Ich preßte die Lippen aufeinander und ging von ihr weg. Ich sah zu, wie der Mann, der einem Bekannten ähnelte, sich umkleidete. Er hatte eine behaarte Brust und trug eine Badehose als Unterhose. Am Handgelenk trug er ein Kettenarmband mit einem Namensschild. ROBERT stand darauf. Er lächelte, als er merkte, daß ich ihm zusah.
„Du bist Anna, stimmt's? Die Kleine von dahinten", dabei deutete er mit dem Daumen auf unser von hier ziemlich weit entferntes Haus. „Ich kenne deinen Vater von der Arbeit."
Jetzt erinnerte ich mich auch, daß ich ihn schon mit Papa gesehen hatte. Er stand auf und ging zu den beiden anderen.
Gemeinsam wateten sie ins Wasser. Die Kälte schien ihnen nichts auszumachen. Auf ein Zeichen des Strandwärters

gingen sie zu dem kleinen Delphin, der am weitesten im Wasser lag. Sie schoben das Tier so gut sie konnten weiter ins Wasser, bis der helle Bauch vom Sand frei kam.
Neben dem kolossalen Tier sahen die Männer klein aus. Wir hörten, wie sie beruhigend auf das Tier einredeten und es ermunterten, zurück ins Meer zu schwimmen. Aber der Delphin wehrte sich verzweifelt zappelnd.
Der Strandwärter kam klatschnaß zum Jeep und begann, Eimer und einige verschmutzte, weiße Isolierdecken auszupacken. Er füllte zwei Eimer mit Meerwasser und goß sie über die vorne auf dem Strand liegenden Tiere, die sich kaum oder gar nicht bewegten. Ich ging zu ihm.
„Soll ich einen Eimer füllen?" fragte ich. Zerstreut sagte er „ja", ohne mich dabei anzusehen. Auf Schuhen ging ich zum Wasser und füllte einen Eimer randvoll. Unterwegs kippte ich einen Teil des Wassers in den Sand, weil es für mich bis zu den ersten Delphinen zu schwer war. Tara stand etwas abseits. Sie wolle nicht helfen, sagte sie.
„Sind das Wale?" hörte ich sie den Strandwärter fragen.
„So ähnlich", antwortete er stöhnend, denn er schleppte gerade schwere Eimer. „Es sind Delphine, aber ganz große. Sie gehören zur Familie der Zahnwale. Sie sind..." Er sprach nicht weiter, denn hinter den Dünen war Motorengeräusch zu hören.
„He, Kleine", rief er mir zu, „kannst du oben auf die Düne raufgehen und winken? Dann wissen die Männer, daß sie hierher kommen müssen."
Ich winkte, als hinge mein Leben davon ab. Ich sah nicht nur Jeeps und Lastwagen, sondern auch Leute, die aus allen Richtungen angeströmt kamen. Die meisten hatten hohe Fischerstiefel und Wetterjacken an. Als ich mich umdrehte, sah ich drei Motorboote näher kommen. Und ich winkte noch mehr, nun auch den Motorbooten und den Leuten in den Dünen. Wenn mich jemand erspäht hatte, deutete er auf mich und beschleunigte den Schritt.

„Es sind doch Wale“, fauchte Tara mich an, als ich wieder herunterkam. „Es sind Zahnwale.“ Ich hörte nicht einmal auf ihren besserwisserischen Ton. Der Strand füllte sich immer mehr, sowohl mit Menschen als auch mit Lastwagen voller seltsamer Geräte, mit denen die Delphine wieder ins Meer geschoben werden sollten.

Der Strandwärter redete schon eine ganze Weile in sein Mikrophon. Er nickte und gestikulierte und sprach so laut, daß ich einige Fetzen des Gesprächs verstand.

„Wann denn genau... schon beginnen...“, hörte ich. Schließlich hängte er das Mikrophon ein und ging zu den Leuten. Er klatschte in die Hände und rief: „Darf ich kurz um Ihre Aufmerksamkeit bitten!“ Einige begannen zu zischeln, und dann verstummte das Gemurmel.

„Liebe Leute, ich kann Ihnen sagen, daß eine Biologin aus Boston unterwegs ist. Gestrandete Tiere sind ihr Spezialgebiet, und sie bringt ein Team von Sachverständigen mit. Ihr Name ist Petr Ann Jorssen. Sie hat mir am Telefon vorab schon einige Instruktionen gegeben, und die werden wir gemeinsam befolgen. Was ganz wichtig ist: Wir werden kein Tier zurück ins tiefereWasser bringen, bevor wir ihm nicht Blut abgenommen und es nicht an der Rückenflosse gezeichnet haben. Das Blut nehme ich ab, oder das tun die Tierärzte Springs und Abbey. Die Kennzeichen gibt es hier bei mir, die werden aber nur von diesen vier Männern angebracht.“ Er deutete auf vier Männer, von denen ich zwei flüchtig kannte.

„Genaugenommen müßten wir jedes Tier auch noch wiegen. Für die Statistiken, sagt Doktor Jorssen. Ich habe ihr erklärt, daß das mit unseren Geräten so gut wie unmöglich sei.“ Er rieb sich die Hände, als wollte er sie trocken waschen, und dachte kurz nach. Dann fuhr er fort: „Wenn wir die Delphine ins Wasser bringen, fangen wir mit den größten an. Nehmen wir erst die kleinen, werden die doch immer wieder stranden, um bei ihren Leittieren zu blei-

ben." Beim Wort „Delphine" warf ich einen Blick auf Tara an meiner Seite. Sie stand bewegungslos da und starrte auf ein paar kleine Tiere im Wasser.
„Wir brauchen zehn Mann für jeden Grindwal", rief jemand. Ein paar Leute gingen schon ins trübe Wasser. Ich schaute zu, wie sie Flossen, Schwänze und Körper maßen. Eine Frau im Taucheranzug watete von einem Tier zum anderen und nahm Blutproben für das Laboratorium. Sie hatte die Armbanduhr noch um, aber vielleicht war die ja wasserdicht.
Ich stellte mich neben einen Grindwal. Es war ein mittelgroßes Tier, und ich war ziemlich sicher, daß es ein Weibchen war. Es hatte Antilopenaugen, und aus den inneren Augenwinkeln liefen ihm geleedicke Tränen.
„Es weint", flüsterte ich. Die Tränen waren so groß wie meine Fingerspitzen. Ich versuchte, eine Träne abzuwischen, aber die fühlte sich zäh an und war nicht wegzukriegen. Ich klopfte ihm beruhigend auf den kugelrunden Kopf. Dicht neben ihm lag eine Sandklaffmuschel. Ich hob sie auf und steckte sie mir für meine Muschelsammlung in die Tasche. Ich fand noch eine Sandschnecke und eine Herzmuschel. Heute schien das Meer alles an Land zu spucken.
Ein paar Männer versuchten, ein Tier zu bewegen. Die Boote kamen so dicht heran wie möglich. Ein Junge, der nicht viel älter war als ich, warf ein Schleppseil ins Wasser, an dem ein großes Segeltuch befestigt war. Die Männer im Wasser machten die Grindwale am Boot fest, indem sie das Segeltuch um das Tier schlangen. Die Boote zogen die Delphine sehr langsam und vorsichtig in tieferes Wasser.
„Hallo, Anna!" hörte ich hinter mir. Es war Papa. Mit ungefähr acht anderen Männern deckte er einen Wal mit einem großen Segeltuch ab, damit er von der Sonne nicht erhitzt wurde. Ich winkte ihm zu und füllte meinen Eimer mit Wasser.

15

Die Biologin Petr Ann Jorssen war groß und trug Stiefel. Sie war eigentlich riesengroß, größer als Papa und Robert und die meisten Männer am Strand. Das war alles, was ich von ihr sehen konnte. Sie hatte auch ein Pferdeschwänzchen, und darüber mußte ich schmunzeln, denn Frauen mit langen Haaren kannte ich nur vom Fernsehen.
„Nur Mädchen haben lange Haare“, behauptete Tara immer. „Wenn Frauen heiraten, schneiden sie sie meistens ab. Ich werde nichts zum Abschneiden haben.“ Ihre Haare waren immer noch dünn und spröde. Sie wollte sie wachsen lassen, aber dafür waren sie nicht stark genug. Ich wußte, daß sie auf mich neidisch war.
Petr Ann gab kurze Anordnungen. Sie sprach ganz anders als wir, viel mehr mit den Lippen als mit der Zunge, und darum hörte es sich so an, als käme sie aus einem fernen Land.
„Sie kommt aus Europa“, hörte ich Onkel Tony zu Papa sagen. Tara stand direkt neben ihr. Neben Petr Ann war sie kleiner als je zuvor.
„Wir müssen das Leittier der Herde finden“, hörte ich sie sagen. „Ihr habt gemessen. Gebt mir die genauen Maße. Wie lang jedes Tier ist und wie schwer. Ich werde das Leittier schon finden.“
Als sie mit der Liste zum Strandwärter ging, folgte ihr Tara auf den Fersen. Petr Ann achtete nicht auf sie. Sie redete und furchtelte mit den Armen herum. Alle warteten auf ihre Anordnungen.
„Vor allem...“, rief sie plötzlich, „nicht zuviel Lärm machen. Diese Tiere haben sehr empfindliche Ohren, und bei

Lärm sind sie schnell überspannt." Tara hörte mit schräg gehaltenem Kopf zu. Sie murmelte etwas vor sich hin und versuchte, von den Lippen abzulesen. Mit schnellen Blikken schaute sie in die Runde, und als sie mich sah, kam sie mit großen Schritten zu mir.
„Mama war auch überspannt", sagte sie kurz. Dann ging sie wieder zu Petr Ann Jorssen.
Petr Ann Jorssen brachte alles richtig in Schwung. Eines nach dem anderen wurden die glänzenden, schwarzen Tiere ins tiefere Wasser geschoben. Es dauerte lange, mindestens vier Stunden, bis alle wieder in tieferem Wasser waren. Die Journalisten machten mehr als hundert Aufnahmen. Die Leute vom Rundfunk machten mit einigen „Mitarbeitern" Interviews. Papa sagte etwas ins Mikrophon, und ich durfte „Hallo" sagen. Der Reporter fragte: „Wie geht es denn voran mit der Rettung?"
„Prima!" rief ich viel zu laut. Dann fragte er: „Gefällt euch das?" Und ich antwortete: „Ja!" Ich wußte, daß meine Antworten nicht besonders originell waren, aber ich war zu aufgeregt, mir etwas anderes auszudenken. Morgen steht alles in der Zeitung, dachte ich immer nur. Die Rektorin der Schule und die Jungen aus meiner Klasse hören mich im Radio. Mir sprang das Herz fast aus dem Hals.
Es wurde Abend, und die Helfer bekamen Hunger. Aber niemand wollte einen Bissen essen, bevor der letzte Delphin wieder sicher im Wasser schwamm. Es reichte nicht, daß die Tiere wieder ganz im Wasser waren, sie mußten auch noch ins offene Meer geführt werden. Solange sie wie betrunken im Kreis schwammen, war die Rettung nicht beendet.
Sie dümpelten unentschlossen herum und spritzten links und rechts kleine Fontänen hoch. Der schwere Atem ging bei den meisten wieder regelmäßig, einige schlugen mit dem flachen Schwanz aufs Wasser. Petr Ann Jorssen war weit weg in einem Boot.

„Sie kümmert sich um das Leittier“, sagte jemand. „Wenn das Leittier seinen Weg fände, dann wäre mit den anderen auch alles in Ordnung, hat sie gesagt.“
Die Herde bewegte sich weiter und weiter ins offene Meer hinein. Die Männer der Rettungsmannschaft beobachteten sie lange. Ich traute mich nicht, auch nur einen Ton von mir zu geben, denn ich fürchtete, die Grindwale könnten mich hören und zurückkommen. Alle anderen waren auch mucksmäuschenstill.
Schließlich sah man nur noch hier und da den glänzenden Körper eines Grindwals, der sich hinaus aufs offene Meer bewegte. Sie waren nun schon so weit entfernt, daß man sie nicht mehr hören konnte. Ich setzte mich in den Sand, denn ich hatte ganz müde Beine. Der Wind hatte mir die Lippen ausgetrocknet, und als ich sie leckte, schmeckte ich die See.
In einem leise summenden Boot kam Robert angefahren.
„Geht nach Hause, Männer!“ rief er. „Alles erledigt.“
„Und die Frauen?“ meinte eine Frau aus der Gruppe. Einige lachten gedämpft. Im nächsten Moment verabschiedeten sich alle mit einem Händedruck. Leute, die ich nicht einmal kannte, klopften mir auf die Schulter und sagten, ich hätte tüchtig geholfen.
„Kommst du heute abend zur Cranberry?“ hörte ich Papa Robert fragen.
„Ja, ich treffe dich da. Aber ich muß sagen, ich traue dem Braten nicht. Wie ich die Grindwale kenne, werden wir noch Probleme kriegen. Frau Jorssen ist auch mißtrauisch. Sie sagt, sie will über Nacht hierbleiben. Zur Sicherheit.“
Die beiden Männer hoben eine Hand zum Gruß und gingen.
„Papa, warte!“ rief ich.
„Ach ja, du bist ja auch noch da“, sagte Papa lachend. Er legte mir den Arm um die Schultern.
„Und Tara?“ fragte er. Ich hatte keine Ahnung, wo sie sein

konnte. In den letzten Stunden hatte ich sie nicht mehr gesehen, und ich hatte total vergessen, daß sie auch dagewesen war.
„Waren das Grindwale, Papa?“ fragte ich.
„Ja, das waren Grindwale. Die waren groß, meinst du nicht auch?“
„Warum haben sie sich auf den Strand gelegt?“
„Das weiß ich nicht. Früher glaubten die Leute, sie wollten Selbstmord begehen, aber heute sagen die Gelehrten, sie täten es, weil sie die Orientierung verloren hätten. Ihr Orientierungssinn ist gestört, glaube ich.“
Das fand ich ziemlich unwahrscheinlich. „Wollen sie denn nicht gern im Meer leben? Es sind so viele, sie können doch nicht einsam sein? Und das Meer ist so groß. Sie haben doch Platz genug, und da gibt es genug leckeres Futter, das sie jagen können. Warum sollten sie dann sterben wollen? Oder können sie wirklich so die Orientierung verlieren, daß sie an Land schwimmen? Wenn ich nicht mehr weiß, wo ich bin, dann versuche ich immer, ganz genau nach meinen Fußabdrücken zurückzugehen. Das kommt oft vor, wenn ich in den Dünen spiele. Manchmal weiß ich dann nicht mehr, wo das Meer ist und wo Truro ist, aber ich finde immer den Weg zurück. Die Grindwale müssen im Meer doch auch Orientierungspunkte haben, nach denen sie den Weg zurück zu der Stelle finden, wo sie morgens losgeschwommen sind?“
„Das weiß ich nicht so genau. Das kommt oft vor, daß Wale stranden. Das letzte Mal, als es hier passiert ist, waren es zwei riesige Pottwale. Du warst damals auch dabei, aber du warst noch sehr klein. Du kannst dich wahrscheinlich nicht mehr daran erinnern.“
„O doch, das weiß ich noch.“
„Wirklich? Ich weiß noch genau, du hast damals schon tausend Fragen gestellt, aber ich mußte dir die Antworten schuldig bleiben. Wenn sich die Gelegenheit bietet, mußt

du Frau Jorssen fragen. Die wird alles darüber wissen."
„Kommt sie auch zur Cranberry?"
„Das nehme ich an."
„Wo ist sie jetzt?"
„Sie folgt der Gruppe mit einem Boot, zusammen mit ein paar Leuten ihres Teams. Ich glaube, sie werden heute nacht alle in der Cranberry schlafen."
Während wir nach Hause gingen, sah ich plötzlich Tara auf einer Dünenflanke im Strandhafer hocken und aufs Meer schauen. Ich sagte Papa nichts davon.

Mama schickte uns beide unter die Dusche. Ich hatte keine große Lust dazu, aber Papa sagte, ich dürfte mit ihm unter die Dusche, und da wollte ich dann doch. Er seifte mich ganz ein, und das machte ich auch mit ihm.
„Du bist so glatt wie ein Grindwal", meinte er lachend. Am Tisch erzählten wir Mama, was passiert war. Sie hatte alles im Lokalfunk verfolgen können, und sie hatte sogar mein „Hallo" gehört.
„Wo ist Tara?" fragte Mama plötzlich. „Ich habe sie gestern den ganzen Tag nicht gesehen und heute auch nicht."
Ich überlegte, ob ich etwas sagen sollte. „Sie war bei den Walen, mit mir. Gestern war sie zu Hause."
„Das Mädchen sollte nicht so oft alleine sein. Anton sollte eine bessere Lösung suchen, als sie ständig bei sich zu behalten", sagte Papa.
Mama sah ihn überrascht an. „Sie braucht aber auch nicht dauernd hier zu sein", sagte sie. Mit unterdrückter Stimme, so daß ich es nicht hören konnte, fügte sie noch etwas hinzu. Als sie merkte, daß ich hinhörte, sprach sie mit normaler Stimme weiter: „Tony hängt sehr an ihr. Nach Tanja ist sie alles, was er hat. Ohne sie hätte er die letzten Monate nicht überstanden."
„Wir haben abgemacht, heute abend in der Cranberry die Rettung der Wale zu feiern. Kein einziges Tier ist umge-

kommen, und darauf können wir wohl anstoßen", sagte Papa leichthin.
„Ich will mit!" rief ich sofort.
„Eigentlich hast du sehr viel geholfen", meinte Papa. „Von mir aus darfst du mitkommen."
„Von mir aus darfst du auch, und zwar unter der Bedingung, daß du Tara mitnimmst", fügte Mama hinzu. Und zu Papa sagte sie: „Wenn du dabei bist, habe ich nichts dagegen, daß sie zusammen sind. Du hast vielleicht recht. Wir müssen sie mehr mit einbeziehen, sonst kommt sie nie über den Tod ihrer Mutter hinweg."
Ich hatte nicht mehr so große Lust mitzugehen. Aber ich tröstete mich mit dem Gedanken, daß der Regenbogenmann heute abend vielleicht in seinem Laden wäre. Ich ging in mein Zimmer und schaute noch, ob ich noch Geld hatte, mir eine Regenbogenkarte zu kaufen. Während ich suchte, hörte ich das Telefon.
Ich lief in Papas und Mamas Schlafzimmer. Neben ihrem Bett stand das zweite Telefon. Ich nahm den Hörer ab. Zu spät. Mama sprach schon mit Onkel Tony. Ich hielt den Atem an, damit sie mich nicht hören konnten. Ich belauschte ihr Gespräch.
„... etwas fragen. Kann ich mir von euch einen Schlafsack leihen? Ich habe für heute nacht einen Gast."
„Einen Gast?"
„Ja, eine Frau Jorssen will so dicht wie möglich am Strand übernachten. Sie will eine Gruppe Wale im Auge behalten, sagt sie. Sie suchte ein Zimmer mit Blick aufs Meer, und unsere Strandvilla liegt günstig. Robert war hier und hat gefragt. Er fürchtete, es würde nicht gehen, wegen Tanjas Tod. Ich habe gesagt, mir wäre es recht. Etwas Ablenkung kann ja nicht schaden."
„Da hast du recht."
„Weißt du, ich habe keine zweite Garnitur Bettwäsche. Darum hätte ich gerne einen Schlafsack."

„Aber Anton, du hast doch auch kein zweites Bett. Soll sie auf dem Sofa schlafen, oder wo?"
„Das weiß ich noch nicht. Ich werde sehen, wie ich das hinkriege. Mach dir nur keine Sorgen."
„Du kannst dir einen Schlafsack holen kommen. Und bringe vielleicht Tara mit. Dann kann Anna sie mit in die Cranberry nehmen. Da wird gefeiert, wegen der Wale, glaube ich."
„Tara? Wieso? Warum sollte Tara dabei sein?"
„Hör zu, Anton. Tara muß unter die Leute kommen. Ich weiß nicht, was du dir dabei denkst. Das Kind treibt sich immer in den Dünen herum oder sitzt zu Hause vor dem Fernseher. Das kannst du doch nicht zulassen."
Es blieb eine Weile still in der Leitung. Ich hatte Angst, sie könnten mich hören.
„Einverstanden. Aber sie muß danach sofort nach Hause kommen. Ich sage sofort. Ich muß dafür sorgen, daß alles ein bißchen in geregelten Bahnen bleibt, wo sie nun doch keine Mutter mehr hat."
„Das sehe ich ein", antwortete Mama. „Bis gleich."
„Ja, bis gleich." Ich wartete, bis Mama aufgelegt hatte. Nach dem Klick legte auch ich auf. Ich ging nach unten und lauschte an der Küchentür.
„Das kommt davon. Der Schlaumeier hielt es nicht für nötig, mehr als zwei Betten zu kaufen. Er hätte noch eins kriegen können, sehr billig. Er ist..." Papa schwieg, weil ich die Tür aufstieß.
„Seht mal", rief ich unschuldig, „ich habe noch etwas Geld für den Regenbogenmann."

16

Der Regenbogenmann heißt Thom Klika. Sein Laden ist gleich neben der Cranberry, und er hat bis tief in die Nacht geöffnet. Wenn man hineinkommt, geht man sofort auf Wolken, denn die himmelblauen Stufen, die Fußböden im Laden und sogar im Gang sind mit schönen, flauschigen Wölkchen bemalt. Auf der Innentür wölbt sich ein gewaltiger Regenbogen. Übrigens ist auf allem, was er macht und verkauft, ein Regenbogen. Er hat Handtücher mit einem Regenbogen, Puzzels mit einem Regenbogen, Trinkbecher mit einem Regenbogen. Man kann auch ein in Blei gefaßtes Regenbogenbild aus Glas kaufen, das man sich ins Fenster hängen kann. Oder einfach ein Tuch mit einem Regenbogen.

„Guten Tag!“ rief Thom, als ich eintrat. Bevor ich ihn grüßte und die Tür hinter mir zuging, schaute ich mich schnell um, ob Tara mir folgte.

„Guten Tag, Thom“, sagte ich leichthin.

„Du siehst aus, als ob du vor einem Gespenst davonläufst“, scherzte er. Und ich dachte: Du hast ja recht. Wenn Thom lachte, sah man noch einen Regenbogen, denn er hatte ein buntes Klebeband auf dem vordersten Schneidezahn. Ich schaute mich etwas um und hoffte, daß Tara mich nicht mehr finden würde. Ich sah mir die Wasserfarbenbilder an und die Kalender, und ich klimperte mit dem Geld, das Papa mir für Cola in der Cranberry gegeben hatte. Zusammen mit meinem eigenen Geld hatte ich fast einen Dollar.

Ich nahm eine Postkarte mit einem Regenbogen in wirklich schönen Farben. In kleinen Buchstaben stand darunter, daß man mit dem Fingernagel über die Farben kratzen könnte. Dann sollte man daran riechen. Das tat ich. Der rote Streifen roch nach Erdbeeren, der orangefarbene nach Orangen, der gelbe nach Bananen und der violette nach Weintrauben. Ich hatte nicht genug Geld für die Karte, aber ich wußte, daß Thom das nicht so schlimm finden würde. Ich las, was da stand: TRÄNEN SIND FÜR DIE AUGEN, WAS DER REGENBOGEN FÜR DEN HIMMEL IST. Ich wußte nicht genau, was das bedeuten sollte, fand es aber schön.

„Warst du heute am Strand?" fragte Thom, als ich nach vorne in den Laden kam. Ich nickte. Er beugte sich vor und flüsterte mir zu: „War der Wal von Goody nicht dabei?" Er lachte grimmig. Mit seinem kahlen Kopf und den großen Augen sah er aus wie eine Spukgestalt.

„Du kannst den Wal von Goody am Schwanz erkennen. Da hängt eine lange Kette dran, mit einer Laterne am Ende. Goody hängt eine Laterne an den Schwanz des Wals und reitet darauf im Meer umher. Die Fischer glauben, das Licht käme von einem Leuchtturm, und dann verlieren sie den Nordstern. Ihre Schiffe gehen unter, und keiner weiß warum."

„Ich glaube nicht an Hexen", sagte ich kurzangebunden und legte die Hände auf ein seidenartiges Regenbogenkissen.

„Nein? Du glaubst nicht an Goody? Sieh dich nur vor. Hast du sie noch nie im Wind singen gehört? Und das Geisterlicht nachts auf dem Meer?"

„Goody Hallet ist tot. Die Fischer haben ihre roten Schuhe im Bauch eines Wals gefunden." Ich legte die Karte mit leisem Klatschen auf die Theke. Ich hatte keine Lust, über Hexen zu reden.

„Ist die für deine Mutter?" fragte Thom, als ich bezahlte. Ich sagte „Ja", wußte aber noch nicht, wem ich sie geben sollte. Vielleicht Mama, aber am liebsten wollte ich die Geruchkarte selbst behalten. Mit der Nase auf die Karte gedrückt ging ich hinaus. Und plötzlich stand Tara vor mir. Sie hatte immer noch die Plastiktüte in der Hand, die ich vorhin schon gesehen hatte. Ich wußte nicht, was darin war.

„Zeig doch mal, was du gekauft hast", sagte sie im Befehlston. Ich steckte die Karte schnell in meine Jackentasche und ging an ihr vorbei.

„Ich habe mein Buch über das Meer bei mir", sagte sie. Das war natürlich etwas anderes. Ich drehte um, und sie holte das Buch aus der Tüte. Nebeneinander setzten wir uns an die Wand des Regenbogenladens. Sie schlug das Buch auf, wo sie das Lesezeichen reingelegt hatte. Gemeinsam lasen wir:

GRINDWAL

Ein Zahnwal, der eine Körperlänge von 4-8 Metern erreicht und vor allem in nördlichen Meeren lebt. Der Körper ist schwarz, der Bauch heller. Die Stirn ist auffallend kugelförmig. Er lebt in Herden von 10-100 Artgenossen, meist unter Führung eines Männchens. Die dicke Fettschicht hat vor allem isolierende Funktion. Der Grindwal ernährt sich von Fischen, Tintenfischen und Schalentieren. Ober- und Unterkiefer haben je 40-50 spitze Zähne. Wegen seines hohen Fett- und Fleischgehalts ist der Grindwal begehrtes Fangobjekt der Walfänger.

„Was wiegt er denn?" fragte ich.

„Das steht hier nicht, aber ich glaube, daß er unheimlich schwer ist."

„Steht da etwas vom Stranden oder so ähnlich?"

„Ja, hier auf Seite 36, siehst du?"

Alljährlich stranden Herden dieser Wale an den Küsten. Einige Wissenschaftler sind der Meinung, sie hätten aufgrund einer Erkrankung der Ohren die Orientierung verloren, andere sehen als Grund dafür das Magnetfeld der Erde. Andere sagen, das Leittier sei erkrankt und die Herde folge ihm. Keine dieser Theorien ist schlüssig bewiesen.

„Das ist ein dummes Buch“, sagte ich. „Es weiß ja nicht einmal die Antworten auf unsere Fragen.“
„Das ist kein dummes Buch.“
„Aber es weiß doch nicht einmal die Antworten auf unsere Fragen.“
„Ich glaube, ich weiß die Antwort“, sagte Tara. Ich sah sie ungläubig an, und das machte sie wütend. Erst tat sie so, als wollte sie nicht mehr mit mir sprechen. Aber dann sagte sie: „Wirklich. Ich glaube, die Grindwale haben etwas im Meer gesehen, was sie sehr schlimm finden. Darum wollten sie nicht länger leben.“
„Was meinst du denn?“
„Das weiß ich nicht. Etwas sehr Schlimmes. Vielleicht ein Unheil, mit viel Blut, einen Fisch, der in eine Schiffsschraube gekommen ist, oder einen, der sich in den Telefonkabeln auf dem Meeresboden verfangen hat. Oder ein monsterhaftes Meeresungeheuer, so eine Meereshexe wie Goody Hallet. Vielleicht hat auch ein Grindwal die Schuld daran, daß die anderen sterben wollen, weil er etwas weitererzählt hat, was er nicht verraten durfte. Und dafür wird er bestraft. Die Strafe ist, daß alle anderen Tiere seiner Art Selbstmord verüben, so daß er allein übrigbleibt, ganz alleine, für den Rest seines Lebens.“
„Dummkopf, das gibt es doch nicht“, sagte ich. „Wie sollten Grindwale etwas weitererzählen, wenn sie nicht einmal sprechen können?“
„Und ob!“ protestierte sie flüsternd. „Delphine und Wale haben ein sehr kompliziertes System, mit dem sie sich verständigen können. Die können alle möglichen Nachrichten weitergeben. Das steht in meinem Buch.“ Ihre Stimme klang sehr seltsam. Als erzähle sie eine alte Geschichte, die sie schon tausendmal erzählt hatte. Ich fing an, Steinchen zu werfen. Sie machte die Augen zu und zischte wütend durch die Zähne.
„Du glaubst mir wohl nicht?“ rief sie und kratzte mir mit

den Fingernägeln über das Bein. „Du hörst mir ja nicht einmal zu. Du kapierst einfach nichts, nichts kapierst du."
„Laß mich in Ruhe. Du tust mir weh", sagte ich und stand auf, denn ich wußte, sie würde mich schlagen.
„Du bist genau wie meine Mutter. Die hat auch nichts kapiert. Sie hat nie zugehört, wenn ich was sagte, und jetzt ist sie tot."
„Wir können ja Frau Jorssen fragen. Die weiß alles über Wale", sagte ich und ging so schnell ich konnte zur Cranberry.

„In Ordnung, Männer, laßt uns jetzt eine Pause machen", sagte Petr Ann Jorssen, als wir in das kleine Nebenzimmer der Gaststätte kamen. „Wir werden heute nacht noch eine Menge zu tun haben." Sie saß an einem runden Tisch und hatte eine lange Liste vor sich liegen. Sie tippte ein paar Eingaben in ihren tragbaren Computer. Der Strandwärter legte eine Mappe mit Papieren auf einen Stuhl neben ihr und ging dann raus. OZEANISCHES INSTITUT WOODS HOLE stand da drauf.
„Hallo, Tara", sagte Petr Ann, als sie uns bemerkte.
Sie kennt Taras Namen, dachte ich alarmiert.
„Hast du deine Freundin mitgebracht?" Tara nickte. „Anna", sagte sie und deutete auf mich.
Petr Ann sah wieder Tara an. „Du bist Antons Tochter, nicht wahr? Ich habe gerade mit ihm telefoniert. Ich habe das gehört, das von deiner Mutter. Mein Beileid..."
Tara sah sie nicht an, sondern fragte prompt: „Warum stranden Wale?"
Petr Ann schlug die langen Beine übereinander und lehnte sich zurück.
„Grindwale haben ein ganz besonderes System im Kopf, mit dem sie sozusagen sehen können. Sie senden Signale aus, die für uns unhörbar sind, und dann horchen sie nach dem Echo dieser Signale. Wenn es schnell kommt, dann ist

ganz in der Nähe ein Gegenstand, bleibt es sehr lange aus, ist nichts im Wege." Sie nahm einen Bleistift und fing an zu zeichnen. Sie zeichnete einen Wal, und seine Signale waren lange Linien. Sie zeichnete auch das Meer und den Strand.

„Wenn ein flacher Strand vor ihnen liegt, ohne Felsen und Klippen, dann glauben sie, daß der echolose Raum vor ihnen nur Wasser ist. Das Leittier landet auf dem Strand, und andere Tiere folgen ihm. Sie sitzen fest und rufen um Hilfe. Grindwale sind sehr soziale Tiere. Sie helfen einander, aber auch die, die helfen wollen, sitzen dann fest."

„Da hast du's!" sagte ich leicht vorwurfsvoll zu Tara.

„Hatte Tara eine andere Erklärung?" fragte Petr Ann.

„Tara behauptet, die Grindwale hätten etwas gesehen und wollten darum nicht länger leben. Tara hat immer sehr seltsame Erklärungen. Sie meint, Wale und Dinge könnten miteinander reden." Während ich sprach, nahm Tara vorsichtig den Bleistift und begann, in Petr Anns Notizheft zu zeichnen. Sie zeichnete eine Flasche im Wasser. Die sah ein wenig aus wie ein krummer Fisch, aber ich erkannte deutlich, daß es eine Flasche war. Sie schwamm halb über Wasser. Zu einem Fünftel war sie mit Sand gefüllt.

„Sie meint auch, daß Wale Flaschen fressen", sagte ich schnell.

Petr Ann lächelte.

„Das tun sie auch. Aber das ist dann ein Versehen." Taras Gesicht war zu einem seltsamen Grinsen erstarrt, als sie das sagte.

„Es gibt noch andere Gründe, warum Wale stranden", fuhr die Biologin fort. „Manchmal haben sie Parasiten, Würmer und andere Kleintiere in den Ohren. Dann können sie das Echo nicht mehr so gut hören. Manchmal bringt sie ein Sturm durcheinander. Sie verlieren ihre Windrichtung, und das kann fatal sein. Aber ich glaube nicht, daß sie stranden, weil sie etwas Schreckliches gesehen haben, Tara. Wie kommst du überhaupt darauf?"

Tara preßte die Lippen zusammen. Sie schob die Füße über den Boden. „Du kommst aus Europa. Das höre ich an deiner Aussprache“, sagte sie. Petr Ann nickte und lächelte. Tara fuhr fort: „In Cleveland wohnte unter uns jemand aus Europa, und der sprach genau wie du. Der kam aus Deutschland.“

„Da komme ich nicht her, aber aus einem Land in der Nähe. Ich komme aus Antwerpen, das ist eine Stadt in Belgien.“

„Liegt Antwerpen am Meer?“ fragte Tara schnell.

„Ja und nein. Es liegt an einem Meeresarm.“

Tara deutete auf ihre Zeichnung. „Findet ihr in Europa manchmal Flaschen mit einer Botschaft darin?“

Petr Ann bekam keine Gelegenheit zu antworten. Robert kam herein und redete sofort los.

„Alles in Ordnung, Petr Ann. Deine Apparatur ist in der Strandvilla aufgebaut. Dein Fenster geht zum Meer raus. Anton Myrold ist damit einverstanden, daß du da bleibst.“

Tara schaute verwirrt auf, als der Name ihres Vaters fiel.

„Glückskind“, flüsterte ich ihr zu. „Sie wird bei euch übernachten.“

Tara runzelte die Augenbrauen und schüttelte die dünnen Haare.

„Wir haben doch nur zwei Betten“, sagte sie laut. „Du kannst doch nicht bei meinem Papa schlafen. Das tun doch nur verheiratete Leute.“

Sie hatte einen wilden Blick in den Augen, und ihre Finger bewegten sich wie gefangene Vögel.

Petr Ann schaute Robert verwirrt an. Der lachte. „Dein Papa hat gesagt, Frau Jorssen darf in deinem Bett schlafen.“

„Und ich?“ fragte sie fast schluchzend.

„Du wirst ins große Bett dürfen, zu ihm.“

Tara verschloß sich. Sie schloß die Augen und die Ohren und hörte und sah nichts mehr. Sie verriegelte ihr Wahr-

nehmungsvermögen. Niemand bemerkte es. Ich war die einzige, die wußte, was da vor sich ging: Tara verschwand. Sie setzte sich in eine gläserne Hülle und dachte nach. Vielleicht war das ihre Strandtram. Ich ging an ihr vorbei in die Gaststube, denn ich wußte, daß sie eine ganze Weile nicht mehr mit mir sprechen würde.
„Anna?“ rief Petr Ann. Ich drehte mich um. „Machst du bitte die Tür zu? Ich möchte mich mal mit Tara unterhalten.“
Ich warf die Tür zu und setzte mich zu Papa.

17

Die Leute in der Cranberry waren sehr vergnügt. Sie rissen Witze, als ich hereinkam, und sie rissen die gleichen Witze, als etwas später Tara hereinkam. Sie setzte sich zu mir auf den Stuhl, denn es waren nicht genug Stühle für alle da. Es war schon spät, aber niemand sagte, wir müßten schlafen gehen.

„Das ist doch normal", meinte Tara. „Wer älter ist als zwölf, darf bis nach zwölf aufbleiben." Sie trank ihre Cola, und weil ich ihr die Postkarte nicht gezeigt hatte, gab sie mir auch keinen Schluck ab.

Plötzlich begannen ein paar Leute zu zischeln. Alle Gespräche verstummten. Ein Mann, der gerade hereingekommen war, sagte etwas, und dann wurde allgemeines Gemurmel laut.

„Habe ich das nicht vorhergesagt?" sagte Robert. „Das habe ich euch doch gesagt!" Ein paar Leute standen auf und zogen sich die Mäntel an.

„Was ist denn los, Papa?" fragte ich. „Was ist los?"

„Anna und Tara, ihr geht nach Hause. Ich gehe mit euch, und dann gehe ich zum Strand. Die Grindwale sitzen wieder im untiefen Wasser fest." Seiner Stimme war anzuhören, daß er sich ärgerte. Es war jetzt richtig kalt, und es war dunkel.

„Ich will auch helfen", sagte ich zaghaft, aber ich wußte, daß er das nicht erlauben würde. Er antwortete nicht einmal. Er gab uns einfach die Mäntel und schob uns vor sich her auf die Straße. Als wir gerade zur Tür raus waren, schoß Petr Ann Jorssen an uns vorbei. Sie grüßte nicht einmal. Sie hatte keinen Pullover an, nur ein Polohemd und Jeans. Zusammen mit Robert verschwand sie im Jeep.

„Anna, ich möchte bei dir schlafen", sagte Tara, und dabei schlug ihr die Plastiktüte mit dem Buch darin gegen die Beine.
„Bei mir? Petr Ann schläft doch bei euch. Und das willst du dir entgehen lassen? Wenn ich du wäre, würde ich das nicht tun."
Mir fiel kein besseres Argument ein. Aber sie schüttelte den Kopf. „Ich will bei dir schlafen. Ich schlafe nicht gern zu Hause, seit Mama nicht mehr da ist."
Ich dachte daran, was sie mir Schlimmes antun würde, wenn ich nein sagte.
Als wir zu Hause waren, ging Papa sofort nach oben, um sich wärmere Sachen anzuziehen. Mama sagte, Onkel Tony hätte schon dreimal angerufen und gefragt, wo Tara bliebe.
„Tante, ich will nicht nach Hause. Ich möchte bei Anna schlafen", sagte sie mit Schmeichelstimme. Mama stutzte einen Moment. Ich sah ihr an, daß sie dachte: Spielt sie das, oder meint sie das ernst?
„Meinetwegen, aber dein Vater...", begann sie, sprach aber nicht weiter, weil das Telefon klingelte. Sie nahm ab.
„Ja, Tara ist jetzt hier." Pause.
„Wieso? Jetzt noch? In der Dunkelheit?" Pause. Tara schüttelte kurz den Kopf und riß die großen Augen auf.
„Das ist unmöglich, Anton", sagte Mama. „Sie sind vor einer halben Stunde gekommen und schlafen jetzt schon fest. Ich schicke sie morgen früh nach Hause." Pause.
„Aber Anton, das kommt doch gerade gelegen, wo Frau Jorssen bei euch schläft. Ihr habt doch nicht genug Betten." Wieder eine Stille.
„Nein, wirklich nicht. Hör auf damit. Ich wecke sie jetzt nicht mehr auf. Das hätte Tanja auch nicht getan." Sie legte auf.
„Ihr geht jetzt sofort ins Bett. Vielleicht kommt er und überzeugt sich davon, ob ich die Wahrheit gesagt habe!"

Ich wußte, daß sie das nicht ernst meinte. Tara bedankte sich leise, nahm ihre Plastiktüte und ging nach oben.
„Die Männer bei den Walen haben Glück", sagte ich, während ich mir die Schuhe auszog. „Nachts kommen die Waschbären zum Strand, brechen die Muscheln auf, waschen sie und essen sie. Ich möchte jetzt auch gerne raus."
Ich warf ihr einen alten Pyjama zu und fing auch an, mich auszuziehen.
„Gesicht zur Wand!" befahl Tara. Ich seufzte laut und drehte mich um.
Als wir nebeneinander lagen, holte sie das Buch über die Wale aus der Tüte. Ich war todmüde und wollte nichts mehr von Walen hören oder sehen. Aber sie wollte, daß das Licht anblieb.
„Ich werde vorlesen", sagte sie. Sie lag mit dem Kopf auf dem Kissen und hielt das Buch hoch. Ich legte mich auf die Seite, um etwas sehen zu können. Durch ihre dünnen Haare sah ich den Sand auf der Kopfhaut.
„Du hast heute abend nicht geduscht", sagte ich vorwurfsvoll.
„Nein", antwortete sie. Ich roch Salzwasser und rümpfte die Nase.
„Aber ich", sagte ich. „Mit Papa. Wir seifen uns gegenseitig ein und lachen uns tot, wenn wir zusammen duschen."
Tara richtete sich auf und fragte: „Faßt er dir dann auch an die Brüste?"
„An die Brüste? Nein, das machen Väter doch nicht. Das machen doch nur die Jungen."
„Wenn zwei sehr gern zusammen sind, dann fassen sie sich auch an den Brüsten an. Das ist ein schönes Gefühl, und darum tun sie das. Dein Vater liebt dich nicht richtig, darum macht er das nicht." Sie schnalzte mit der Zunge.
„Bist du verrückt!" rief ich entrüstet. „Das ist Unsinn! Ich glaube dir kein Wort!"
Sie lächelte und sagte nichts. Sie begann zu lesen: „Unter-

suchungen haben ergeben, daß das Verhältnis zwischen der Mutter und dem Jungen einige Jahre bestehen bleibt. Das Junge kehrt zur Mutter zurück, vor allem in Streß-Situationen, selbst wenn es schon lange erwachsen ist. Andere weibliche Grindwale verbünden sich manchmal mit Mutter und Jungem, vor allem, wenn die Mutter erneut ein Junges bekommt. Die weiblichen Tiere beschützen die jungen Grindwale gegen die männlichen Tiere, die manchmal sehr aggressiv sein können."

„Was ist das, aggressiv?" fragte ich.

„Kämpfen wollen, und weh tun wollen", antwortete sie.

Ich sagte: „Ich kann vor Aufregung nicht schlafen. Glaubst du, sie können die Grindwale retten?"

„Weißt du, was ich glaube?" fragte sie und hob den Zeigefinger. „Ich glaube, daß das alles weibliche Grindwale sind. Die männlichen haben sie auf den Strand gejagt."

„Das stimmt aber nicht", widersprach ich. „Petr Ann hat alles notiert, und da waren auch Männchen drunter, sagt sie. Warum denkst du dir immer so dumme Sachen aus?"

Sie begann zu flüstern: „Du kriegst Geld, wenn du versprichst, keinem zu verraten, was ich dir jetzt sage."

„Wieviel?" fragte ich.

„Einen Dollar."

„Wo kriegst du den Dollar her?"

„Von meinem Papa. Der gibt mir jeden Abend einen Dollar, damit ich nichts ausplaudere. Ich kann dir auch einen Dollar geben, wenn du nichts ausplauderst." Ich kroch dichter an sie heran. Welches Geheimnis hatten Tara und ihr Vater, das niemand wissen durfte? Jeden Tag einen Dollar, das macht sieben Dollar in der Woche, und dreißig Dollar im Monat. Das war ein Haufen Geld! Ich dachte an ihre Mickymaus-Armbanduhr. Ihre Arme waren die Zeiger. Ich hatte nur eine Armbanduhr, sie hatte mindestens drei. Ich dachte an ihr Fahrrad und an ihre schönen Kleider.

„O.K.“ sagte ich. „Ich schweige wie ein Grab, wenn du dafür bezahlst. Was ist es denn?“
Sie kam mit dem Mund ganz nahe an mein Gesicht heran. „Ich glaube, daß die Grindwale Selbstmord begehen wollten, weil...“ Sie stockte. „... weil sie etwas gesehen haben, was sie schrecklich finden.“
„Aber was?“ fragte ich ungeduldig, denn das hatte sie mir ja schon vorher gesagt.
„Na ja, sie haben gesehen, daß ihr Mann und ihr Kind Spielchen trieben, seltsame Spielchen.“
„Welche Spielchen?“ fragte ich kurz.
„Hmm“, machte sie. „Wie Jungen und Mädchen. Wie... der Vater küßt das Kind, erst auf die Wangen, dann auf den Mund. Und dann legt er sich auf sie und berührt sie. Und dann... einfach... na ja, solche Spiele.“
„Das tun Grindwale nicht.“
„Das tun sie doch. Das steht in meinem Buch.“
„Aber wie erklärst du dir dann, daß sie Selbstmord begehen?“
„Dumme Gans, kapierst du das denn nicht? Du kapierst nie etwas. Das habe ich dir schon tausendmal erklärt: Das Kind hat das natürlich alles der Mutter erzählt, und die meinte, der Mann müßte das Spiel mit ihr machen, nicht mit dem Kind. Sie findet das so schrecklich, daß sie... nicht mehr leben will.
Sie schwimmt zur Küste... und geht aus dem Wasser. Da trocknet sie in der Sonne aus.“ Sie schloß ihren Satz stokkend und mit hoher Stimme. Mir war klar, daß sie weinte. „Manchmal habe ich seltsame Gedanken, wenn ich alleine bin. Ich glaube dann, daß Mama nicht wirklich tot war, sondern nur scheintot. Und ich sehe sie im Plastiksack im Sarg liegen, und sie ruft und schreit. Sie klopft mit der Faust an den Sargdeckel, aber niemand hört sie. Sie kann natürlich nicht lange atmen, in dem Sack. Ich weiß nicht, wie lange sie da liegt. Ob sie wohl ihre Kleider noch anhat,

oder nimmt man ihr alles ab? Und die Halskette? Ihren Trauring habe ich bekommen. Aber sie hatte noch einen Ring. Ob sie wohl frisiert worden ist, oder hat man die Haare einfach mit einem Gummiring zusammengehalten, wie sonst jeden Tag? Ich habe sie nicht gesehen, als sie fertig war. Papa sagte: ‚Du willst sie doch bestimmt lieber nicht mehr sehen', und ich sagte: ‚Lieber nicht.' Ich hätte sie mir vielleicht doch ansehen sollen, zur Sicherheit. Auch, um Lebewohl zu sagen. Das letzte Mal, daß ich sie gesehen habe, das war am Küchentisch. Ich erzählte etwas, und sie sagte, das wäre gelogen. Sie sagte, daß ich phantasiere, und das mache sie verrückt. Ich trat ihr ans Bein und rief: ‚Du verstehst nicht, was ich meine. Du verstehst nichts, gar nichts. Du drehst durch, und du jammerst, aber du verstehst nie etwas. Du bist der dümmste Mensch der Welt. Du bist eine Scheißmutter.' Das habe ich alles gesagt."

Ich wagte es nicht, mich zu bewegen. Das Buch lag schräg auf ihrem Bauch. Ich sah sie ganz schnell mit den Wimpern zucken. So hatte ich sie noch nie erlebt. Die Grindwale machten sie verrückt. Da war mir doch lieber, daß sie nach mir trat oder mich an den Haaren zog, als daß sie da so lag, mit erstickter Stimme und mit Tränen, die ihr über die Wangen liefen und langsam aufs Kissen tropften.

Wenn das ihr Geheimnis ist, dann will ich ihren Dollar nicht haben, dachte ich. Aber von Geld sprach sie nicht. Sie wußte nicht einmal mehr, daß ich neben ihr lag.

Ich hörte sie schluchzen, bis ich einschlief.

18

Morgens hörten wir von Papa die schlechte Nachricht von den Grindwalen. Er kam in mein Zimmer und setzte sich auf die Bettkante.

Alle siebenundvierzig Wale waren erneut gestrandet. Die Rettung war schwierig, weil es so dunkel war. Die Strömung in der Bucht war ungünstig, und Petr Ann schlug vor, die Wale auf Lastwagen zu laden. Dann könnten sie zur anderen Seite des Kabeljaukaps gebracht werden, wo es tiefer ist und die Strömung nicht in Richtung Küste geht.

Die Wale lagen noch halb im Wasser. Sie mußten rausgeholt werden, aber das Wasser war eiskalt. Es war so dunkel, daß man die schwarzen Körper kaum erkennen konnte. Sie waren viel erschöpfter als vor zwölf Stunden. Der Blutkreislauf war langsamer als normal, und ihr Hautgewebe wurde von der Trockenheit geschädigt. Petr Ann und ihre Leute mußten hilflos zusehen, wie die Säugetiere eines nach dem anderen starben. Die, die sie auf die Lastwagen geladen hatten, überlebten die Fahrt zur anderen Kapseite nicht, und die, die auf dem Strand blieben, starben an Austrocknung und vielleicht auch an Unterernährung, hatte Petr Ann gesagt. Es war natürlich auch möglich, daß sie schon vor der Strandung krank waren. Das mußte noch untersucht werden.

„Weinte sie?“ fragte Tara.

„Was meinst du?“ fragte Papa geduldig.

„Weinte Petr Ann, als die Tiere starben?“ wiederholte sie mit heiserer Stimme.

Papa blies Luft durch die Lippen aus. „Ist das wichtig?“ fragte er, ohne sie dabei anzusehen.

„Sind sie wirklich alle tot?“ fragte ich schnell, denn ich spürte, daß Tara ihn irritierte und er gleich gehen würde.
„Nein, nicht alle“, antwortete er. „Drei sind gerettet worden. Das sind Kälber, ich glaube, männliche. Nein, doch nicht, ich glaube, zwei sind männlich, eins ist weiblich. Ist ja eigentlich auch egal. Auf alle Fälle bringt Petr Ann sie ins Aquarium von New England. Die drei Jüngsten hat sie gleich auf die Lastwagen laden lassen, denn sie nahm an, die würden am stärksten sein und die Fahrt überleben. Da die Wagen mit Spezialapparaturen ausgerüstet sind, hat das auch geklappt.
Ein paar von Petr Anns Leuten sind mit zum Pflegebecken nach Boston gefahren. Da werden die Wale gut ernährt und aus der Nähe beobachtet. Wenn sie stark genug sind, können sie zurück ins Meer.“
Wir zogen uns an und gingen hinunter zum Strand. Papa hatte die Schultern hochgezogen und die Hände tief in die Hosentaschen vergraben.
„Etwas schneller!“ spornte ich ihn an. Er machte größere Schritte. Tara ging ein paar Schritte vor uns her. Die geballten Fäuste hatte sie fest in den Magen gedrückt.
Die Grindwale lagen wieder da wie gestern, aber nun bewegten sie sich nicht mehr. Sie machten keine knurrenden und blasenden Geräusche mehr, und unter der glatten Haut war keine nervöse Spannung mehr zu erkennen. Ein fader Geruch hing über ihnen, und ihre Körper sonderten dunklen Saft aus.
„Petr Ann ist noch da!“ rief ich.
Petr Ann ging mit einem Buch und einigen Fläschchen von einem Tier zum anderen. Sie grüßte uns, ohne dabei zu lächeln.
„Ich fahre bald zurück nach Boston,“ sagte sie heiser. „Ich muß aber erst noch ein paar Notizen machen.“ Sie kniete neben dem Kopf eines der Tiere und schaute mit halb geschlossenen Augen ins Spritzloch.

„Wo war Tara gestern?“ fragte sie über den Rücken des Grindwals hinweg. Tara war noch oben auf den Dünen. Wie sie da stand, erwartete ich, daß sie die Arme ausbreiten und mit den Möwen fliegen würde.
„Sie hat bei uns geschlafen. Als sie zu uns kam, wollte sie um nichts in der Welt nach Hause. Anna meint, sie glaubt, die Strandvilla sei verhext. Ein seltsames Kind, aber das hast du ja auch schon festgestellt.“
Petr Ann richtete sich auf und sah Papa forschend an. Sie wollte etwas fragen, überlegte es sich aber.
„Bestimmt auch noch müde?“
Papa nickte.
„Ich bin auch nicht besonders fit nach zwei Stunden Schlaf, aber die Pflicht ruft“, sagte sie.
Sie ging zum nächsten Tier und besah sich aufmerksam dessen Augen. Tara kam die Düne heruntergerannt. Sie lief zu dem Grindwal, ließ sich mit vollem Gewicht gegen den Körper fallen und trat ihm kräftig in den Bauch. Der schwabbelte, und für einen Augenblick sah es so aus, als würde die Haut reißen. Sie ging ein paar Schritte zurück, lief wieder auf das Tier zu und trat es erneut, wieder und wieder. Sie trat wie eine Besessene. Mit ihren dünnen Haaren sah sie aus wie eine tobsüchtige Fliege von vierzig Kilo. Eine Fliege, die immer wieder mit dem Kopf an die Scheibe kracht, immer heftiger, in der Überzeugung, das Glas könnte nachgeben.
„Tara! Hör endlich auf damit!“ schrie Petr Ann. Tara kümmerte sich nicht darum. Petr Ann stellte ihre Fläschchen in den Sand.
„Tara! Hör auf!“ rief Papa und ging zu ihr.
Sie drehte sich um und baute sich mit wütendem Blick vor ihm auf.
„Schlag nur“, sagte sie kalt. Papa machte verwundert einen Schritt zur Seite und steckte die Hände in die Jackentasche. Petr Ann befühlte den Bauch des Tieres.

Papa ergriff meinen Oberarm.
„Ich weiß nicht, was mit ihr los ist. Du kannst sie nach Hause schicken, wenn sie lästig wird. Dann muß sich mein Schwager eben um sie kümmern“, sagte er zu Petr Ann. Er hob kurz die Hand und grüßte mit zwei ausgestreckten Fingern. Mich zog er mit auf die Düne.
„Ich werde mir schon zu helfen wissen“, sagte Petr Ann.
„Komm, Anna, wir gehen nach Hause“, sagte er.
„Bitte, Papa, darf ich nicht...“
„Komm, sage ich.“ Ich ging mit ihm, weg von den Walen, weg von Petr Ann und Tara, die immer und überall dabeisein durfte.
Den ganzen Vormittag löste ich kein einziges Kreuzworträtsel und las in keinem einzigen Buch. Ich saß im Wohnzimmer und schaute aus dem Fenster. Dauernd kamen Leute vorbei; manche kannte ich, andere nicht. Sogar der Mann mit der Frau im Rollstuhl kam zum Strand. Der Wind blähte sein Hemd zu einem hohen Buckel. Seine Hosenbeine flatterten wie Fahnen. Einmal meinte ich, Frau Abbelese zu sehen, aber ich hatte mich getäuscht. Es war eine andere Frau, die den gleichen Mantel trug und genauso groß war.
Petr Ann fuhr mehr als dreimal mit dem Jeep zum Dorf und wieder zurück. Dreimal saß Tara neben ihr auf der Fahrerbank. Beide hatten einen roten Pullover an und sahen aus wie Mutter und Tochter. Ich wünschte mir aus ganzem Herzen, einen Vater wie Onkel Tony zu haben. Einen Vater, der mir alles erlaubte und mich überall hin ließ. Einen Vater, der tagsüber fernsah und mich nachts in seinem großen Bett schlafen ließ. Einen Vater, der mir etwas ins Ohr flüsterte, wenn andere dabei waren, und der mir zulächelte, wenn ich ihn ansah.
Der Wind nahm zu, und der Himmel wurde dunkler.
Gleich wird es fürchterlich blitzen, dachte ich. Gleich peitscht der Sturm das Wasser über die Wale, und dann

werden sie alle wieder lebendig. Und dann schlägt auf dem Strand der Blitz ein und Tara ist tot.
Aber es kamen keine Blitze. Da war nur Mamas Stimme, die rief, daß sie Suppe gekocht hätte, und da war ein starker Wind, der viele Tage wehte, aber nie zum richtigen Sturm wurde.

19

Seit der Geschichte mit den Grindwalen waren Tara und ich ständig zusammen. Onkel Tony arbeitete in der Moosbeerenernte, und er hatte lange Tage. Tara kam zu uns und bat um Eier oder Zucker, und sie war sehr lieb, um so lange wie möglich bleiben zu können. Bevor sie wieder ging, stand sie minutenlang da und zupfte Flusen aus dem Pullover oder kramte eine letzte Geschichte oder eine letzte Bemerkung hervor. Immer war sie daran interessiert, wie es den drei jungen Grindwalen ging, und wenn Robert kam und Papa auf dem laufenden hielt, hing sie an seinen Lippen.

Robert erzählte, daß die Tiere immer dicker und gesünder wurden. Sie bekamen Diätfutter und Antibiotika, Vitamine, Makrelen und Heringe, und sie wurden jeden Monat gewogen. Zwölf starke Männer waren nötig, sie auf die Waage zu heben, sagte Robert. Petr Ann hatte jedem Grindwal einen Namen gegeben: Notch, Tag, und der kleinste hieß Baby.

„Frau Jorssen erkundigt sich ab und zu nach euch. Sie sagt, ihr solltet mal nach Boston kommen“, sagte Robert. Mama nickte Papa zu. „Das würde Tara guttun“, meinte sie.

Papa sah Robert nachdenklich an und sagte: „Vielleicht können sie im Frühjahr mal mit dir fahren.“

Die Aussicht auf die Reise versetzte uns in Aufregung. Tara hatte dauernd ihr Buch über die Wale in der Hand. Sie wollte alles über diese Säugetiere wissen, über Zahnwale, delphinartige Tiere und Grindwale. Ich mußte ihr vom Meer und vom Strand erzählen, und sie hörte sich an, was ich wußte.

„An den kleinen Häufchen, die sie machen, kann man sehen, wo die Krabben sitzen. Wie hier. Wenn ich sie aus dem Versteck wippe, nimmt sie Angriffsstellung ein." Mit der Schuhspitze wühlte ich mich unter dem kleinen Hügel hindurch und wippte die Krabbe auf. Wir sahen zu, wie das rotbraune Tierchen sich auf die dünnen Hinterbeine stellte und die Scheren drohend hochreckte. Im nächsten Moment verschwand es schnell seitwärts.
Ich nahm einen Stock und drohte ihr. Die Krabbe schlug danach und nahm ihn so fest wie möglich in die Schere. Ich ließ sie kurz baumeln, bis sie losließ.
„Wenn du sie aufheben willst, drück sie erst in den Sand, so, mit dem Finger auf dem Rücken. Dann läuft sie nicht weg. Greifen kannst du sie bei der Schale." Mit schneller Fingerbewegung packte ich sie. Ich zeigte Tara die gerippte Oberseite, und Tara lachte über das hilflose Strampeln der Krabbe.
„Sie beißt dir in den Finger", sagte sie.
„Sie kann meinen Finger nicht erreichen. Darum halte ich sie ja so fest."
„Ihre Augen sind nur noch Schlitze."
Ich ließ das Tierchen los, das sofort, so schnell es konnte, hinter einem Stein verschwand. Wir gingen weiter, pflückten Moosbeeren und aßen sie, bis unsere Lippen violett waren. Dann setzten wir uns in den trockenen Sand.
„Ich möchte dir noch etwas über Wale vorlesen", sagte sie. Es wehte ein strammer Wind, und der Zipfel ihrer Jacke flatterte mir ans Bein. Sie hatte Schwierigkeiten, die Seiten umzublättern. Mit dem Kinn auf die Knie gestützt wartete ich, bis sie begann.
„Wenn Wale verliebt sind und Liebesspiele beginnen, gehen sie nicht immer zärtlich miteinander um. Das Männchen beißt das Weibchen und fährt ihm mit den Zähnen über die Haut, manchmal so heftig, daß Wunden entstehen. Häufig zeigen die Weibchen dann in der Gegenwart der Männchen ängstliches Benehmen."

Sie legte die Hände auf das Buch und sagte: „Mein Papa tut mir manchmal auch weh, aber danach tröstet er mich. Er tut mir weh, weil er mich lieb hat."
Ich starrte auf ihre langen Finger auf dem Buch. Sie waren dünn, und die Gelenke schimmerten blau.
„Wieso wehtun?" fragte ich.
„Sieh nur", sagte sie und hob den doppelgefütterten Rock hoch. Auf den Schenkeln hatte sie zwei blaue Flecken und ein paar Schrammen.
„Er sagt, er sieht mich so gerne an, daß er mich einschließen möchte, damit ich für immer sein Püppchen bleibe. Dann kneift und kratzt er so sehr, daß ich weinen muß. Er sagt: ‚Du mußt fühlen, daß ich dich gerne ansehe!'"
Ich nahm einen Hafergrashalm zwischen die Finger und zog daran. Die Wurzel saß fester, als ich gedacht hatte, und der Halm schnitt mir wie ein Messer in die Finger. Ich leckte an der Wunde. Das Blut schmeckte warm und widerlich.
„Hast du denn keine Angst?" fragte ich.
Ihre langen Wimpern klappten nach unten. Ihre Stimme wurde ganz dünn und leise. „Ja, manchmal habe ich Angst. Ich weiß einfach nicht, warum er das alles tut." Sie blätterte noch ein wenig in dem Buch, las aber nicht. „Was meinst du, was sie mit den toten Grindwalen gemacht haben?" fragte sie eher beiläufig.
„Vielleicht ins Wasser geschoben, für die Haie", antwortete ich.
„Vielleicht auch in Stücke gehackt, um Wurst daraus zu machen."
Wir lachten. Sie erzählte von den verrückten Gedanken, die sie manchmal hatte. Manchmal dachte sie, Cornflakes wären getrocknete und gebügelte Hamsterkötel. Wenn sie Cornflakes aß, klopfte sie erst auf die Packung und fragte: „Darf ich mir bitte ein paar Kötel von dir leihen?" Und wenn sie sich die Haare getrocknet hatte, sagte sie zum

Fön: „Ich danke dir für das, was du getan hast, Fön. Ohne dich hätte ich meine Haare nicht so schnell trocken gekriegt." Wenn der Reißverschluß ihrer Jacke sich nicht schließen lassen wollte, dachte sie, er wäre böse auf sie.
„Dann lasse ich ihn sich ein bißchen abkühlen, dann will er wieder", erzählte sie. Sie erzählte das so, als glaube sie es wirklich. Wir standen auf und zogen uns Schuhe und Socken aus. Meine Socken rollte der Wind davon. Ich fing sie und steckte sie in die Jackentasche.
„Als ich noch in Cleveland lebte, wohnte gleich über uns ein Kerl aus Deutschland. Der war ulkig. Er hat Socken und T-Shirts bemalt und die dann auf der Straße verkauft. Er ging oft ins Kino, und manchmal durfte ich mit. Er war mein bester Freund. Er hänselte mich oft, aber das gefiel mir. Er machte immer tolle Späße über meinen Papa, und manchmal war ich wütend darüber. Aber sonst hatte ich ihn gern. Ich glaube, er hatte ein Mädchen, aber das weiß ich nicht bestimmt. Ich habe einmal in seine Brieftasche geguckt, und darin war ein Bild mit einem hübschen Gesicht, das ich nicht kannte. Er drehte seine Musik immer auf volle Lautstärke, und er spielte hundertmal dieselbe Schallplatte.
Es gab einiges, was er nicht mochte, und das tat er auch nicht. Abwaschen, zum Beispiel, oder sich kämmen. Er duschte gern, mindestens sechzehnmal am Tag. Er sagte immer, er wolle berühmt werden. Wenn er weltberühmt ist, will er ein Schild an der Tür haben, VORSICHT, BISSIGER HUND, um sich die Fans vom Leibe zu halten. Nur ich darf zu ihm. Vielleicht hält er sich dann so einen lächerlichen Kläffer, den man mit einem Fuß zur Seite schieben kann.
Sein Name war Henrik. Er sprach amerikanisch wie Petr Ann, mit seltsamen Kehllauten. Er kapierte alles, was ich ihm erzählte. Wenn ich eine Zeichnung machte, verstand er sie. Manchmal sagte er: ‚Mädchen, wenn ich nach Euro-

pa gehe, nehme ich dich mit. Dann suche ich dir einen neuen Vater und eine neue Mutter, die für dich sorgen. Einen Vater, der dich in Ruhe läßt, und eine Mutter, die dir hilft.' Ich bin immer wütend geworden, wenn er das sagte, denn ich wollte keinen neuen Vater und auch keine neue Mutter. Trotzdem habe ich mir manchmal mitten in der Nacht gewünscht, daß er mich mitnähme nach Europa."

Ich hörte ihrem Wortschwall zu, ohne Luft zu holen. So lange hatte sie noch nie gesprochen, und sie hatte noch nie von früher erzählt. Mir schauderte bei dem Gedanken an unbekannte deutsche Eltern.

„Eines Tages stand die Polizei vor der Tür", erzählte sie weiter. „Henrik mußte sofort das Land verlassen. Er lebte illegal in Cleveland, sagten sie. Er durfte nicht arbeiten, weil er keine grüne Karte hatte. Und in Deutschland wurde er gesucht. Er fuhr spät abends ab nach Europa, ohne mich mitzunehmen."

Sie blieb stehen und legte die Hand auf meinen Pferdeschwanz.

„Du hast schöne Haare, Anna", sagte sie. „Ich wünschte, ich hätte auch so schöne Haare."

Ich wollte sagen: „Ich wünsche mir auch so lange Wimpern", aber mir blieben die Wörter in der Kehle stecken.

„Was sagst du?" fragte sie. Ich atmete tief durch. „Ich wünsche mir auch so lange Wimpern."

Sie schüttelte langsam den Kopf.

„Lange Wimpern sind schlecht", sagte sie und wandte sich von mir ab. Aus der Jackentasche holte sie ein aufgerolltes Stück Papier und gab es mir.

„Was ist das?" fragte ich. Es war ein Dollarschein.

„Damit du keinem etwas von den Schrammen erzählst", sagte sie kurz. Sie ging und schlug den Weg zur Strandvilla ein. Ich zog den Reißverschluß meiner Jacke weiter zu und ging nach Hause.

20

Der Herbst verging träge. Im November sahen wir nach der Schule durch das Fenster, wie der Wind die Dünen wandern und die Landschaft jeden Morgen anders aussehen ließ. Wir zählten die Vögel, die zuckend vorbeiflogen, und wir beobachteten die tanzenden Windsäcke auf dem Balkon.

„Weißt du noch, wie wir an Goody Hallet glaubten?" fragte ich an einem freien Nachmittag. Sie nickte, ohne mich anzusehen.

„Und die Geschichte vom kleinen Filip. Ich gab dir ein Stück Kreide, und das war zufällig seine Hand. Du wurdest blau vor Schreck, das weiß ich noch genau."

An den versteinerten Filip hatte ich schon lange nicht mehr gedacht. Sogar Thom Klika vom Regenbogenladen sprach kaum noch von ihm. Ich erinnerte mich unverhofft an die vielen Abende, an denen David von dem Jungen erzählt hatte. Er hatte mir alle Einzelheiten erzählt und nannte die Dinge beim Namen.

„Der Sohn aus der Strandvilla hatte ihn mißhandelt. Ich glaube, sie meinen damit, er hat ‚das' mit ihm gemacht. Dafür kommt man ins Gefängnis", dachte ich laut.

„Er mußte ins Gefängnis, weil er den kleinen Jungen ermordet hatte", brauste sie auf. „Nicht, weil er ‚das' mit ihm gemacht hatte!"

Ich ging weg vom Fenster. Ich wollte nicht darüber sprechen, denn was sie sagte, stimmte vorne und hinten nicht.

„Sieh dir die Windsäcke an", sagte ich ruhig. „Sie scheinen verrückt geworden zu sein."

Am zweiten Dezember holte Papa die Windsäcke herein. „Sonst sind im Frühjahr nur noch Fetzen davon übrig", sagte er, als ich protestierte. Er hängte die Fensterläden ein, um während der Winterstürme den Wind und den Sand nicht eindringen zu lassen. In den Herbstferien bastelte Papa mit uns aus Holz Delphine mit losen Flossen, die sich im Wind drehen konnten. Die sägte er aus einer Holzplatte aus, und wir bemalten sie. Als wir fertig waren, befestigten wir sie an einem langen Stock, den wir in den Schnee steckten. Durch das Fenster konnten wir sehen, wie der Wind die Flossen sehr schnell bewegte. Wir schauten immer wieder hin.

Es war einer der stillen Winterabende, als ich alleine zu Hause war. Der Fernseher war angestellt, denn ich langweilte mich. Tara war schon lange nach Hause gegangen und kam auch nicht wieder, denn wir hatten wieder einmal Streit, genau wie früher. Es ging um einen sehr schönen Kugelschreiber, der mir gehörte und den sie ganz auseinandergenommen hatte und nicht wieder zusammensetzen konnte. Ich schaute nach draußen in die Dunkelheit, als unverhofft ein Gespräch im Fernsehen meine Aufmerksamkeit erregte.

Auf dem Bildschirm sah ich ein ungefähr fünfzehn- oder sechzehnjähriges Mädchen weinend vor ihrer Lehrerin stehen. Die Lehrerin stand an der Tafel, und das Mädchen lehnte sich vorne an das Pult.

„Er kommt nachts in mein Bett, wenn meine Mutter schläft", sagte das Mädchen mit ganz leiser Stimme. „Angefangen hat er mit seinen Händen. Er kam immer mit der Hand unter meinen Pyjama und mein Höschen. Danach hat er sich dann auf mich gelegt. Er schlägt mich, wenn ich schreie, daß ich das nicht will, und danach tut es ihm dann leid. Er sagt, ich wäre seine Lieblingstochter, und ohne mich könnte er nicht leben. Danach..."

„Was passiert danach?" fragte die Lehrerin. Sie war noch

jung. Vielleicht war sie eine Freundin, und keine Lehrerin.
„Sein Penis", sagte das Mädchen tonlos.
„Was ist mit seinem Penis?"
„Das kann ich nicht sagen."
Ich war sprachlos und rutschte näher an den Fernseher heran. Ich hätte schwören können, Tara zu hören.
„Er sagt, das macht er, weil ich hübsch bin. Ich wäre lieber häßlich. Und ich darf es keinem sagen, das sagt er immer wieder. Vor allem meiner Mutter darf ich nichts erzählen, sonst würde er sie erwürgen und selbst ins Wasser gehen, sagte er. Dann würde er mich alleine zurücklassen, und das wäre alles meine Schuld. Weil ich nicht geschwiegen hätte. Ich habe Angst vor ihm. Ich habe Angst, daß er meiner Mutter und meinen Schwestern etwas antut."
Sie redete weiter und stockte ab und zu, um sich die Nase zu putzen. Ich konnte fast nicht hinhören. Mit hochgebogenen Zehen saß ich da und starrte auf die Nahaufnahme ihres Gesichtes. Ich schwitzte unter den Achseln, und mir war, als würde mir der Magen durch das Sofa rutschen.
Tara, dachte ich immer nur. Macht Onkel Tony das mit dir? Ist das das Geheimnis, für das er dir Dollar gibt? Ich schaute auf die Teile des Kugelschreibers auf dem Tisch und fragte mich, worüber wir uns eigentlich gestritten hatten.
Ich schob die Schale mit Popcorn, das Mama für mich gemacht hatte, zur Seite, denn ich hatte einen Stein im Magen. Zum Glück hatte der Film ein gutes Ende mit einem Stiefvater, der das Mädchen adoptierte, und der schlechte Vater mußte auf immer ins Gefängnis.
Ich sah mir das Abendprogramm in der Zeitung an. Der Titel des Filmes war VATERLIEBE. „Ein Film über Inzest", stand darunter. In der Nacht träumte ich, daß Tara mich mit einem spitzen Stock angriff, den sie mir in den Unterleib bohrte. Gleich darauf schluckte sie eine ganze Dose Tabletten. Morgens wurde sie tot an den Strand ge-

spült. Sie hatte Flossen, und sie wurde mit einem Lastwagen nach Boston gebracht. Es war ein schrecklicher Traum, und ich wachte in der Dunkelheit auf. Ich hatte solche Angst, daß ich den Rest der Nacht das Licht brennen ließ. Draußen konnte ich hören, wie sich die Flossen der Delphine im Wind drehten.

Tara kam morgens schon ziemlich früh durch die Kälte zu uns. Ich sah sie von weitem über die weißen Dünen näher kommen. Als sie in die Küche kam, merkten Mama und ich sofort, daß etwas an ihr anders war. Die Haare waren noch so wie sonst, ihre Kleider auch, aber trotzdem schien sie nicht die Tara zu sein, die wir kannten.
„Tara!" rief Mama aus. „Deine Wimpern! Du hast dir die Wimpern abgeschnitten!"
Tara zog die Schultern hoch. „Zum Spaß", sagte sie.
„Kind, tu doch so etwas nicht. Du kannst dir mit der Schere in die Augen stechen."
„Ich seh mich schon vor", antwortete Tara gedämpft, und sie gab mir ein Zeichen, daß ich mit ihr nach oben kommen sollte. Ich folgte ihr die Treppe hinauf. Ich setzte mich aufs Bett und sie sich auf den Stuhl, auf dem meine Kleider lagen. Sie warf meine Jeans auf den Fußboden, aber die waren sowieso schon schmutzig.
„Hast du's gesehen?" fragte sie. Ich nickte. „Genau wie bei mir. Genauso wie es das Mädchen erzählte, so ist es bei mir auch. Als ich noch klein war, sagte er: ‚Alle Väter machen das mit ihren Töchtern.' Und er sagte auch immer: ‚Wenn du es weitersagst, ist es deine Schuld, wenn deine Mutter stirbt.' Und darum hatte ich solche Angst. Plötzlich passierte es dann. Und nur wegen der Flaschen."
„Wegen der Flaschen?"
„Ich habe Hilferufe ins Meer geworfen. Darin stand, daß ich in Not wäre. Ich hatte Angst, die Wale würden sie alle verschlucken. Alle Flaschen, die ich fand, hab ich mit ei-

nem Korken verschlossen und ins Meer geworfen. Ich wollte es jemandem sagen, in Europa, Henrik vielleicht."
„Hast du es mal deiner Mutter gesagt?" fragte ich sanft.
„Ich habe es versucht", antwortete sie und betonte das Wort „versucht" ganz besonders. „Als ich klein war, habe ich es gemalt, und später habe ich Geschichten erzählt. Sie verstand nicht, was ich sagen wollte. Genau wie du. Du hast es auch nicht verstanden. Das machte mich ganz verrückt."
„Warum hast du es nicht einfach so erzählt, wie es war, statt es zu malen?" fragte ich.
Sie lachte bitter. Ich kam mir so dumm wie eine Gans vor.
„Manchmal schiebt man den Gedanken daran so weit weg, daß es gar nicht mehr da ist, wenn man darüber reden will. Und ich hatte auch Angst, Mama würde wieder eine Depression bekommen. Ich wußte schon lange, daß Papa mich viel mehr liebte als sie, und das hat sie krank gemacht. Aber das war nicht meine Schuld."
Sie schaute sich im Zimmer um wie ein verängstigter Hund. Mit ihren Augen ohne Wimpern wirkte sie wie eine sehr alte Frau.
„Und dann", sagte sie stockend, „dann, eines Tages, da kam sie ins Haus, als Papa auf mir lag, und er konnte nicht verbergen, was er getan hatte. Ich heulte und heulte nur, denn ich wußte, daß etwas Schreckliches passieren würde. Alles tat mir so weh, und Mama schrie mindestens eine Stunde lang. „ICH bin deine Frau! ICH bin deine Frau! Was fehlt mir denn, daß du sie nimmst?" rief sie mindestens hundertmal.
„Papa ging runter zum Strand, und ich dachte, ich würde da in meinem Bett sterben, in dem Zimmer, in dem Mama lag und weinte. Ich dachte, Papa hätte mir nur Angst machen wollen, denn es passiert ja nichts. Und es passierte auch nichts. Papa kam wieder nach Hause, und Mama ging wieder an ihre Arbeit. Nachts schlief Papa bei mir, denn Mama wollte ihn

nicht mehr. Er kam jeden Abend und legte sich auf mich." Während sie sprach, spielte sie mit dem Parfümfläschchen, das sie sich von der Ablage über dem Waschbecken genommen hatte, bevor sie sich auf mein Bett setzte. Sie öffnete es, und der herrliche Kamillengeruch sorgte dafür, daß mir das Abendessen nicht hochkam. Ich hatte meine Därme noch nie so deutlich gespürt wie gerade jetzt, als sie die Geschichte von ihrem Vater und ihrer Mutter erzählte. Sie drehte die Kappe wieder auf das Fläschchen und erzählte weiter:

„Zehn Tage später passierte es doch. Mama hatte sich nach vier Uhr hingelegt, und sie mußte aufstehen, um zu ihrer Arbeit ins Restaurant zu gehen. Als ich in ihr Zimmer kam, war sie schon wie eine Puppe. Oder wie ein Grindwal. Sie war tot, und jedesmal, wenn ich dir etwas erzähle, habe ich Angst, daß wieder jemand stirbt. Vielleicht mein Papa, und dann ist keiner mehr da, der für mich sorgt."

Ich sagte nichts und dachte nur an das Wort „Inzest". Ich dachte auch an den Dollar, den sie mir für mein Schweigen gegeben hatte. Würde meine Mama sterben, wenn ich es Frau Abbelese erzählte? Oder David, oder Thom Klika? Ich hätte das Geld nicht annehmen dürfen.

„Was ist denn mit deinen Wimpern?" fragte ich.

„Die habe ich abgeschnitten, weil Papa immer sagt, ich hätte so schöne Augen. Ich will nicht, daß er mich schön findet. Er sagt, die wären so schön, daß er sie küssen möchte, aber das will ich nicht." Ohne Luft zu holen fügte sie hinzu: „Weißt du, wovor ich am meisten Angst habe? Daß sie Papa ins Gefängnis stecken wie den jungen Mann aus der Strandvilla und den Vater im Film. Mein Vater ist kein Schurke. Er ist lieb und liebt mich! Er verdient keine Gefängnisstrafe."

Ich nahm ihr das Parfümfläschchen aus der Hand und atmete den Duft tief ein. Sie schaute auf ihre Mickymausuhr und sprang auf.

„Ich muß nach Hause“, sagte sie. „Heute ist Samstag. Gleich ruft Petr Ann an.“

Als ich den Namen hörte, richtete ich mich auf. „Petr Ann?“ fragte ich laut. „Warum sollte Petr Ann anrufen?“

„Sie ruft mich jede Woche an, wenn Papa zum Bowling ist. Dann können wir reden. Manchmal hängen wir eine ganze Stunde am Telefon.“

„Das hast du mir nie erzählt“, sagte ich entrüstet.

„Ich brauche dir doch nicht alles zu sagen“, meinte sie schnippisch.

„Worüber unterhaltet ihr euch denn?“

„Ach, so ziemlich über alles. Natürlich vor allem über die Grindwale. Mit Baby gibt es ein Problem. Erst dachte sie, er hätte Spulwürmer.“

„Was sind Spulwürmer?“

„Danach habe ich nicht gefragt. Parasiten, glaube ich. Baby frißt nicht richtig und spielt auch nicht mit den anderen. Petr Ann glaubt, er sei jünger, als sie angenommen hatte. Er müßte eigentlich noch bei seiner Mutter sein, aber die ist doch auch auf dem Strand gestorben. Sie hat mit Tag ein Experiment gemacht. Sie wollte ihr beibringen, sich um Baby zu kümmern. Eine Adoption nannte sie das. Aber Tag war natürlich zu jung, um schon Mutter zu spielen. Die hatte ganz klar keine Erfahrung. Eine schlechte Mutter. Oder richtiger gesagt, eine schlechte Stiefmutter.“ Sie setzte die Mütze auf und zog die Handschuhe an. Mir fiel auf, daß sie wieder eine neue Jacke anhatte.

„Erzählst du mir morgen, was Petr Ann gesagt hat?“ fragte ich.

„In Ordnung“, antwortete sie schnell. Dann ging sie. Ich sah sie im Schnee zur Strandvilla laufen. Die dicken Flocken segelten horizontal im Wind, und ihr wurde beinahe die Mütze vom Kopf geweht. Irgendwie hatte sich Tara verändert. Ich setzte mich wieder auf mein Bett und dachte nach. Das ganze Zimmer roch nach Kamille.

21

„Warum ruft Petr Ann Tara an, und uns nicht?“ fragte ich Mama, als ich wieder unten war.
„Ruft sie Tara denn an?“ fragte Mama verwundert. „Das wußte ich nicht.“
„Sie ruft jeden Samstag an, wenn Onkel Tony zum Bowling ist. Warum ruft sie Tara an, und nicht mich?“
Mama schnalzte abwesend mit der Zunge.
„Petr Ann hat keine Kinder, und Tara hat keine Mutter. Vielleicht will sie für Tara ein bißchen die Mutterrolle übernehmen. Du hast noch eine Mutter, sei froh darüber.“
Etwas bockig setzte ich mich ans Fenster. In Taras Leben passierte dauernd etwas Aufregendes, warum nicht auch in meinem? Die Zeit verging langsam, und das lag daran, daß ich so vieles gleichzeitig sah. Ich sah den Schnee, der in Kristallen so groß wie die Regensonne zur Erde fiel, den Sand, der wie dicke, geschliffene Diamanten aus der Schneedecke hervorlugte, das Wasser, das mit unzähligen salzigen Tropfen ein Meer gebildet hatte, und ich sah die Schwaden der Wasserdämpfe, die sich in flockigen Mustern zu Wolken zusammenfanden.
Alles war groß und unerreichbar. Ich war die einzige auf dem Kabeljaukap, die alles geschehen sah, aber nirgends mitmachen durfte. Das Leben war langweilig, das Leben war ein langes Warten, bis ich erwachsen genug war, um zu wissen, was Tara meinte, als sie sagte: „Manchmal gibt es etwas, was man ganz und gar vergessen will, daß man sich nicht daran erinnern kann, wenn man darüber sprechen will.“
Den ganzen Samstag konnte ich warten, bis Tara kam und

erzählte, was Petr Ann gesagt hatte. Sie hatte keine Mutter, aber sie hatte Petr Ann. Mütter sind jeden Tag gleich und stinklangweilig.
Mir lief ein Schauder über den Rücken, als ich daran dachte, daß Mütter sterben, wenn man ihnen etwas erzählt, was sie nicht wissen dürfen.
„Mama, früher sagten sie in der Schule, daß Goody Hallet einem den Mund zu Stein macht, wenn man etwas erzählt, was niemand wissen darf. Das glaube ich nicht."
„Ich auch nicht, mein Kind", sagte sie, ohne von ihrer Zeitung aufzuschauen.
„Glaubst du, daß jemand sterben kann, wenn man ein Geheimnis ausgeplaudert hat?"
„Anna, bist du nicht schon ein bißchen zu alt für den Aberglauben? Menschen sterben doch nicht einfach so. Sie sterben, weil mit ihrem Körper etwas nicht in Ordnung ist, aber doch nicht, weil jemand anders etwas falsch macht!"
Ich horchte noch sehr lange nach dem Rascheln der Zeitung und ihrem Atmen. Ich hatte alle meine Kreuzworträtsel gelöst und meine Bücher aus der Bücherei gelesen.
„Darf ich fernsehen?" fragte ich gegen Abend und schaltete den Fernseher ein. Ich sah einen Dokumentarfilm über ein fernes Land, bis Tara in die Küche kam.
„Tara!" rief ich, und ich merkte, daß meine Überschwenglichkeit sie überraschte. Sie setzte sich neben mich vor den Fernseher.
„Das ist Europa", sagte sie und deutete auf den Bildschirm. „Das sehe ich an den Häusern. Die sind alle dicht aneinander gebaut, und da gibt es Kirchen mit spitzen Türmen und Wetterhähnen. Petr Ann hat davon erzählt." Ich richtete mich auf, als sie Petr Anns Namen nannte. „Sie hat mir von Antwerpen erzählt. Sie ist nach Boston gekommen, um Studien über Wale zu machen. Weil es in Antwerpen keine Wale gibt, ist sie nie zurückgegangen. Ihr Vater und Großvater waren Schiffer im Hafen ihrer Stadt."

„Wie geht es Baby?“ fragte ich und schlang die Arme um die Beine.

„Nicht so gut“, antwortete sie. „Sie haben gerade erst mit den Vorbereitungen begonnen, die Grindwale wieder ins Meer zu bringen. Sie müssen sich jetzt ans Wasserbecken gewöhnen. Sie werden nämlich in Wasserbecken gelegt, wenn sie auf die offene See gebracht werden. Wenn sie nicht darauf vorbereitet sind, können sie an dem Tag sogar einen Schock bekommen. Und auf ihrer Rückenflosse muß auch ein Sender angebracht werden. So kann man ihren Weg im Ozean noch eine Weile verfolgen.

Baby hat damit wirklich Schwierigkeiten, sagt Petr Ann. Er ist sehr scheu geworden und läßt keinen mehr an sich heran. Die Biologen raufen sich natürlich die Haare.“

„Ich will auch Biologin werden“, sagte ich, als sie eine Pause machte.

„Biologin?“ fragte sie. „Will ich nie werden.“

„Biologin ist der schönste Beruf, den es gibt. Ich will Naturfilme machen, wie im Fernsehen, mit Unterwasserkamera und so. Die einzigen Tiere, die ich nicht mag, sind Schlangen und Ratten. Ich habe einmal ein Buch über Indien gelesen, und darin stand, daß Schlangen und Ratten kleine Babys töten. Aber nicht einmal vor Spinnen habe ich Angst. Wenn ich eine sehe, schlage ich sie nicht zu Brei, sondern nehme sie in die Hand und bringe sie nach draußen.“

„Oder ihn“, sagte Tara.

„Was?“

„Oder ihn. Du bringst ihn nach draußen. Eine Spinne kann doch auch männlich sein.“

„Erst lasse ich Papa gruseln, weißt du. Ich tu so, als wollte ich ihm das Tier in den Nacken setzen“, fuhr ich fort.

„Petr Ann sagte, daß man sich vor keinem einzigen Tier fürchten muß. Das einzige Tier, das einem wirklich weh tun kann, ist das Menschentier, sagt sie. Vor allem vor den Menschen, die man gern hat, muß man Angst haben.“

Mama hatte mitgehört. Bei Taras letztem Satz legte sie beunruhigt die Zeitung hin. „Wir sollten essen“, sagte sie und begann, laut mit den Bestecken zu klappern. Sie ließ uns den ganzen Abend nicht mehr alleine.

Ein paar Tage danach sprach Tara mich in der Schule auf dem Flur an.
„Anna, ich will, daß du mir ein Geheimnis erzählst“, sagte sie im Befehlston.
„Ein Geheimnis? Wie meinst du das?“
„Ich will, daß du mir etwas erzählst, etwas über dich selbst, etwas, was streng geheim ist und was du niemals einem anderen erzählen würdest.“
„Das kann ich nicht. Ich habe keine Geheimnisse.“
Sie grub mir die Fingernägel in den Arm und zischte: „Das glaube ich dir nicht!“
Ich riß mich los und verschwand in der Klasse.

22

An einem Tag im Februar rief Robert an und sagte Papa, er könnte Tara und mich mit nach Boston nehmen, wo wir uns im Aquarium die Grindwale ansehen dürften. Mir kam es so vor, als führen wir zum anderen Ende der Welt, aber Tara blieb ganz ruhig, als sie die Neuigkeit hörte. Onkel Tony nahm sie so oft mit, überall hin, und in Boston war sie schon ein paarmal gewesen.
„Frau Jorssen fragt, ob ihr Badeanzüge mitbringen könnt", sagte Robert.
„Badeanzüge?" rief Papa ins Telefon. „Wofür brauchen sie denn Badeanzüge? Sie sollen doch nicht mit den Delphinen schwimmen? Ich dachte, das hätte der Tierschutz verboten, aus hygienischen Gründen, oder was weiß ich."
„Das stimmt", antwortete Robert. „Aber Frau Jorssen will etwas ausprobieren. Sie hat ein Problem mit den Tieren, und sie will sehen, was sie tun kann."

An dem Tag, als wir fuhren, hatte Tara ihr schlaffes Flaumhaar mit einen roten Band zu einem Pferdeschwanz zusammengebunden. Das machte sie viel älter.
Wir durften im Jeep mitfahren. Der Strandwärter, der sich als Gerd vorstellte, fuhr, und Robert saß neben ihm. Tara und ich saßen uns auf der harten Rückbank gegenüber. Ich mußte immer kichern, weil ich so aufgeregt war.
„Lach doch nicht so dumm", sagte Tara, aber dann lachte sie selbst auch über das braune Muttermal in Roberts Nakken. Wir fuhren sehr lange, und ich sah mir den trägen Verkehr in unsere Richtung an. Von meinem Atem beschlug die Scheibe. Die Füße waren mir etwas kalt. Ab und

zu konnten wir das Meer sehen, aber nie für lange. Tara zeigte mir einen Zipfel des neuen Hemdes, das sie von ihrem Vater bekommen hatte. Ich verdrängte den Gedanken an ihren sehr schlanken Leib in der schönen Unterwäsche und an Onkel Anton, der sie betrachtete.

Ich fing schon an zu glauben, daß Boston in Kanada lag, aber schließlich hielten wir auf einem Parkplatz, vor dem ein Schild PARKPLATZ NEW ENGLAND AQUARIUM stand. Das Aquarium ist ein großes Gebäude voller Besucher und Fische. Die normalen Menschen müssen Eintritt bezahlen, wenn sie sich die Becken ansehen wollen, aber wir durften umsonst rein, weil wir zum Strandwärter und Robert gehörten. Wir gingen den langen Gang mit dem enormen Glasfenster entlang, hinter dem Tintenfische, Seepferdchen, Quallen und kleine Haie schwebten. Tara blieb vor fast jedem Tier stehen.

„Tara, komm doch endlich!“ rief Robert. Sie kam schnell zu uns, aber im nächsten Moment erregte ein fauler Zitteraal mit dickem Nacken und elektrisch geladenem Körper, der uns anstarrte, ihre Aufmerksamkeit.

„Das muß aber still sein, wenn man ein Fisch ist. Um einen herum nur das Summen des Wassers“, sagte sie.

„Da täuschst du dich aber“, sagte Robert schnell und drängte sie mit der Schulter weiter. „Das Wasser ist voller Geräusche. Fische verständigen sich mit sehr vielen Piep-, Klick- und Klopftönen.“

Kurz bevor wir zu den tropischen Fischen mit ihren bunten Schwänzen kamen, lotsten die beiden Männer uns durch eine schmale Tür zum Pflegebad. Es war ein seltsamer, verlassener Ort. Es roch nach getrocknetem Strandhafer im Sommer, und da war das zittrige Brummen eines Motors in der Wand. Am Boden des Beckens bewegten sich schwarze Schatten.

„Guten Tag, Petr Ann“, rief Gerd nach oben. Sie stand hinter dem Beobachtungsfenster und winkte uns zu. Sie kam eine schmale Eisentreppe herunter, stellte drei Eimer ineinander, wischte die Hände an einem Tuch ab und kam zu uns.

„Willkommen, Mädchen!“ sagte sie munter. Ich achtete auf ihren Akzent. „Froh, euch wiederzusehen.“ Sie legte jeder von uns einen Arm um die Schultern und ging mit uns zum Beckenrand. Die Wale kamen wie Korken hochgeschossen.

„Aha! Da sind sie!“ Die drei großen Köpfe nickten uns zu, und aus ihren Spritzlöchern kamen die seltsamsten Ratter- und Klicktöne. Notch kam so dicht wie möglich an uns heran. Er legte sich auf die Seite und streckte uns so weit er konnte den Kopf entgegen.

„Er will gestreichelt werden“, sagte Tara. Sie trat einen Schritt zurück. Ich traute mich auch nicht so recht. Als die Tiere auf dem Strand lagen, waren sie so ruhig, daß ich keine Angst hatte. Aber jetzt waren sie so groß und beweglich wie Meeresungeheuer.

„Klopf ihm auf die Schulter“, sagte Petr Ann. „Das mag er.“ Ich zwang mich, näher an das Becken heranzugehen, und fühlte die glatte, kühle Haut. Das Atemloch auf seinem Kopf bewegte sich wie ein kleines Tier, und das fand ich unheimlich.

„Er lacht!“ rief ich lauter, als ich wollte. Meine Stimme brach sich an den gekalkten Wänden.

„Wollt ihr Tag springen sehen?“ fragte Petr Ann. Ich nickte. Sie ging zu den Eimern, nahm sie mit in den Kühlraum und kam dann mit einem Eimer zurück, an dem sie schwer trug. Sie rappelte ein paarmal mit dem Inhalt und schleifte den Eimer über den Fußboden. Sofort kam Bewegung in die Delphine da unten. Als wären sie ineinander verhakt, schossen sie gleichzeitig hoch. Sie bewegten sich fast nicht, aber mit ihrem gewaltigen Schwanz als Antrieb waren sie wie vom Katapult geschossen oben. Sie spritzten Wasserstrahlen aus, legten sich auf den Rücken und wedelten mit

ihren scharfen Flossen. Tara lachte laut. Im nächsten Augenblick kam Tag mit dem ganzen Körper aus dem Wasser und ließ sich flach auf den Bauch fallen. Das Wasser spritzte über den Rand, und Tara bekam nasse Füße.
Petr Ann lachte prustend. Sie deutete auf den roten Ball mit Sternchen in der Ecke. Notch schnippte ihn sich auf die Nase und schwamm damit eine Runde. Dann warf er uns den Ball zu.
„Gut so, Notch!“ rief Petr Ann und gab ihm einen Tintenfisch aus dem Eimer.
„Habt ihr ihnen die Kunststücke beigebracht?“ fragte ich.
„Eigentlich nicht“, antwortete Petr Ann. „Wir haben sie hier zu Studienzwecken, nicht, um sie abzurichten. Aber alle Delphine sind von Natur aus verspielt. Sie lieben es, Gegenstände aus dem Wasser zu werfen. Manchmal stehen sie senkrecht, den Schwanz ungefähr einen Meter über dem Wasser. Oder sie schwimmen auf dem Rücken, nur zum Vergnügen. In offener See spielen sie mit Treibholz oder Taustücken. Sie spielen auch mit anderen Fischen, oder mit Krabben, die sie aus dem Sand graben. Wenn wir nicht mit ihnen spielen, würden sie sich hier langweilen. Aber sie mögen dieses Bad, glaube ich.“
Tag begann zu springen und zu tauchen, als hätte er gehört, worüber wir uns unterhielten. Die anderen beiden machten es ihm nach. Tara ging wieder näher ans Becken heran und hatte schon bald die Jeans naßgespritzt.
„Gerade schienen sie noch zu schlafen, aber jetzt sind sie hellwach“, sagte sie.
„Delphine schlafen nur drei oder vier Stunden am Tag“,erklärte Petr Ann. „Sie schlafen vermutlich nur halb, das Gehirn bleibt halbwach. Sie haben dabei auch meistens ein Auge offen. Sie können sich nur ein Nickerchen erlauben, weil sie nicht unbewußt atmen. Sie müssen regelmäßig nach oben kommen, um Luft zu holen. Tun sie das nicht, ertrinken sie.“

„Verrückt!“ rief ich. „Fische, die ertrinken.“
„Es sind ja auch keine...“ Petr Ann kam nicht weiter, denn Baby war hochgesprungen und ließ sich flach auf den Bauch fallen. Allen dreien war anzusehen, daß sie die Strandung überwunden hatten, meinte ich. Petr Ann vergaß, was sie sagen wollte, und begann von der Wassertemperatur.
„Wieviel Grad?“ fragte Robert.
„Zwanzig. Jedenfalls so ungefähr“, antwortete sie. Sie bat uns, uns aufs Sofa an der Wand zu setzen. Dann würde sie Gerd und Robert die Papiere geben, die sie für das ozeanographische Institut brauchten. Ein Mann, der Roy Prescott hieß, kam und unterhielt sich mit ihnen. Er war der Verantwortliche für dieses Bad. Wir hörten ihn sagen, daß die drei Grindwale in einigen Wochen auf das Schiff Albatros IV gebracht werden sollten. Die Sachverständigen und ein paar Journalisten würden mitfahren.
„Wenn ihr wollt, könnt ihr natürlich auch mit“, sagte er zu Gerd und Robert. „Das Schiff ist groß genug. Das hat Platz für gut fünfzig Personen.“
„Das wäre uns sehr recht“, sagte Robert. Sie unterhielten sich noch eine Weile über die Sender. Ich beobachtete die Grindwale und schnalzte mit der Zunge, um sie nach oben zu locken. Dann lauschte ich wieder dem Gespräch, weil ich unsere Namen hörte.
„Roy“, sagte Petr Ann, „die beiden Mädchen da auf dem Sofa sind Tara und Anna, von denen ich dir erzählte. Die Kleine ist sehr vernünftig und versteht bestimmt, worum es geht. Ich glaube, Baby fühlt sich von jemand in seiner Größe weniger bedroht.“
Roy musterte uns aus den Augenwinkeln. „Das Mädchen ist für sein Alter wirklich klein und schlank. Das ist einen Versucht wert, Petr Ann. Aber achte auf die Hygiene, damit wir keine Schwierigkeiten kriegen.“
„Du kennst mich doch, Roy, ich spiele nicht mit dem Feu-

er“, sagte sie etwas lauter und machte eine abwinkende Handbewegung. Als sie auf uns zukam, sagte sie: „Zuerst gehen wir einmal unter die Dusche.“ Ich setzte mich aufrecht und nahm die Tasche mit meinem Badeanzug.

„Mädchen, ich habe etwas mit euch zu bereden“, sagte sie aufgeweckt. Sie knickte die langen Beine ein und hockte sich zu uns. Sie war so dicht vor uns, daß ich ihren Haarwirbel sehen konnte.

„Tara und Anna, ihr wißt wohl schon, daß mit Baby, dem kleinsten Delphin, etwas nicht stimmt.“ Ich nickte, Tara bewegte sich nicht und schaute sie nur an. „Angefangen hat das mit einem Mißverständnis, einer Panne. Die Wärter der Seehunde im Nebenbecken haben eines Vormittags Bohrarbeiten durchführen lassen, für ein neues Geländer, glaube ich. Die Delphine hassen Bohrgeräusche. Für ihr feines Gehör muß das unerträglich sein. Sie wurden sehr unruhig und schwammen immer im Kreis herum. Am Nachmittag kehrte wieder Ruhe ein. Die Arbeiten waren beendet, und ich ging für eine Routineuntersuchung von Baby ins Wasser. Da war da plötzlich wieder der Bohrer. Das war überhaupt nicht abgesprochen, eine unvorhergesehene Notwendigkeit, oder eine Gedankenlosigkeit der Wärter. Auf alle Fälle hat sich Baby unheimlich erschrokken. Er wird jedesmal unruhig, wenn ich wieder ins Wasser komme.“

Petr Ann drehte das Gesicht dem Becken zu. Sie hatte eine belegte Stimme und verzog den Mund, wenn sie von Baby sprach. „Das finde ich alles so schade. Ich werde alles tun“, sagte sie geistesabwesend. „Seit dem Vorfall haben wir nur noch Rückschläge mit ihm. Er frißt nicht richtig, er trauert. Er will sich nicht mehr anfassen lassen. Aber in ein paar Monaten muß er zurück in die Freiheit. Wie sollen wir ihn aufs Meer bringen, wenn er sich nicht anfassen läßt? Er wird sich tot zappeln.“

Robert, Gerd und Roy gingen über das Beobachtungsdach

zum Computerraum. Roy kam gleich wieder zurück, um Kaffee zu holen. Ich sah ihn hinter dem Glas mit Tassen und Milch hantieren. Die Grindwale kamen hin und wieder an die Oberfläche, um Petr Ann auf sich aufmerksam zu machen. Sie reagierte nicht und setzte sich neben uns aufs Sofa.

„Und jetzt wollt ihr natürlich wissen, warum ich euch habe kommen lassen", sagte sie und schob ihre Armbanduhr rauf und runter. „Ich brauche jemand, der Baby beruhigen kann. Es muß jemand sein, der klein ist, und da dachte ich an dich, Tara. Alle Wärter hier sind Männer, und Baby will nichts von ihnen wissen. Du, Anna, wirst dich mit den anderen beiden beschäftigen, sonst werden sie neugierig und stören Tara und Baby. Du kriegst eine Kiste mit Spielzeug, das sie mögen, Bälle, Ringe, Tauenden und eine Taschenlampe." Sie schwieg kurz, um unsere Reaktion abzuwarten. Ich konnte nichts sagen.

„Wollt ihr das tun? Mit den Tieren schwimmen und euch mit ihnen beschäftigen? Während Roy und ich die Reaktionen der Tiere beobachten. Das ist wichtig. Ich weiß nicht, was ich sonst machen soll." Mit großen Augen sah sie uns erwartungsvoll an. Tara zuckte mit den Schultern und sagte: „Ich will's versuchen."

Petr Ann klatschte in die Hände. „Du hast doch keine Angst oder ekelst dich doch nicht?"

Dann sah sie mich an, weil ich noch nichts gesagt hatte.

„Ich find's prima", sagte ich. Ich spürte, wie sich mir die Nackenhaare sträubten. Sie nahm uns mit zur Dusche.

„Für die Hygiene", sagte sie. „Die Tiere dürfen nicht krank werden. Tara, geh du zuerst, dann Anna." Ich war ihr dankbar dafür, daß sie uns nicht gemeinsam unter die Dusche schickte. Tara hätte darauf bestanden, daß ich mich mit dem Gesicht zur Wand stellte, und ich hatte keine Lust, wieder ihre Puppe zu sein, die sie drehen und wenden konnte wie sie wollte.

Andererseits hatte ich auch keine Lust, sie nackt zu sehen. Sie war klein und knochig wie ein Insekt. Sogar als sie aus der Dusche kam, in ihrem altmodischen Badeanzug und dem roten T- Shirt darüber, konnte ich nicht hinsehen. Das erinnerte mich zu sehr daran, wie sie und Onkel Tony früher am Strand nebeneinander saßen, jeder auf einem Handtuchende. Es erinnerte mich daran, wie Onkel Tony sie ansah, und es erinnerte mich an die vielen Dollar, die Tara in ihrem Zimmer verwahrte. Aber vor allem mußte ich an das Geheimnis der vielen Flaschen denken. Es war ein Geheimnis, das ich schon eine Weile mit ihr teilte, das mir aber jeden Tag wieder Magenschmerzen machte.

23

Petr Ann war mit dem Resultat zufrieden. Tara und ich waren ganz ruhig ins Bassin gestiegen, und die Grindwale waren sehr neugierig. Roy beobachtete die Szene von unten durch das Unterwasserfenster, während Petr Ann uns von oben kurze Anweisungen gab.

„Anna, wirf den Ball. Tara, beweg dich ein bißchen auf Baby zu. Streck die Hand aus. Nicht zu plötzlich bewegen. Er kennt dich nicht und weiß nicht, was du willst."

„Könnt ihr schnorcheln?" fragte sie später. Selbstverständlich konnten wir das. Mit Schnorcheln hatten wir im Sommer jeden Quadratmeter um das Kabeljaukap erkundet. Sie gab uns Schnorchel, die uns ein bißchen zu groß waren. Das Wasser lief herein, als ich auf dem Rand saß und das Kopfband aus Gummi anlegte. Ich spuckte auf das Glas und verrieb den Speichel mit dem Finger.

Jetzt sah ich erst richtig, wie groß die Tiere waren. Wie Wasserungeheuer kamen sie auf mich zu, oder sie glitten wie Boote an mir vorüber. Ich konnte spüren, wie sie vorüberglitten, sogar wenn sie zwei Meter entfernt waren. Ihr Lächeln steckte mich an. Ich sah sie an, sie sahen mich an, und wir kamen uns fremder als fremd vor. Sie ließen mich mit ihren seltsamen Knirsch- und Klicklauten erschrecken, die sich unter Wasser sehr dumpf anhörten, oder sie schlugen mit dem Schwanz ins Wasser.

„Ruhig", sagte Petr Ann, als ich nach oben kam. „Ganz ruhig. Mach sie nicht wild, denn dann sind sie nicht mehr zu halten. Langsam bewegen." Tara schwamm in der äußersten Ecke, Baby neben ihr.

„Gut so, Tara", hörte ich Petr Ann murmeln. Ich setzte

mich auf den Beckenrand und versuchte, Tag und Notch mit dem roten Ball mit den Sternchen an mich zu fesseln. Ich war müde. Das Wasser auf den Lippen war schrecklich salzig. Nach einer Weile sprang Petr Ann auf und ging die Eisentreppe hinunter, wo Roy aufmerksam Taras Bewegungen verfolgte. Ich stand auf und ging ihr nach, um auch zuzusehen.

„Das sieht gut aus", flüsterte Petr Ann, während sie Tara und Baby im Auge behielt. „Das kann klappen, Roy." Ich sah mir mit angehaltenem Atem das sonderbare Wasserballett an. Baby lag still im Wasser, den Kopf Tara zugedreht. Tara bewegte sich fast nicht, tauchte nur hin und wieder kurz auf, um Luft zu holen. Sie wirkte noch kleiner als sonst, aber ihre Bewegungen unter Wasser waren ruhiger als je zuvor.

„Seht nur, wie ruhig Baby ist. So haben wir ihn schon lange nicht mehr erlebt", sagte Petr Ann. Tara schwamm mit ruhigen Zügen auf Baby zu. Ihr T-Shirt umwallte sie wie ein seidendünnes Gewebe. Baby wich nicht zurück. Im nächsten Augenblick bewegte auch er sich, und zwar auf sie zu. Jetzt war es Tara, die erschrak.

„Siehst du das, Roy? Achte auch auf ihre Reaktionen. Sie will auch nicht berührt werden. Ich hab's dir doch gesagt, sie ist genau wie Baby." Aber Baby berührte sie nicht, und Tara ließ ihn auch in Ruhe. Ihr Gesicht sah im Kranz der im Wasser tanzenden Haare mit dem dünnen Band auf dem Kopf runder aus als gewöhnlich.

Petr Ann ging nach oben. „So ist es gut, Tara. Komm jetzt raus aus dem Wasser. Wir können es gleich noch einmal versuchen."

Als Tara aus dem Wasser stieg, sah sie mit ihren nassen Haaren kahl aus.

Wir wiederholten alles noch einmal an diesem Tag. Roy gab alles in den Computer ein. Wie oft Baby auftauchte, um Luft zu holen, wie viele Runden er schwamm, wie oft

er die Initiative ergriff und sich auf Tara zu bewegte.
„Das kann klappen“, sagte Petr Ann immer wieder. Sie sagte, sie würde unsere Eltern anrufen. In der Ferienwoche wollte sie uns in Boston haben, wenn sie damit einverstanden wären.
„Die müssen damit einverstanden sein. Mit Grindwalen zu arbeiten ist absolut gefahrlos. Delphine sind die intelligentesten Tiere. Grindwale sind sogar die intelligentesten Delphine. Dies ist das Aufregendste, was ihr jemals mit Tieren erleben könnt.“
„Träume ich?“ fragte ich Tara, als wir alleine waren. „Oder passiert das wirklich?“ Ich hatte noch nie etwas so Spannendes erlebt.
„Ich habe Notch berührt“, sagte sie. „Wie weiche Plastikmasse.“
Wir steckten die nassen Badeanzüge in die Tasche und gingen mit Robert zum Jeep.
„Ich rufe euch dann an. In zehn Tagen seid ihr wieder hier, wenn alles gutgeht“, sagte Petr Ann zum Abschied. Das Bändchen um ihren Pferdeschwanz war heruntergerutscht. Sie blieb nicht stehen, als wir abfuhren, sondern verschwand sofort im Gebäude. Im Jeep war es kalt, und Tara kuschelte sich eng an mich.

Als ich zu Hause ankam, brauchte ich schon nichts mehr zu erzählen. Petr Ann hatte schon angerufen und alles erklärt. Robert hielt einen langen Vortrag, wie gut es doch für uns wäre, im Aquarium mitzuarbeiten.
„Nächstes Mal bringe ich die Mädchen nach Boston“, sagte Papa. „Dann kann ich selbst sehen, was da läuft. Delphine interessieren mich schließlich auch.“
„Was wird Tony sagen?“ fragte Robert.
„Mit dem rede ich. Mach dir darüber keine Gedanken“, sagte Papa sorglos.
Tara legte sich ausgestreckt auf das Sofa und schloß für ei-

nen kurzen Moment die Augen. Ich saß neben ihr und machte eine seltsame Erfahrung. Für einen Augenblick schien sie den Wechselstrom ihrer Nerven auf mich zu übertragen. Ich spürte, wie sie sich abrupt entspannte, als Papa sagte, er würde mit Tony reden. Und erstmals an diesem aufregenden Tag verspürte ich wirkliche Beruhigung.

24

Am ersten Tag der Osterferienwoche brachte Papa uns nach Boston.

„Ihr kommt keinen Tag zu früh. Mit Baby bin ich ganz und gar nicht zufrieden“, sagte Petr Ann, noch bevor sie uns begrüßte. Als Papa aus dem Wagen stieg, sagte sie schnell „Hallo“ und forderte uns auf, ihr zu folgen. Während wir ins Aquarium gingen, erklärte sie Papa, was sie vorhatte.

„Die Tiere müssen auf den Transport in die Freiheit vorbereitet werden. Wenn sie nervös oder in Panik sind, schwimmen sie zu schnell, und dann verletzen sie sich gegenseitig.“ Sie machte einen sehr aufgeregten Eindruck. Ihre Haare waren zerzaust, und sie stolperte über ihre eigenen Wörter.

„Ich habe die ganze Nacht bei den Tieren verbracht“, sagte sie. „Ich bin todmüde. Tut mir leid.“

Papa sagte nur hin und wieder „Hmm“ und nickte. Er atmete hörbar ein, als wir in die Halle mit dem Pflegebecken kamen. Ich ging sofort zum Beckenrand. Die drei Grindwale schossen in geschlossener Formation durch das Wasser. So schnell hatte ich sie noch nie schwimmen sehen.

„Sie haben heute nacht kaum geschlafen. Die machen bis zur totalen Erschöpfung weiter“, sagte Petr Ann. „Sie spüren, daß mit dem Kleinen etwas nicht stimmt, und darauf reagieren sie.“ Sie roch nach Kaffee mit Zucker.

„Tara und Anna, ihr könnt gleich unter die Dusche. Aber geht noch nicht ins Wasser. Dafür sind sie noch zu aufgedreht.“ Wir gingen in die Dusche, erst Tara, dann ich, und kamen auf bloßen Füßen trippelnd zurück. Papa und Petr Ann waren nicht mehr zu sehen.

„Sie sind oben", sagte Tara. Papa schaute Roy über die Schulter auf den Computerbildschirm. Aber Petr Ann konnten wir nirgends entdecken.
„Sie ist im Trennungsbad", sagte Roy. „Sie und Bert versuchen, Notch getrennt unterzubringen. Er ist so groß, daß er mit seinem Ungestüm die anderen beiden gegen die Bassinwand drückt." Nach kurzer Pause drehte er sich zu Papa um und sagte: „Das ist schließlich nicht natürlich für diese Tiere, in einem so kleinen Becken Runden zu schwimmen. Wenn du mich fragst, hätten wir sie schon vor Wochen wieder in die Freiheit entlassen sollen. Aber so ist das nun mal, die Untersuchungsdaten, du weißt schon, die sind so wichtig und erfordern soviel Zeit. Da blieb also nichts anderes übrig."
Am anderen Ende des Beobachtungsdecks konnten wir sehen, wie Notch mit einem Eimer Tintenfische in ein anderes Bassin gelockt wurde. Er stieß krächzende Geräusche aus, und als er beim Eimer war, begann er zu schnattern. Der große Mann in Shorts mußte Bert sein. Er warf Notch einen Fisch zu, während Petr Ann die anderen beiden mit einem Feuerzeug ablenkte. Sie schwenkte die Flamme hin und her, ließ sie ausgehen und wieder aufflammen. Baby hatte kein großes Interesse. Inzwischen verriegelte Bert das Trennungsbad, und Notch begann, seine neue Umgebung zu erkunden.
Papa stellte eine Frage nach der anderen, vor allem über unsere Sicherheit. Roy zerstreute seine Bedenken. Er sagte, die Tiere seien gutmütig, es wäre kein Risiko dabei, und außerdem wäre alles jederzeit unter Beobachtung.
Petr Ann winkte uns vom Beobachtungsdeck zu.
„Ihr könnt gehen", sagte Roy. „Nicht zu schnell auf der Treppe! Die ist glatt!"
Ich ging zu Papa und gab ihm einen Kuß.
„Ich schaue noch eine Weile zu, dann fahre ich ab", sagte

er. „Versprichst du mir, vorsichtig zu sein? Tu, was Petr Ann dir sagt."
Ich versprach es und ging besonders vorsichtig die Treppe hinunter. Das Wasser schwappte über den Beckenrand. Die beiden Grindwale waren ganz unten auf dem Boden und kamen nur ab und zu hinauf, um Luft zu schnappen.
„Hört zu, Mädchen", sagte Petr Ann und zog uns an den Armen an die Wand. Wir setzten uns auf ein Kunstledersofa. „Heute ist der erste Tag. Ihr bleibt also nicht lange im Wasser. Anna, du gehst zu Tag. Du beruhigst sie, indem du selbst ruhig bist. Tara, du gehst so an Baby heran, wie du das neulich gemacht hast, du machst also nicht mehr und nicht weniger. Er ist jetzt noch nervöser als neulich. Du wirst sehen, daß er sehr abgemagert ist. Er wächst kaum noch, und das beunruhigt mich. Er hat irgendein Trauma, und darüber müssen wir ihm hinweghelfen, sonst ist er verloren." Sie schwieg einen Moment. „Wir achten auf eure Sicherheit. Geht nie ins Becken, wenn ihr mit den Tieren alleine seid. Das Wasser ist und bleibt das Reich der Delphine, und wenn ihr noch so gut schwimmen könnt."
Während sie das sagte, massierte sie sich den Oberarm. Sie rieb, bis die Haut rot war. Außerdem blinzelte sie dauernd mit den Augen.
„Geht jetzt", sagte sie. Wir standen auf und ließen uns am Beckenrand ins Wasser gleiten. Das Wasser war so warm wie im Schwimmbad.
„Ruhig!" rief Petr Ann absolut unnötig. „Tara, ist es nicht praktischer ohne T-Shirt?"
Ich schluckte. „Komm ihr nicht damit, sie erwürgt dich, wenn du ihr das T-Shirt madig machst", wollte ich sagen. Aber Tara blieb ruhig. Sie lächelte liebenswürdig und schüttelte den Kopf. „Das T-Shirt macht nichts aus", sagte sie mit tiefer Stimme. „Hol lieber den roten Ball aus dem Wasser." Sie deutete auf den Ball in der Ecke des Bassins.

Petr Ann fischte ihn heraus und verstaute ihn im Wandschrank.
„Ruhig!“ rief ich hänselnd. Sie lächelte entschuldigend und schloß die Augen. Ich spuckte in meine Taucherbrille, setzte sie auf und begann zu schwimmen. Tag und Baby kamen wie Schatten nach oben und musterten uns. Ihre Anspannung war an der Strömung spürbar. Ich spürte sie in den Trommelfellen, auch wenn ich sie nicht hätte beschreiben können. Erkannten sie mich?
„Zeit zum Schlafen“, sagte ich in Gedanken. Delphine schlafen nicht. Wenn sie schlafen, ertrinken sie, erinnerte ich mich. „Nur ruhig jetzt. Ruhig jetzt!“ Es half nicht. Ihre kugelförmigen Köpfe schossen wieder und wieder an mir vorüber, dann an Tara vorbei, und dann wieder hinunter zum Boden. Mir wurde kalt, weil ich zu lange bewegungslos verharrte. „Ruhig. Ruhig!“ wiederholte ich immer wieder. Es schien Tage zu dauern, bis sie ihr Tempo verlangsamten und ab und zu im Wasser stehenblieben, um uns anzuschauen.

„Baby ist vermutlich ungefähr zwanzig Monate alt“, sagte Petr Ann, während wir trocken und angezogen durch die gläserne Beckenwand die Tiere beobachteten. „Junge Delphine bleiben manchmal bis zum fünften Lebensjahr bei der Mutter. Verständlich, daß die Strandung und der Aufenthalt in diesem Becken ihn verwirrt haben. Anfangs mochte er auch keine feste Nahrung, das war ihm anzumerken. Er hätte wohl viel lieber Muttermilch gehabt, und darum hat er bei Tag Zitzen gesucht.Ich hatte gehofft, Tag würde ihn adoptieren, aber sie ist selbst noch zu jung. Sie ist noch nie Mutter gewesen. Sie hat keine Ahnung, was sie mit dem Kleinen anfangen soll.“
Notch begann hoch zu kreischen.
„Der ist auch nicht glücklich über die Trennung“, meinte Petr Ann. „Grindwale sind echte Herdentiere. Wir hätten sie eigentlich nicht trennen dürfen. Aber ich sehe keine an-

dere Lösung. Du hättest Baby gestern sehen sollen. Er ließ die Zunge raushängen und stieß große Luftblasen aus. Sie schwammen so schnell, daß Tag beschloß, sich zwischen Baby und dem Beckenrand zu halten. Sie wollte vermeiden, daß Baby sich immer wieder am Rand stieß. Sie schlugen richtige kurze, scharfe Haken, und manchmal hörte man Tags Haut am Rand schurren. Ein schreckliches Geräusch. Vor allem, wenn sie vor Schmerzen Pfeiftöne ausstieß, konnte ich nicht hinhören." Sie zog ein Gesicht, als hätte sie in eine Zitrone gebissen.
„Sie bringen sich gegenseitig in Rage. Notch teilte dauernd Schläge mit dem Schwanz aus. Er konnte die Erregtheit nicht vertragen. Sie wissen voneinander, wie sie sich fühlen. Sie spüren, wie unzufrieden Baby ist, und das verdirbt die ganze Stimmung." Mit einem tiefen Seufzer stand sie auf. „Aber ich bin nicht unzufrieden. Baby ist ruhiger geworden, seit ihr hier seid. Seine Aufmerksamkeit ist abgelenkt worden, und das kann ihm nur guttun. Das hoffe ich jedenfalls." Sie nahm ihre Jacke und rollte sie zusammen. „Wir sollten nach Hause gehen", sagte sie. „Bert bleibt noch ein bißchen hier. Ihr habt doch bestimmt Hunger."
Sie brachte uns mit ihrem japanischen Kleinwagen zu ihrer Wohnung am anderen Ende der Stadt. Im Besuchszimmer lagen zwei Matratzen auf dem Fußboden, in einer Ecke stand eine kleine Kommode, und an der Decke hing eine Glühbirne. Die Tapete wirkte auf den ersten Blick wie mit frei gemalten Blumen verziert, aber bei näherem Hinsehen waren es Inseln in tiefblauer See.
Beim Essen erzählte sie von vielen ungewöhnlichen Begebenheiten mit Delphinen und anderen walartigen Tieren, und mit offenem Mund hörten wir ihr zu. Sie kannte unzählige merkwürdige Legenden und Mythen von fernen Völkern und zeigte uns die Bücher, in denen sie alles gefunden hatte. „In Neuseeland lebt ein Volk, das Maori heißt. Diese Maoris glauben, daß nach dem Tod die Seele

zum nördlichsten Zipfel der Insel wandert und sich dort mit allen anderen Seelen der Verstorbenen unter einem riesigen Baum auf einem Felsen vereint. Sie warten, bis es Nacht wird, und dann tauchen alle gemeinsam in die Bucht. In dem Moment, da sie das Wasser berühren, verwandeln sie sich in Delphine. Jedenfalls glauben die Maori das. Es gibt auch Menschen, die fest davon überzeugt sind, daß Delphine telepathische Gaben haben, daß sie Gedanken lesen und Krankheiten heilen können. Ich weiß nicht, was davon wahr ist, aber ich weiß, daß Grindwale die klügsten Lebewesen sind, die ich jemals um mich herum gehabt habe. Wer möchte noch ein Stückchen Hering?"
„Klüger als Delphine?" fragte Tara.
„Grindwale sind Delphine. Sie gehören zur Familie der Delphine. Und Delphine sind Wale. Die Menschen glauben, nur die Tümmler wären so intelligent. Das liegt daran, daß man in den Zoos und Delphinarien vor allem Tümmler sieht. Die sind nicht so groß und leben gern in Gefangenschaft. Aber es gibt noch andere Delphine, die sehr intelligent sind. Ich habe in Kalifornien einmal mit Schwertwalen gearbeitet. Die sind so groß, daß sie einen in einem Moment der Unachtsamkeit plattdrücken können. Aber gefährlich sind sie nicht, auch wenn sie scharfe Zähne haben und echte Raubtiere sind." Sie zeigte uns ein Bild, auf dem eine Herde von Schwertwalen einen Bartenwal angriff und ihm Fetzen Fleisch aus dem Körper riß.
„Puh, das Wasser ist ja rot vom Blut", sagte Tara aufstöhnend.
„Wolltet ihr nun noch ein Stückchen Hering?"
Ich schüttelte den Kopf. „Mein Vater haßt Hering", sagte ich. „Er sagt immer: ‚All die Gräten! Da esse ich lieber gleich eine Scheuerbürste.'"
Petr Ann lachte und wischte sich den Mund ab. „Von den meisten Delphinen wissen wir nur wenig, weil es so schwierig ist, sie in Freiheit zu studieren. Sie sind so schnell, und es gibt Dutzende von Arten."

Tara pfiff durch die Zähne. „Können die alle die Gedanken der anderen lesen?“ fragte sie.
„Sie haben auf alle Fälle hochentwickelte Sinnesorgane. Mit ihrem Echosystem können sie Gegenstände förmlich durchleuchten. So können sie zum Beispiel verschiedene Metalle unterscheiden, oder sie können erfassen, was sich unter dem Sand verbirgt.“
„Herrlich“, stöhnte ich. „Das möchte ich auch können.“
Tara beugte sich so weit wie möglich über den Tisch. „Können sie auch unsere Gedanken lesen?“ fragte sie verschwörerisch.
„Wie es scheint, reagieren unsere Drüsen darauf, ob man fröhlich oder traurig ist. Man sagt, das könnten die Delphine spüren. Es hat sogar Experimente mit autistischen Kindern gegeben. Die Tiere schienen voll und ganz zu verstehen, was die Kinder bewegte. Wie das möglich ist, weiß ich auch nicht.“
„Aber ich weiß es!“ rief Tara. „Die Delphine sind die Seelen der Menschen, und Seelen sehen alles.“ Sie lachte, aber ich wußte, daß sie es ein wenig glaubte.
„Du könntest sogar recht haben“, meinte Petr Ann, während sie die Teller zusammenstellte und die Gräten einsammelte. „Menschen sehen meistens nicht, was sie sehen sollten. Und wenn sie dann etwas begriffen haben, sterben sie.“ Ich bemerkte, wie sie dabei aus dem Augenwinkel Tara beobachtete.
Tara starrte gedankenverloren die Flasche auf dem Tisch an und schwieg.

25

Am nächsten Morgen fragte Tara etwas, was sie noch nie gefragt hatte: „Anna, darf ich heute dein weißes T-Shirt anziehen?“
„Was ist denn mit deinem roten T-Shirt?“
„Das gefällt Baby nicht. Das verwirrt ihn. Delphine sind wie Menschen, das hat Petr Ann gestern doch auch gesagt. Rot macht Baby Angst.“
Ich warf ihr mein T-Shirt zu und zog mir die Schuhe an. Sie stellte sich mit dem Gesicht zur Wand, als sie sich anzog. Es war das erste Mal, daß ich mich nicht umdrehen mußte.
„Meine Matratze hat einen Buckel“, schimpfte sie. Das weiße T-Shirt stand ihr nicht so gut wie das rote, aber das sagte ich ihr nicht. Sie drückte mit beiden Händen auf den Buckel in der Matratze.
„Das hilft nichts“, sagte sie und setzte sich. Ich öffnete das Fenster.
„Hat Petr Ann gesagt, wann sie uns abholen kommt?“
„Das weiß ich nicht. Ich glaube, wir sind zu früh aufgestanden. Hier ist noch alles so still.“
Sie betrachtete sich im Spiegel. „Ich möchte ein grünes T-Shirt haben. Das wäre noch besser für Baby.“
Ich setzte mich neben sie auf die Matratze und spürte nun auch deutlich den Buckel.
Sie zog die Beine an und sagte: „Weißt du, ich habe gestern noch über dich und deinen Papa nachgedacht. Er küßte dich doch auf den Mund, bevor er nach Hause fuhr. Das tut mein Papa auch, aber ich finde es schrecklich, wenn er das tut. Aber bei euch sah das ganz normal und natürlich

aus. Auch wenn er dir auf die Schenkel klopft und dich in den Arm nimmt." Ihre Wimpern waren nachgewachsen und schienen länger und schwärzer zu sein als früher. „Ich denke dann immer, es gibt Berührungen, die normal sind, oder natürlich, und es gibt solche, bei denen man sich unbehaglich fühlt."
Mir sträubten sich die Nackenhaare. Warum mußte sie immer von ihrem Vater reden? Und dann auch noch ihren Vater mit meinem vergleichen? Ich ging zum Waschbecken und spülte mir den Mund aus. Sie tat, als merke sie nichts und redete weiter.
„Das hat etwas mit deinem Körper zu tun, oder richtiger mit einigen Körperteilen. Man hat grüne Körperteile, die jeder, den man kennt, berühren darf. Ich meine die Hände und die Füße und so weiter. Und man hat die rosa Körperteile, das sind der Mund, der Nacken und der Bauch und die Schenkel. Die dürfen schon viel weniger berühren. Die roten Körperteile, an die darf eigentlich keiner mit den Händen dran, denn die gehören einem ganz allein, nur einem selbst. Welche ich damit meine, kannst du dir ja denken."
„Die Vagina, zum Beispiel", ergänzte ich kurz.
„Die was?" fragte sie nervös lachend. „Wie nennst du das?"
„Die Vagina", wiederholte ich leicht rot werdend.
„Meinst du damit...?"
Ich nickte. „Stell dich nicht so dumm an", sagte ich. „Das ist doch ganz normal. Früher sagte Mama ‚Pipiloch'."
„Meine Mama hat mit mir nie über so etwas gesprochen", sagte sie und drehte den Kopf zu Seite. „Aber ich glaube, ich höre Petr Ann. Laß uns über was anderes reden."
Im Nebenzimmer war tatsächlich Rumoren zu hören. Nach ein paar Minuten wurde es wieder still.
„Ob Petr Ann wohl die Geschichte von Goody Hallet kennt?" fragte Tara unverhofft. Ich zuckte mit den Schultern.

„Vielleicht sollten wir sie ihr erzählen. Es ist doch..." Sie sprach nicht weiter, denn im nächsten Augenblick hörten wir unter uns ein leises Bumsen. Dann noch einmal, und noch einmal. Es wurde zum regelmäßigen Geräusch, dem wir gespannt lauschten.

„Ein Klopfgeist", sagte ich scherzend. „Das kommt davon, wenn du von Hexen anfängst." Ich dachte an die vielen Gruselabende mit David in den Dünen. Tara stand auf, verließ das Zimmer und klopfte an Petr Anns Tür.

Anderthalb Stunden später waren wir wieder bei den Grindwalen im Wasser. Ich weiß nicht, ob das T-Shirt der Grund war, jedenfalls war Baby ruhiger als gestern. Trotzdem durften wir uns fast nicht bewegen, nur langsam auf und nieder gleiten, hin und wieder einen Ball werfen. Nach einer knappen halben Stunde saß ich auf dem Beckenrand und bibberte vor Kälte.

„Mir ist kalt", rief ich Petr Ann zu.

„Dann leg dir ein Handtuch um die Schultern, bis dir wieder wärmer ist", antwortete sie. Ich war zu träge, mich zu bewegen. Ich blieb sitzen und schaute Tara zu, die Baby ab und zu eine Hand auf die Flanke legte. Sie berührte ihn, wie man ein Buch anfaßt, das nicht schmutzig werden darf, nur mit der Handfläche und mit abgebogenen Fingerspitzen.

„Anna, zieh dich doch an, du bibberst ja." Petr Ann kam und rubbelte mich trocken. Die Haut prickelte. Ich trocknete mir die Füße ab und zog mich an. Bald darauf kam Tara fix und fertig angezogen und setzte sich zu mir.

„Baby hat etwas", sagte sie. „Irgend etwas ist an ihm, das mich ganz ruhig macht. Ich könnte jetzt sofort schlafen."

„Er hypnotisiert dich!" sagte ich.

„Vielleicht. Vielleicht bin ich aber auch nur müde vom Schwimmen."

Sie ging an dem Tag noch ein paarmal ins Wasser, und

wenn sie nicht drin war, beoachtete sie Baby vom Beckenrand aus. Manchmal tauchte er auf, und dann schnatterte er durch sein Spritzloch. Aber meistens war er gedankenverloren mit sich selbst beschäftigt.
Roy Prescott zählte ununterbrochen. Hin und wieder rief er Bert oder Petr Ann etwas zu: „Atemrhythmus: siebenmal in der Minute“, oder: „Profitiert schon neun Minuten von Tags Turbulenz.“
„Schon besser, aber er frißt noch nicht genug“, meinte Petr Ann. „Heute abend gehe ich schon beruhigter schlafen.“
Die Delphine begannen zu pfeifen, als sie das Licht ausmachte. „Es paßt ihnen nicht, daß wir gehen“, sagte sie.
„Mögen sie uns womöglich?“ fragte Tara.
„Sie pfeifen immer, wenn wir abends das Licht ausmachen. Aber ganz bestimmt mögen sie euch auch schon.“
Wir fuhren mit Petr Anns Wagen nach Hause. Ich saß mit nassem Kopf am offenen Fenster, und in der Zugluft hatte ich das Gefühl, als hätte ich den Kopf randvoll mit Delphinwasser.

Auf dem Gang spielte zwischen den vier Glastüren ein kleines Mädchen mit einem Ball.
„Das ist die Tochter vom Hausmeister“, sagte Petr Ann. Das Mädchen grüßte uns von weitem. Der Ball prallte gegen die Wand und dann auf den Fußboden. Ich erkannte das Geräusch.
Als wir wieder in unser Zimmer mit den bunten Wänden kamen, merkten wir, daß das Fenster noch offen war. Die Gardine bewegte sich nicht.
„Ist es dir schon aufgefallen, daß hier kein Wind weht?“ fragte Tara.
„Vielleicht hält die Stadt den Wind vom Meer auf?“ vermutete ich, denn ich konnte mir nicht vorstellen, daß es in einer Stadt an der Küste windstill war.
„Normalerweise ist es hier windig!“ rief Petr Ann vom

Gang aus. Sie holte ein paar Kleidungsstücke aus dem Wandschrank.
„Hier sitzt sogar eine Mücke!“ rief Tara. „Bei uns werden die Mücken sofort landeinwärts geweht. Morgen habe ich überall Mückenstiche.“ Sie schlug mit dem Handtuch nach dem Insekt, verfehlte es aber. Im nächsten Augenblick war die Mücke nicht mehr zu sehen.
„Hab ich sie erwischt?“ fragte sie.
„Da ist sie!“ sagte ich und deutete mit dem Finger drauf. Sie schlug das Tierchen an der Wand platt. Die Leiche klebte auf einer Insel, die „Preree“ hieß.
„Na bitte, häßliches Untier, jetzt bist du tot“, sagte sie.
Da erst fiel mir auf, daß Petr Ann durch den Türspalt wieder Tara beobachtete.

26

Während Tara noch bei Baby im Wasser war, rief Petr Ann mich zu sich. Sie saß auf dem Kunstledersofa, das auf dem Beobachtungsdeck stand und sah mich mit halbgeschlossenen Augen an.

„Wie geht's denn vorwärts?" fragte sie. Ich nickte und sagte, alles wäre in Ordnung. Ich wußte, daß mehr zu erwarten war. Sie deutete auf Baby und sagte: „Baby hat zum ersten Mal wieder normal gefressen. Ihm gefällt es, sein Futter von jemand zu bekommen, der klein ist, glaube ich." Sie nahm die Tasse vom kleinen Tisch und trank einen Schluck Kaffe, der langsam kalt wurde. „Anna, weißt du, warum Tara immer das T-Shirt anbehält, wenn sie ins Wasser geht?"

Ich erschrak über die Frage und starrte auf meine Fingernägel. Die waren heller, als ich sie je gesehen hatte, und so weich wie Mamas nach dem Abwaschen. Ich zuckte mit den Schultern.

„Will sie nicht, daß jemand ihren Badeanzug sieht?" Sie war ruhig, und das machte mich mißtrauisch.

„Ihr Badeanzug ist schrecklich altmodisch", sagte ich. „Sie will nicht, daß den jemand sieht."

„Trägt sie oft altmodische Sachen?"

„Nein, nur diesen altmodischen Badeanzug. Alle anderen Sachen kriegt sie von... ihrem Vater. Alles neu und modern." Ich wollte nicht, daß mir der Atem beim Wort „Vater" stockte, konnte es aber nicht verhindern. Ich schaute schnell weg und lächelte Roy zu, der unten am Beckenrand entlangging.

„Will ihr Vater ihr denn keinen modernen Badeanzug kaufen?"

„Doch, sehr gern. Er kauft jeden Sommer einen schönen Badeanzug, aber den verschenkt Tara jedesmal an ein Mädchen aus ihrer Klasse. Sie will nur den schwarzen Badeanzug tragen." Petr Ann nickte ganz langsam. Ich biß mir auf die Lippe, denn ich wußte nicht, was sie dachte. „Ich glaube, darin fühlt sie sich einfach wohl", fügte ich schnell hinzu. Danach hielt ich den Mund. Jetzt sage ich kein Wort mehr, dachte ich.

„Komm, setz dich neben mich", sagte Petr Ann seltsam vertraulich. Widerstrebend setzte ich mich.

„Anna", sagte sie wieder, „hat Tara dir jemals gesagt, daß sie sich beschmutzt vorkommt?"

Ich schüttelte den Kopf. „Nein", antwortete ich kurz. „Das hat sie nie gesagt. Vielleicht mal, wenn sie im Schlamm gestanden hatte. Warum sollte sie sich beschmutzt fühlen?"

„Ach, ich dachte nur. Sie ist so verschlossen. Ich weiß nichts von ihr. Mit dir kann man viel einfacher reden."

Das war eine Falle! Ich wußte es, und plötzlich kam ich mir vor wie eine Schnecke. Ich kam mir vor wie jemand, der reden sollte, der aber zu schleimig ist, sich zu bewegen oder den Mund aufzumachen. Ich erinnerte mich an das Bild, auf dem eine Schnecke über die scharfe Schneide einer Rasierklinge kroch.

„Das ist möglich", hatte Frau Abbelese gesagt. „Schnecken sind so schleimig, daß sie keinen Schmerz spüren, auch nicht, wenn sie sich verletzen."

Genau so eine Schnecke auf der Rasierklinge war ich, als ich neben Petr Ann auf dem Sofa saß. Ich spürte einen Schnitt über die ganze Länge meines Bauches. Obwohl ich gehen wollte, konnte ich nicht, denn ich klebte mit eigenem Schleim am Sofa. Ich wartete nur ab, bis sie die nächste schreckliche Frage stellte. Tara tauchte auf, um Luft zu holen, und verschwand danach wieder.

„Kannst du dich noch an den Abend in der Cranberry

erinnern? Ich wollte mich mit Tara unterhalten, aber sie sagte kein Wort. Sie verschloß sich wie eine Auster. Weißt du noch, daß wir da über die Flaschen gesprochen haben? Sie warf Flaschen mit einer Nachricht ins Meer, weißt du das noch?"

Ich nickte, weil eine Schnecke nicht sprechen kann, nur nicken.

„Kennst du denn die Nachricht in den Flaschen, Anna?"

„Nein." Die Antwort kam viel zu schnell, um glaubhaft zu sein.

„Wirklich nicht?"

„Wirklich nicht", antwortete ich, und das Messer am Bauch tat mir weh.

„Anna, ich glaube, ich weiß, welche Nachricht das war. Sie will, daß ihr jemand hilft, stimmt's?"

Ich nickte nicht. Mein Kopf war so schwer, daß er mir fast abfiel.

„Nichts erzählen", befahl ich mir selbst. „Tara wird verrückt, wenn ich etwas erzähle. Das Geheimnis ist zu schrecklich. Darüber kann ich nicht reden. Das Geheimnis ist zu schrecklich."

Ich schnappte schnell nach Luft und sagte: „Das hat sie getan, weil sie Angst hatte vor Goody Hallet. Goody Hallet wohnte früher in ihrem Haus, und wenn sie den Wind hörte, dachte sie, das wäre Goody. Aber da waren wir noch klein. Jetzt glauben wir schon lange nicht mehr an Hexen."

„Ist Goody Hallet eine Hexe?"

„Eigentlich eine Meerjungfrau. Sie ritt auf dem Rücken eines Wals und ließ mit ihrer Laterne Schiffe sinken oder auflaufen. Aber Meerjungfrauen gibt es nicht." Ich erzählte weitschweifig, weil ich hierüber sprechen konnte, ohne die Schmerzen zu spüren.

„Weißt du, woher die Mythe von den Meerjungfrauen kommt?" fragte sie. „Früher sahen die Seeleute während ihrer monatelangen Fahrten Delphine im Meer. Die Tiere waren so lieb und elegant, daß sie von weitem wie schöne Frauen mit Fischschwänzen aussahen. So sind all die phantastischen Geschichten über Meerjungfrauen und Sirenen entstanden."

„Wirklich?" fragte ich. „Wie interessant!" Ich stand auf, um zu gehen. Ich wollte überhaupt nicht hören, daß Goody Hallet eigentlich ein Delphin war.

„Bleib noch sitzen", sagte sie schnell. Ich bekam langsam ein fiebriges Gefühl in dem brütendheißen Beobachtungsraum, der mehr und mehr zum Treibhaus wurde.

„Weißt du, Anna", sagte sie, „Tara glaubt, ich habe die Flasche mit ihrer Nachricht in Europa gefunden. Ich meine, sie glaubt das nicht wirklich, möchte aber doch ein bißchen daran glauben. Sie hofft, daß ihr jemand hilft, ihre Probleme zu lösen. Ich will ihr helfen, und das willst du auch. Um etwas zu erreichen, müssen wir zusammenarbeiten."

„Zusammenarbeiten", wiederholte ich, um Zeit zu gewinnen. Es war so warm, daß alles flimmerte und wie Zitroneneis zusammensackte.

„Ich habe oft mit Tara telefoniert. Sie sagt nichts, aber sie gibt viele Signale. Ich habe auch die Verhältnisse bei ihr zu Hause gesehen, und das fand ich alles seltsam. Einmal hat sie ganz kurz von Goody Hallet gesprochen. Sie sagte, früher hätte sie Angst vor der Seehexe gehabt, weil sie einem den Mund zu Stein verwandeln könnte, wenn man etwas sagte, was niemand wissen dürfte. Ich erinnere mich noch genau, was sie danach sagte: ‚Ich glaube nicht mehr an Goody, denn mein Mund ist nicht zu Stein geworden. Ich habe Anna heute etwas erzählt, was niemand wissen darf, und mein Mund ist nicht verändert.' Ich habe sie gefragt: ‚Was hast du ihr denn erzählt, Tara?' Sie wurde ganz still am Telefon und sagte: ‚Ach, etwas über einen Film, den ich gesehen habe. Sie ist meine beste Freundin, weißt du. Ich erzähle ihr Geheimnisse, die nur sie wissen darf. Dann gebe ich ihr einen Dollar, damit sie schweigt. Und das Spiel gefällt uns.' Das ist genau das, was sie mir sagte. Das werde ich nie vergessen. Von dem Moment an war ich mir ganz sicher. Dann unterhielten wir uns über Angst vor Tieren, und ich sagte ihr, daß sie vor keinem Tier Angst zu haben bräuchte. Nur vor Menschen mußt du wirklich Angst haben, sagte ich, denn die können dir weh tun."

Ich erinnerte mich, daß Tara nach einem Telefongespräch mit Petr Ann so etwas gesagt hatte. Aber ich bekam keine Gelegenheit, mir die Situation ins Gedächtnis zu rufen. Ich hörte etwas, was mich in kalten Schweiß ausbrechen ließ. Der Wind!, dachte ich alarmiert. Der Wind ist wieder da. Ich höre Goody Hallet! Zum ersten Mal in Boston hörte ich den Wind.

„Ich habe schon lange keine Angst mehr vor Goody Hallet", sagte ich. Petr Ann war anzusehen, daß sie keine Ahnung hatte, warum ich das sagte. Ich wußte es selbst nicht. Ich griff mir an den Mund und befühlte die Lippen. Sie waren versteinert. Ich hatte mich in eine Schnecke mit versteinerten Lippen verwandelt.

„Anna, sag mir, was du weißt."

„Wenn ich es sage, passiert etwas", antwortete ich schwach.

„Anna, nichts wird passieren. Ich werde dafür sorgen, daß alles gut wird. Erzähl mir, was du weißt." Tara stand am Rand des Bassins und winkte uns zu. Für einen Moment sah es so aus, als wollte sie sich abtrocknen und zu uns kommen. Aber mit dem Kopf zuerst sprang sie wieder ins Wasser. Meine Lippen wurden wieder weicher.

„Onkel Tony", murmelte ich. Die Verglasung des Beobachtungsraums fiel klirrend auf mich nieder. Jetzt war das schneidende Gefühl überall, auch im Nacken und im Rükken. Ich mußte tief durchatmen, um einen Ausweg zu finden. „Er... er macht etwas mit ihr. Er gibt ihr dann einen Dollar. Damit sie schweigt. Er sagt, daß er sie so gerne be-

trachtet, daß er das tun muß..." Wieder ein tiefes Durchatmen.
„Als Tante Tanja dahinterkam, hat sie Tabletten geschluckt. Tara denkt, das ist alles ihre Schuld. Sie weint sehr oft. Sie weint, wenn ich dabei bin, und sie weint, wenn ich nicht dabei bin. Früher nicht. Früher weinte sie nie, aber sie fluchte und schrie und stieß mich in den Bauch. Ich wußte damals nicht, warum. Aber jetzt. Es ist ein schreckliches Geheimnis. Wir werden verrückt davon, sie und ich. Ich will nichts mehr davon hören, denn es macht mich krank." Die Worte kamen mir wie Erbrochenes aus dem Mund. So hatte ich noch nie gesprochen, kaum Luft holend, obwohl ich es versuchte, und mit den Schmerzen im Bauch.
Petr Ann guckte mich wie ein eingefrorenes Fernsehbild an. Ich wußte, daß sie älter war, als ich immer vermutet hatte, vielleicht sogar über vierzig.
„Das dachte ich mir doch. Das dachte ich mir doch", sagte sie ein paarmal heiser. „Ich fing an, das zu vermuten, als sie in der Nacht, als die Grindwale strandeten, nicht bei ihrem Vater schlafen wollte. Sie reagierte so seltsam, daß ich fühlte, daß da etwas nicht stimmte. Sie wollte nicht bei ihrem Vater schlafen, während ich im Haus war, weil sie Angst hatte, ich könnte es entdecken. Sie hatte Angst, es könnte noch mehr Schlimmes passieren, wenn es jemand erführe. Verstehst du das, Anna?"
Ihre Stimme wurde fast schrill.
„Weißt du, warum ich das alles aufdröseln wollte? Als ich Tara sah, war mir, als sähe ich mich selbst. Wie auf einem Bild aus meiner Kindheit. Sie redete wie ich, und sie war wütend wie ich. Fast auf Anhieb erkannte ich ihre Signale. Mir ist das nur zweimal passiert, und es war ein Freund meiner Eltern, den ich oft sah, also nicht mein Vater. Aber es war schrecklich, und als Kind war ich ratlos. Ich fühlte mich so beschmutzt, so beschmutzt!" Ihre Halsmuskeln

begannen zu zucken. Dann bewegten sich alle Gesichtsmuskeln. Für einen Moment glaubte ich, sie würde laut auflachen, aber ich irrte mich. Sie weinte trocken schluchzend und ohne Tränen.

„Früher konnte ich nicht darüber sprechen. Ich dachte, ich wäre so ungezogen gewesen, daß jeder, der es erfahren würde, mich schlagen würde", sagte sie, als sie die Stimme wieder in der Gewalt hatte. „Als ich vierzehn war, erzählte ich alles meiner Mutter, aber in den nächsten Tagen hatte ich plötzlich solche Angst, der Mann könnte mich eines Nachts holen, daß ich sagte, ich hätte mir alles nur ausgedacht. Jetzt habe ich gelernt, darüber zu reden. Ich kann darüber in allen Einzelheiten sprechen, ohne daß es mir weh tut."

„Nicht erzählen!" rief ein kleiner Vogel in meinem Kopf. „Ich will es nicht hören."

Ich weiß nicht, ob sie damals ihre ganze Geschichte erzählt hat, denn ich hatte mich entschlossen, sie nicht hören zu wollen. Ich hörte ihre Stimme erst wieder, als sie sagte: „Worüber ich weinen könnte, das ist, daß es Tara passiert ist. Ich kann spüren, wie es sein muß. Es ist ihr Vater. Sie liebt ihn. Sie vertraut ihm. Kannst du verstehen, wie das ist, Anna? Du bist noch jung. Ich sollte dir dies alles nicht erzählen, denn du wirst Angst bekommen." Sie zog die Nase hoch und trank einen Schluck Kaffee. Jetzt hätte ich gern ein Fläschchen Parfüm gehabt, das ich mir unter die Nase halten könnte.

„Tara hat das gleiche Problem wie Baby. Wenn jemand sie berührt, tut es ihr weh. Vor Scham kann sie nicht mehr wachsen. Sie kann nur Angst haben vor den schrecklichen Dingen, die passieren werden, wenn sie redet." Sie schaute durchs Glas, wie Tara sich mit dem nassen T-Shirt am Leib bewegte.

„Darum dachte ich, ich könnte die beiden zusammenbringen. Sie werden einander begreifen. Beide haben die Mutter verloren und großen Kummer. Für Baby konnte ich mir keine andere Lösung vorstellen, ich hatte schon alles versucht. Es war ein Wagnis."

„Sieh nur!" sagte ich nach langer Stille. Mit gestrecktem Arm und Zeigefinger deutete ich auf das Becken. „Er frißt ihr wieder aus der Hand." Petr Ann nickte, ohne hinzusehen, und ging zum Tisch, sich noch einmal Kaffee zu holen.

„Ich danke dir, Anna", sagte sie, während sie eingoß. „Vielleicht kannst du auch noch mal kurz ins Wasser gehen, sonst wird Tara Fragen stellen."

Als ich mich ins Wasser gleiten ließ, schaute Tara mich fragend an. Das Wasser war noch nie so kalt gewesen. Die Beine wurden zu Eiszapfen, und danach vereisten der Bauch und die Schultern. Etwas im Wasser zog mich hinab, und es dauerte sehr lange, bis ich prustend auftauchte. Zähneklappernd setzte ich mich auf den Beckenrand.

„Ich kann nicht", sagte ich zu Petr Ann, die sofort zu mir kam. Auch Tara kam angeschwommen. Noch bevor sie bei mir war, sprang ich auf und ging mit gesenktem Kopf zum Umkleideraum. Ich schaute ihr keine Sekunde in die Augen.

27

Am Abend kam es mir so vor, als würde mein Körper in ein Bad mit kochend heißem Wasser gleiten. Mir wurde sehr heiß, und ich hörte nicht auf zu schwitzen. Meine Decken wurden naß, und dann wurde mir glühend kalt. Die Tochter des Hausmeisters spielte stundenlang Blockflöte. Das eintönige Flöten tat mir in den Muskeln und Armen weh, und auch in den Beinen und im Rücken.
„Anna kann heute nicht mit", hörte ich später. Es war schon hell. „Sie ist krank. „Hier, Anna, trink dies." Etwas schmeckte süß und sauer zugleich.
„Ich habe dir das Telefon ans Bett gestellt. Hier ist die Nummer. Wenn etwas ist, kannst du uns anrufen. Caitlin hat versprochen, alle Stunde zu sehen, wie es dir geht."
„Caitlin?" hörte ich Taras Stimme.
„Die Tochter vom Hausmeister", antwortete Petr Ann. „Die Ärztin kommt gegen Mittag. Wenn sie da ist, ruf sofort an, dann komme ich auch." Ich nickte mit geschlossenen Augen. Ich konnte nicht durch die Nase atmen, und die Kehle fühlte sich rauh an wie eine Raspel. Ich schlief und wurde nur wach, wenn ein schmales Gesicht ins Zimmer schaute. Ihr Ball unten im Gang schien in meinem Kopf herumzupoltern.
Als ich das zweite Mal wach wurde, fragte sie: „Brauchst du etwas?"
„Wasser", sagte ich und trank ein paar Schluck. Dann schlief ich wieder ein.
Die Wärme weckte mich. Ich sah auf die Inseln auf der Tapete und dachte an die Delphine. Tara und Petr Ann waren im Pflegebad, vielleicht sagte Petr Ann: „Anna hat mir gestern alles erzählt, daher weiß ich es."

„Die Hexe!“ antwortete Tara. „Sie kommt in eine Besserungsanstalt, wenn sie den Mund nicht halten kann.“ Tara und Petr Ann tuschelten miteinander. Sie lachten und sprangen ins Wasser.
„Mit Anna kann man sich besser unterhalten, aber wir haben das gleiche erlebt“, rief Petr Ann. „Das macht uns zu dicken Freundinnen.“
Ich versuchte, mich auf etwas anderes zu konzentrieren. „Wie viele Stufen wird die längste Treppe der Welt haben?“ fragte ich mich. Auf dem Fensterbrett lag eine tote Motte. Ich versuchte, mit geschlossenen Augen zu schielen, bekam davon aber Kopfschmerzen. Ich bildete mir ein, mich in kochende Lava zu verwandeln. Ich brodelte und spuckte heißen Schlamm aus. Die Luftblasen in meinem Bauch zerplatzten und rochen nach Schwefel. Die Lava lief mir aus dem Kopf und über das Bett, dann auf den Teppich, die Treppe hinunter bis auf die Straße. Mehr und mehr Lava floß aus, und nach einer Weile war das ganze Zimmer voll, bis an die Fensterrahmen. Die Scheiben brachen unter dem Druck, ganz Boston versank in der Lava.
„Sie hat Fieber“, hörte ich eine unbekannte Stimme. „Mindestens drei Tage nicht aus dem Haus. Wahrscheinlich eine normale Grippe, aber doch gut pflegen.“
„Übermorgen muß sie nach Hause. Sie wohnt auf dem Kabeljaukap.“ Das war Petr Ann.
„Wenn sie im Wagen gut eingepackt wird, spricht nichts dagegen. Sie muß viel trinken. Keine Milch. Kräutertee und Cola, wenn sie will.“
Sie verließen das Zimmer. Sie blieben eine Weile draußen. Als Petr Ann zurückkam, sagte ich: „Ich möchte Cola.“
Ich blieb den ganzen Tag im Bett, und auch noch den nächsten Tag. Petr Ann und Tara kamen ab und zu und erzählten von Baby. Der ließ Tara auf seinem Rücken reiten. An seiner Rückenflosse war ein kleiner Sender angebracht worden, so konnte man ihn später, wenn er wieder in Frei-

heit war, verfolgen. Endlich hatten sie auch wieder Blut abnehmen können, und zwar nur, weil Tara ihn beruhigt hatte. Die Resultate der Untersuchung hatten sie noch nicht, aber wenn alles in Ordnung wäre, könnte Baby in ein paar Wochen wieder in die Freiheit entlassen werden. Sie brachten mir ein kleines Radio, damit ich mich nicht so langweilte.

Tara sagte, ich täte ihr leid, daß ich jetzt auf den ganzen Spaß verzichten müßte.

„Du mußt den Kopf naß machen und ohne Kopfbedekkung durch den Wind laufen, wenn du Fieber hast", sagte sie.

„Tara!" wies Petr Ann sie zurecht. „Was ist das denn für ein Unsinn! Genau das darf man nicht tun."

Tara lachte. „Ich weiß", sagte sie. „Den Unsinn erzählte mein Opa einmal meinem Vater, als der krank war. Mein Vater tat es, und mein Großvater hatte einen Heidenspaß. Papa war damals ziemlich krank, sagt er. Er hatte keine Mutter, weißt du, und mein Großvater stellte die verrücktesten Sachen mit ihm an."

Weil Petr Ann die Stirn runzelte, konnte ich sehen, daß sie den Spaß für sehr bedenklich hielt.

Abends saß Tara an meinem Bett und strich mir übers Haar. Es war das erste Mal, daß sie das tat, und mir gefiel es. Sie sagte nicht viel, und sie war ruhig.

„Ich habe keine Angst, nach Hause zu gehen", sagte sie. „Ich sage ihm einfach, daß ich es nicht mehr will. Petr Ann sagt, das wird mir helfen." Sie zog sich um, obwohl ich zuguckte.

Bevor wir mit Robert zum Kabeljaukap zurückfuhren, nahm Petr Ann mich zum letzten Mal mit ins Aquarium. Tara war im Wasser und demonstrierte, wie Baby sie zog, wenn sie sich an seiner Rückenflosse festhielt. Das Wasser spritzte hoch auf, und Tara stieß kurze Schreie aus.

„Siehst du", sagte Petr Ann mir ins Ohr, und dabei deutete sie auf ein unordentliches, nasses Häufchen neben dem Becken. Es war das weiße T-Shirt, das sich Tara vor ein paar Tagen von mir geliehen hatte.

Tara zog sich an und ging mit mir nach unten, so daß wir durch das hohe Fenster noch einmal die Grindwale von unten betrachten konnten. Baby kam mit der Nase an die Glasscheibe heran, und er folgte ihr, als sie vor dem Fenster schnell hin und her lief. Sie spielte Verstecken hinter der Mauer, und tauchte wieder auf, wenn Baby es nicht erwartete.

„Wir müssen fahren!" rief Robert. Ich ging zu ihm, aber Tara blieb noch einen Moment. Ich ging vor, setzte mich aufs Sofa, den Schal über Mund und Nase hochgezogen, und hörte Petr Ann, Roy und Robert zu.

„Ich werde Taras Vater fragen, ob sie noch ein paarmal kommen kann. Es geht darum, daß die Bekanntschaft der beiden erhalten bleibt."

„Ich kann sie ja mitnehmen", sagte er.

„Die Mädchen müßten eigentlich mitgenommen werden, mit der Albatros IV. Sie haben es verdient, und für Baby kann es nur gut sein, wenn Tara in der Nähe ist."

„Ob das gut ist?" fragte Roy. „Wir werden den Tieren drei volle Tage folgen, und das könnte Schwierigkeiten geben. Warum sollten wir es uns schwerer als nötig machen?"

Petr Ann stellte sich auf Zehenspitzen, was sie ein Stückchen größer als die beiden Männer machte. „Ich weiß, warum ich das sage, Roy."

„Also bitte, auf deine Verantwortung", antwortete er.

„Mach dir keine Sorgen."

Ich hatte das Gefühl, daß Schmetterlinge mein Herz umflatterten. Ich konnte einfach nicht glauben, daß wir mitfahren durften. Petr Ann kam zu mir, sagte aber nichts davon. Zum Abschied umarmte sie erst mich, dann auch Tara, wobei sie recht lange mit ihr flüsterte, wovon ich aber kein Wort verstand.

„Bis bald“, sagte sie geheimnisvoll.
Im Jeep platzte ich beinahe, weil ich Tara von der Schiffsreise erzählen wollte. Robert benahm sich ganz normal. Nach einer Weile spürte ich, wie mir der Rücken wieder warm wurde. Die Hände fühlten sich wie Gummihandschuhe an, die aus Jux mit Wasser gefüllt waren. Mein Kopf fiel auf Taras Schulter, ich schlief ein.
Robert fuhr bis vor unsere Haustür und half mir beim Aussteigen. Er sprach kurz mit Papa und Mama, dann ging er zurück zum Jeep.
„Bis zum nächsten Mal“, sagte er. Der Jeep war noch nicht ganz verschwunden, da zog ich Tara mit und erzählte ihr, daß wir mit der Albatros IV mitfahren dürften. Sie stieß einen lauten Jubelruf aus und tanzte um mich herum.
„Na, Anna“, meinte Papa, „so krank scheinst du ja nicht zu sein.“
Dann gingen wir ins Haus.

28

Ich war noch einige Zeit krank, und Mama sagte, ich müßte auf meinem Zimmer bleiben, weil sich andere anstecken könnten. Ich glaube, sie wollte mich vor allem aus dem Trubel im Haus heraushalten.
Das Telefon klingelte dauernd. Einmal war es Petr Ann, die von Boston aus stundenlang mit Papa und Mama sprach. In unsere Küche kamen Leute, deren Schritte und Stimmen ich überhaupt nicht kannte. Als ich Mama fragte, wer die Leute seien, sagte sie, das wären Versicherungsvertreter oder Buchverkäufer.
Mama lief wie ein Zombie durchs Haus. Sie kam zwar oft zu mir, und sie machte Popcorn und brachte flaschenweise Coca Cola, aber mir fielen ihr leerer Blick und ihre unzusammenhängenden Gedanken auf.
„Darf ich heute abend runterkommen und fernsehen?"
„Mmm."
„Darf ich heute abend runterkommen und fernsehen?" fragte ich geduldig.
„Fernsehen? Vielleicht", antwortete sie. Sie dachte keine Sekunde darüber nach, das sah ich ihr an. Abends fragte sie verblüfft: „Was machst du denn hier vor dem Fernseher?"
Am späten Nachmittag hörte ich Papa in der Küche schimpfen. „Der Dreckskerl!" rief er einmal. Und dann: „Daß uns das nie aufgefallen ist. Das verzeihe ich mir nie! Hoffentlich hat er Anna in Ruhe gelassen!" Am dritten Tag stand plötzlich Petr Ann in meinem Zimmer. Ich versuchte mich gerade an einem Puzzle.
„Du siehst besser aus", sagte sie. Ich zog die Bettdecke

über den rechten Arm, denn am Ellbogen hatte der Pyjama ein Loch. Sie hatte mir ein Buch mitgebracht. MEIN LEBEN MIT DELPHINEN hieß es.
„Hast du Tara noch gesehen?“ fragte sie.
„Mama will nicht, daß sie hierher kommt. Sie könnte sich anstecken, sagt sie.“
„Deine Mama will wohl nicht, daß du erfährst, was hier alles passiert“, sagte sie laut. Ich blätterte in dem Buch. Ich war froh, daß Mama mich aus allem heraushielt. Ich wollte das ganze Flüstern und die geheimen Geschichten über Onkel Tony nicht hören. Schon wenn ich daran dachte, kam mir die Galle hoch.
„Ich nehme Tara mit nach Boston. Da bekommt sie eine Therapie. Das heißt, daß sich ein paar Leute mit ihr unterhalten und eine Lösung für ihr Problem suchen werden. Sie ist unten und möchte sich gleich von dir verabschieden.“ Petr Ann stand auf.
„Gehst du schon wieder?“ fragte ich.
„Ich habe es eilig. Ich muß zurück zu den Delphinen. Ich bin so etwas wie ihre Mutter, verstehst du?“
Als Tara kam und sich verabschiedete, sprach sie kaum ein Wort. Genau wie früher war sie wieder in einem Glashaus, in dem sie nichts hörte und sich nur umschaute. Ihre Augen waren groß und die Wimpern lang. Als sie ging, flüsterte sie: „Ich sehe dich auf dem Schiff. Sag keinem, daß wir es schon wissen. Das ist ein Geheimnis, ein Geheimnis wie früher, weißt du noch?“
Sie schloß die Tür, und an ihrer gepreßten Stimme, mit der sie mit Petr Ann sprach, konnte ich hören, daß sie weinte.

Ich blieb noch ein paar Tage auf meinem Zimmer, im Hintergrund immer lautstark ein Baseballspiel. Ich gewöhnte mich an die Stimme des aufgeregten Reporters und schlief auch dabei ein. Wenn ich wach war, sah ich Onkel Tony wie einen Winterschläfer in der Strandvilla sitzen, der dar-

auf wartet, daß sein Kätzchen nach Hause kommt. In mir begann ein Bär wild herumzuwühlen. Er schnaubte und riß Grasboden aus. Ich ballte die Fäuste. Ich konnte nicht anders an ihn denken als an einen lieben Onkel, der sich nachts in einen finsteren Kriecher verwandelte, der sich geräuschlos neben Mädchen legte und sie mit süßen Worten zum Weinen brachte.
Als ich endlich wieder raus durfte, ging ich zur Strandvilla. Die Fenster waren mit Zeitungspapier zugeklebt, und vor dem Haus stand ein Schild: ZU VERMIETEN. Ich spähte hinein, denn ich wollte sehen, ob Onkel Tony dort herumschlich, mit einem Geschenk, oder mit einem Schlager von Frank Sinatra auf den Lippen. Die Möbel waren alle noch da. Am Eichenschrank stand sogar noch ein Fahrrad mit Bonanzalenker und Sand an den Felgen. Ich hörte das Telefon klingeln, aber das Loch in der Haustür war schon lange abgedichtet, und so konnte ich nicht hinein, um abzunehmen. Das Klingeln hörte auf, und ich ging zurück nach Hause. Mama fragte nicht, wo ich gewesen wäre.
„Schuhe aus! Die sind ja voller Sand!“ rief sie.
In der Zeitung suchte ich Berichte über Wale und Delphine. Ich suchte vor allem einen Bericht, in dem stand: „Grindwale von der Albatros IV in Freiheit enlassen. Die Operation der Biologin Petr Ann Jorssen ist mit Hilfe der jungen Tara Myrold gelungen. Die Tiere haben sich voll und ganz ans Meer gewöhnt, und die genannte Biologin genießt die verdiente Ruhe.“
Den Bericht fand ich nirgends. Aber es beunruhigte mich doch, daß Petr Ann nicht anrief. Ich langweilte mich zu Tode.
„Mir fehlt Tara“, sagte ich zu Mama, und sie fing mit David an. Ich ging auf mein Zimmer und trank vor dem Spiegel ein Glas Wasser. Das hatte ich von Tara gelernt. Trinken vor dem Spiegel ist eine verrückte Erfahrung. Man sieht, wie sich die Halsmuskeln bewegen, der Adamsapfel

rauf und runter hüpft, und das geht alles sehr schnell und instinktiv. Manchmal standen wir in der Strandvilla gemeinsam vor dem Spiegel, bis wir vor Lachen prusteten und die Cola den Spiegel hinunterlief.

Ich ging wieder nach unten und hatte endlich den Mut, zu fragen: „Wo ist Onkel Tony?“ Ich fragte leise, denn ich hatte Angst, er könnte, wenn er seinen Namen hörte, auf Cowboystiefeln und mit buntem Halstuch und gewinnendem Lächeln zur Seitentür hereinkommen. In der Nacht hatte ich geträumt, er käme mit einem Blumenstrauß im Arm zu mir, und danach machte er mir mit den Fingernägeln Schrammen auf Schenkel und Rücken.

Mama wandte den Kopf ab. „Sie haben ihn mitgenommen. Er hat etwas sehr Schlimmes getan.“

Ich merkte, daß sie sich auf die Frage vorbereitete, die nun kommen mußte. „Was denn, Mama?“

Das fragte ich sie nicht, denn ich wollte es nicht hören.

David kam mit den Hausaufgaben, denn jetzt konnte er sich ja nicht mehr anstecken.

„Sind sie umgezogen?“ fragte er und deutete durchs Fenster auf die Strandvilla.

„Ja“, antwortete ich, „nach Boston.“

In der Schule fragte mich niemand nach Tara. Die Neuigkeit war durchgesickert, und die Kinder hatten sich spontan entschlossen, darüber nicht zu reden. Auf ihrem Platz im Bus saß ein kleiner Junge. In ihrer Klasse waren ihre Bilder von der Wand genommen worden.

Eine Woche nach ihrer Abfahrt rief Tara mich an.

„Anna, geht es dir besser?“

Ich konnte nicht sofort sprechen, als ich ihre Stimme hörte.

„Ja, ich gehe wieder zur Schule.“

„Hast du das Buch schon gelesen?“

„Ja, es war interessant. Es handelt hauptsächlich von

Tümmlern. Und da sind Bilder von einer Geburt drin."
„Ich habe es auch gelesen. Es steht hier bei Petr Ann im Regal."
„Wie geht es Baby?"
„Gut. Er spielt wieder mit Tag und Notch. Notch war heute etwas träge, aber das macht nichts, sagt Petr Ann."
„Wohnst du jetzt bei Petr Ann?"
„Ja. Ich mache nicht weit von hier eine Therapie. Ich rede jeden Tag mit Kim, immer über früher, was ich gespielt und welche Bücher ich gelesen habe, und wie ich mich fühle und so weiter. Ich muß auch malen. Wie im ersten Schuljahr. Manchmal ein bißchen dumm, manchmal aber auch fein."
„Gehst du in Boston zur Schule?"
„Ich gehe eine Weile nicht zur Schule."
„Wo ist dein... Vater?" Das letzte Wort kam mir nur schwer über die Lippen. Ich hatte Angst, sie würde sehr viel über ihn erzählen, und ich wollte nichts über ihn hören. Höchstens, wo er war.
„Der ist auch in Boston. Ich sehe ihn nur in der Therapie. Dann reden wir, und Kim hört zu. Manchmal stellt sie Fragen, oder sie nimmt alles auf Video auf, und das sehen wir uns dann hinterher an. Papa muß auch malen. Außerhalb der Therapie dürfen wir uns nicht sehen."
„Wir arbeiten in der Schule an einem Gemeinschaftsbild. Das Thema ist ZUKUNFT." Sie hörte nicht hin.
„Abends geht er ins Heim. Da sitzt er mit anderen Männern, die das gleiche Problem haben."
Ich wollte nichts darüber hören.
„Das ist kein Gefängnis", fügte sie schnell hinzu. „Sie dürfen da zwar nicht einfach weggehen, aber da sind keine Wärter. Das ist mehr ein Pflegeheim. Er darf vieles, aber er darf mich nicht anrufen."
Ich konnte Onkel Tony vor mir sehen, den James Dean im Jeanshemd unter rauhen Männern mit dunkler Vergangen-

heit. Er hat einen Walkman bei sich und hört Frank Sinatra. Sein Kopf bewegt sich im Takt. Niemand spricht mit ihm, aber er lächelt alle an. „Real Man!“ stöhnt er von Zeit zu Zeit.
„Wenn wir bei Kim sind, spricht er oft von früher, und auch über seine Mutter.“
„Ich muß jetzt auflegen“, sagte ich schnell. „Ich glaube, da ist jemand vor der Tür, und Mama ist nicht da.“
„In Ordnung, ich rufe wieder an.“
Sie legte auf. Ein Flugzeug flog so niedrig über unser Haus, daß ich sicher war, es würde zum Fenster hereingebraust kommen.

29

Tara rief jeden Tag an. Sie erzählte von den Grindwalen und von der Therapie. Am Mittwoch sah sie Onkel Tony. Am Mittwoch hörte ich die seltsamsten Geschichten über ihn.

„Papas Mutter starb, als er zwei war. Er hat sie nie gekannt. Er erinnert sich, daß er als Kind über die Felder lief und ‚Mama' rief, denn er verstand nicht, warum sie nicht da war. Einmal verirrte er sich im Nebel. Als sie ihn fanden, war er blaugefroren."

Der kleine Filip, dachte ich, sagte aber nichts.

„Er vermißte seine Mutter sehr. Sein Vater war gemein zu ihm. Wenn sie Fußball spielten, spitzelte sein Vater ihm immer den Ball vor den Füßen weg, bis er weinte und schwor, nie mehr mit ihm zu spielen. Dann ging er nach oben und hörte sich die Schallplatten seiner Mutter an. Er aß, wenn schon keiner mehr am Tisch saß, er schlief tagsüber und trieb sich nachts auf den Straßen rum.

Papa sagt, ich komme auf meine Großmutter raus. Ich glaube, er versteht jetzt, daß es falsch war, was er mit mir gemacht hat. Er wußte es schon lange, aber er konnte nicht anders, sagt er. Weißt du noch, daß wir uns so gewundert haben, als ich vorigen Monat mit nach Boston durfte? Gestern sagte er: ‚Ich ließ sie gehen, weil ich wußte, daß alles verkehrt lief. Ich konnte sie nicht in Ruhe lassen, wenn sie bei mir war. Darum ließ ich sie gehen.' Findest du das nicht seltsam, Anna?"

Ja, das fand ich seltsam, sehr seltsam. Und auch schrecklich. Ich wollte, sie hörte endlich auf damit und ließ mich auch etwas sagen.

„Ich habe einen Preis für meinen Aufsatz gewonnen", sagte ich.
„Wirklich? Worüber hast du denn geschrieben?"
„Natürlich über Boston und das Aquarium."
„Schickst du mir eine Kopie?"
Ich versprach es ihr und hängte auf. Am nächsten Tag rief sie wieder an. Sie erzählte ausführlich von Baby und daß sie jeden Tag mit ihm schwamm.
„Er kennt mich jetzt schon sehr gut!" sagte sie stolz.
Er machte jeden Tag Fortschritte. Petr Ann setzte Himmel und Hölle in Bewegung, um alles für die Aussetzung ins Meer vorzubereiten. Sie machte alle möglichen komplizierten Sachen, von denen Tara und ich überhaupt nichts kapierten. Wir begriffen nur, daß jedes Tier einen Sender auf den Rücken bekam, so daß für längere Zeit mit Hilfe von Satelliten ihr Weg verfolgt werden konnte. Wir wußten auch, daß die Albatros IV den Delphinen nach der Freilassung noch eine Zeit folgen würde, um zu beobachten, ob sie sich ihrer neuen Umgebung anpaßten.
„Weißt du schon mehr von dem Schiff?"
„Petr Ann wird dich anrufen, mach dir nur keine Sorgen. Es wird nicht mehr lange dauern. Sie kann ja nichts dafür, daß sie soviel zu tun hat."
Als am nächsten Tag das Telefon klingelte, dachte ich, es wäre wieder Tara. Papa war schneller.
„Es ist nicht Tara. Es ist für mich. Geh wieder nach oben", flüsterte er.
Ich ging aus dem Wohnzimmer und blieb bei der Tür stehen. Ich hörte nur ab und zu: „Ach... soso", und: „Gut, das sage ich ihr." Gleich danach rief Papa meinen Arzt an. Er sprach jetzt leiser. „Ist es dafür nicht noch zu früh?" fragte er. Und gleich darauf: „Nein, nein, ich machte mir nur Sorgen, daß sie unterwegs wieder krank werden könnte." Für einen Augenblick war es still. „Also ein Arzt ist an Bord. Gut, sie wird sich freuen.Ich wünschte, ich könnte auch mit."

Ich schlich mich die Treppe hinauf in mein Zimmer und fing schon an, meine Sachen zu packen.

„Anna“, sagte Papa nach dem Abendessen, „komm, setz dich mal zu mir. Ich muß dir etwas sagen.“
Er lächelte geheimnisvoll. Ich setzte mich aufs Sofa und legte meine Hand in seine.
„Darf ich raten?“ fragte ich.
„Das rätst du nie.“
„Es schwimmt im Wasser“, sagte ich.
„Wieso?“
„Da sind Fische drin.“
„Was sagst du da?“
„Ich weiß es! Ich weiß es!“
Mama lächelte verwundert. „Woher weißt du das? Das kannst du doch gar nicht wissen. Ich habe es doch gerade erst erfahren.“
„O.K., dann weiß ich es eben nicht. Erzähle. Was ist es denn?“
„Aber du weißt es doch schon!“
„Ich sagte doch gerade, daß ich es noch nicht weiß. Was ist es denn?“
„Weißt du etwas von einem Schiff?“
„Meinst du die Albatros IV?“ fragte ich unschuldig.
„Verflixt!“ sagte Papa und klatschte mir auf den Schenkel. „Wo hast du das erfahren? Petr Ann hat mir versichert, dir und Tara noch nichts gesagt zu haben.“
„Kleine Köpfe haben große Ohren, das weißt du doch“, sagte ich. Das sagte er früher immer zu Mama.
„Weißt du auch, daß die Reise ein paar Tage dauert?“
„Ja, das weiß ich auch.“
Seine Augen wurden so groß wie Tischtennisbälle. „Tja, dann brauche ich ja nichts mehr zu sagen. Da kann ich genauso gut schweigen.“
„Nur noch wann und wo. Das reicht.“

„Freitag, zehn Uhr, Boston“, antwortete er kurz.
„Freitag!“ rief ich so laut ich konnte. Freitags mußte ich zur Schule.
„Du wirst ein paar Tage Schule versäumen. Aber ich habe mit deiner Rektorin gesprochen, und die ist einverstanden. Ich habe ihr gesagt, daß du an Bord Dinge lernen wirst, die du in der Schule nie lernen kannst.“
Ich fiel ihm um den Hals. Er drückte mich an sich, und das war ein schönes Gefühl.
Ich mußte ihm einiges über Benehmen und Höflichkeit versprechen. Still sein und unauffällig. Wenn ich seekrank werden sollte, müßte ich in der Kabine bleiben, Tabletten einnehmen und warten, bis es besser würde. Sollte ich wieder Kopfschmerzen bekommen, müßte ich sofort zum Arzt.
„Fallt Petr Ann nicht zur Last. Es wird für sie schon schwer genug sein.“
Ich versprach es hoch und heilig. Den ganzen Abend ließ ich seine Hand nicht mehr los.

30

Es dauerte länger als gewöhnlich, bis endlich Freitag war. In der Schule sah ich, wie der erste Frühjahrsregen vor dem Fenster einen rauschenden Vorhang bildete.
„Jetzt stellt Mama alle ihre Pflanzen raus", dachte ich. Es wurde dunkel in der Klasse, und jemand stand auf und machte das Licht an.
Nach der Schule ging ich in Stiefeln spazieren. Ich ging zum Spielplatz mit den Klettergerüsten aus Holz und den Schaukeln. Es war Jahre her, daß ich hier gespielt hatte. Unter den Schaukeln waren riesige Wasserpfützen. Der Sand roch wieder nach Muscheln und Tannennadeln. Kein einziges Kind war auf dem Spielplatz. Alle waren noch zu Hause. Wie lange noch, bis endlich Freitag war?
Am Donnerstag abend wußte ich, daß ich nicht einschlafen konnte. Ich hatte Mamas Wecker bekommen, hatte aber Angst, daß mit den Regengüssen der Strom ausfallen würde.
„Ich rufe den Weckdienst an, wenn du solche Angst vor dem Verschlafen hast", sagte Papa. Den ganzen Abend schaute ich auf die Leuchtzeiger des Weckers. Ich hatte während des Tages zum ersten Mal draußen in der Frühjahrssonne gesessen und gelesen, und meine Wangen und Unterarme glühten. Ist Tara genauso aufgeregt wie ich? Liegt sie da und starrt mit beiden Augen auf die Inseln auf der Tapete? Ist Baby so weit, die gefährliche Reise aufs Meer zu machen?
Beim ersten Summton des Weckers war ich wach. Ich hatte geträumt, wußte aber nicht mehr was. Eine halbe Stunde später stand Robert schon in der Tür. Er hatte eine Taschenlampe in der Hand, denn draußen war es noch dunkel.

„Guten Morgen", sagte er viel zu laut. „Hat das kleine Fräulein denn heute Lust?" Ich hatte in zehn Sekunden den Mantel angezogen. Papa trug in Unterhosen meine Reisetasche zur Tür.
„Laß dich nicht von den Haien zerreißen", scherzte er und gab mir einen Kuß.
„Diesen Brief gibst du sofort, wenn du an Bord kommst, dem Doktor, dann vergißt du es wenigstens nicht", sagte Mama zum dreizehnten Mal. Sie gab mir auch einen Kuß. Ich nahm meine Reisetasche. Die war schwerer als nötig, weil ein paar Bücher darin waren, für den Fall, daß wir uns an Bord langweilten. Zwischen den Büchern war eine alte Karte, die ich gestern zufällig wiedergefunden hatte. Es war die Karte mit dem Regenbogen. Die hatte ich vor langer Zeit bei Thom Klika gekauft. Robert nahm mir die Tasche ab.
Gerd saß am Steuer, und auf der Rückbank saß ein Junge.
„Das ist mein Sohn Alex", sagte Gerd. „Alex, das ist Anna. Sie war als eine der ersten bei der Strandung." Alex rutschte etwas zur Seite, damit ich Platz hatte.
„Bist du mit den Grindwalen geschwommen?"
„Ja", sagte ich und nickte. „Ich und noch jemand."
„Ihr Glücklichen", seufzte er. „So ein Abenteuer! Dafür würde ich mein ganzes Geld geben." Das Scheinwerferlicht glitt über unsere Haustür, über die Garage, über die Tannen. Im nächsten Augenblick waren wir schon auf der Asphaltstraße, Richtung Boston.
„Willst du Schokolade?" fragte Alex. Er gab mir einen Riegel. Die Schokolade schmolz mir in der Hand. Ich hatte kein Taschentuch und leckte mir die Hand sauber, als er nicht hinsah.
„Erzähl mir vom Aquarium", sagte er.
Ich zuckte die Schultern. „Was willst du denn wissen?"
„Alles. Was sie fressen. Und welche Geräusche sie machen."

„Sie machen viele verschiedene Geräusche. Manchmal hört sich das an wie eine quietschende Tür und manchmal wie ein hämmernder Specht. Sie fressen Fische, vor allem Tintenfische."
„Wie schnell schwimmen sie?"
„Das weiß ich nicht."
Er wollte die unmöglichsten Sachen wissen. Den Inhalt des Beckens, die Wassertemperatur, den Salzgehalt, das Belüftungssystem.
„Alex, laß das Mädchen in Ruhe", rief Gerd nach hinten. „Nicht alle sind so verrückt nach Zahlen wie du."
Er warf mir einen kurzen Blick zu. „Laß dich nicht ausquetschen, Anna", sagte er. „Alex will dich nur auf die Probe stellen. Er kennt schon lange die Antworten auf alle seine Fragen."
Robert und Gerd lachten. Alex sah mich grinsend an. Er gab mir noch etwas Schokolade. Die vorbeihuschenden Bäume und Häuser und auch Alex, der jetzt die Augen geschlossen hatte, machten mich müde.
Als nächstes erinnerte ich mich daran, daß es schon ganz hell war und daß Boston vor uns lag.
Gerd fuhr uns mit unserem Gepäck zum Kai, an dem die Albatros IV lag. Dann fuhr er weg, um den Jeep in die Garage des Aquariums zu bringen. Mit der Reisetasche in der Hand folgte ich Robert und Alex an Bord des Schiffes. Leute liefen hin und her, alles Gesichter, die ich nicht kannte. Robert fand sich auch nicht zurecht. Ich hielt Ausschau, ob ich etwas Rotes sah, das sich bewegte. Die Möwen kreischten über unseren Köpfen, und ich roch den Duft von Heu.
„Anna!" schrie Tara.
„Tara!" Sie sprang mir auf den Rücken und umklammerte meinen Nacken. Ich ließ meine Tasche fallen.
„Petr Ann! Anna ist hier! Und Robert auch!"
„Das ist Alex", sagte ich. „Der Sohn des Strandwärters."

„Hallo", sagte Tara, ohne ihn anzusehen. „Anna, du mußt mitkommen. Gleich werden die Tiere an Bord gebracht. Aufregend. Petr Ann hat heute Nacht kein Auge zugemacht."

Alex starrte sie an. Er glotzte unentwegt auf ihre langen Wimpern und lachte erschrocken, als Robert etwas zu ihm sagte.

Petr Ann erschien, in jeder Hand hatte sie einen Eimer mit Tintenfischen. Sie stellte die Eimer ab und umarmte mich.

„Du stinkst nach Fisch", sagte ich.

„Und du nach dem Kabeljaukap", antwortete sie lachend. Sie ging weiter, und Tara folgte ihr. Da waren Leute an Bord, die komplizierte Fotoapparate in den Händen hatten. Sie machten Bilder von Boston und den Meerenten.

„Komm, Anna, ich zeige dir unsere Kabine", rief Tara. Alex schoß auf sie zu.

„Weißt du auch, wo ich schlafe?"

„Natürlich. Komm nur mit!" Mit meiner Tasche kam ich fast nicht durch die Gänge. Tara zeigte Alex die Kabine für ihn und seinen Vater.

„Und das ist unsere", sagte sie. Die Wände waren mit Holz und Kunstleder verkleidet.

„Du hast dein rotes Kleid mitgebracht?" fragte ich, als ich das hellrote Kleid sah.

„Ja, Petr Ann meinte, das könnte ich brauchen", antwortete sie. Sie hängte das Kleid nach ganz hinten in den Schrank. Ich zog den Reißverschluß meiner Tasche auf und holte die Bücher heraus.

„Wau, jede Menge zu lesen", sagte Tara. Sie zeigte mir die Waschbecken. Danach führte sie mich zum Speiseraum und zu Petr Anns Kabine.

„Gemütlich", sagte sie immer wieder. Wir trafen eine Frau, die mit Fläschchen voller Blutproben die Treppe herunter kam.

„Geht schnell an Deck, die Tiere werden an Bord gebracht", sagte sie.

Alex kam zu uns, als wir zuschauten. Notch hing in einer Spezialhängematte an einem riesigen Kran. Er bewegte sich nicht, schielte aber mit einem Auge zu uns herüber. An Deck standen drei Polyesterbecken, die halb voll Wasser waren.
„Eine dicke Lage Schaumgummi am Boden, damit nicht zuviel Druck auf ihre Eingeweide entsteht", erklärte Tara. „Das weiß ich von Petr Ann", fügte sie sofort hinzu. Ich sah, daß Alex auf ihre Augen starrte. Notch kam äußerst langsam herunter. Er erreichte das Wasser. Der Kran kreischte nicht mehr.
„Jetzt liegt er halb im Wasser", sagte Tara. Das Wasser reichte ihm gerade bis über die Flankenflossen.
„Warum machen sie das Becken nicht voller?" wollte ich wissen.
„Das geht nicht. Wenn das Schiff schaukelt, schwappt es über. Notch würde sich verschlucken, wenn sein Spritzloch volläuft."
„Wie lange können Grindwale so überleben?" fragte Alex. Er stellte sich neben sie und lehnte sich über die Reling. Ich ging zur Toilette.
Ich stellte mich vor den kleinen, viereckigen Spiegel und leckte mir die Finger. Dann bog ich mir mit den Fingerspitzen die Wimpern hoch. Durch die Feuchtigkeit wurden sie etwas dunkler, aber es blieben dünne, blonde Härchen. Mir tat es leid, daß ich Mamas Wimperntusche nicht mitgenommen hatte.
„Siehst du das kleine rote Ding an ihrer Rückenflosse?" fragte Tara, als ich wieder neben ihr stand. „Das ist der Sender. So wissen die Biologen dann immer ganz genau, wo sie sind. Das ist interessant, welche Wege sie machen und warum."
Jetzt war Tag an der Reihe. Es war ein komischer Anblick, wie hilflos der Koloß in der Matte hing. Im Wasser waren sie so elegant, und jetzt so unbeholfen.

„Sie werden einsam sein, im Meer“, sagte ich. „Sie haben immer in einer Herde von ungefähr fünfzig Artgenossen gelebt, und in den letzten Monaten waren immer Menschen um sie herum, die mit ihnen spielten.“
„Mein Vater hat gesagt, es ist unwahrscheinlich, daß alle drei umkommen“, sagte Alex.
„Wie kannst du so etwas sagen?“ fuhr Tara ihn kurz an. Alex erschrak über ihre Reaktion.
„Mein Vater sagt auch, sie finden vielleicht irgendwo eine Herde anderer Grindwale oder Delphine“, fügte er schnell hinzu. „Herden scheinen einsame Tiere manchmal aufzunehmen.“
Für mich hörten sich seine Worte wie eine Geschichte für einen schönen Walt-Disney-Film an.
Tara schüttelte den Kopf. „Sie bleiben bestimmt für den Rest ihres Lebens alleine“, meinte sie. Sie drehte sich abrupt um und lief zu unserer Kabine. Alex schaute ihr verwundert nach.
Nachdem Baby an Bord gebracht worden war, begann das Wasser am Bug zu schäumen.
„Wir fahren ab.“
„Anna, wo ist Tara?“ fragte Petr Ann. „Oh, da kommt sie.“ Tara kam wieder zu uns. „Großartig, so eine Schiffsfahrt“, meinte Petr Ann. „Früher nahmen mich immer mein Vater oder mein Großvater mit raus, oder ein Freund meiner Eltern, der auch Fischer war. Sie fuhren von der Schelde in die Nordsee.“
„Die Schelde“, wiederholte Tara.
„Das Auslaufen war immer ein sehr großer Moment. Davon hing es ab, ob man wohlbehalten nach Hause kam.“
„Wieso?“ fragte Alex. Er hatte sich auf die Seite gelehnt, um Petr Ann besser hören zu können. Sein Ärmel berührte meinen Arm.
„Da gab es vieles, was Unheil bringen konnte. Einer schwarzen Katze, einer Nonne oder einem Priester vor

dem Auslaufen zu begegnen, das brachte Unglück. Auch einen Albatros zu töten, war fatal. Wenn jemand dir eine gute Reise wünschte, würde man bestimmt untergehen, oder wenn jemand auf dem Schiff Salz verschüttete. Man durfte nicht pfeifen, denn dann legte sich der Wind, und dann kam man nicht mehr vorwärts. Man durfte an Deck auch keine Kleider flicken, denn die Fischer glaubten, daß man dann den Wind festnähte." Petr Ann grüßte einen Mann, der vorbeiging.

„Anna, das ist der Doktor. Du kannst ihm gleich den Brief von deiner Mutter geben", sagte sie. Ich versprach es ihr.

„Erzähle weiter", sagte Tara ungeduldig.

„Es gab auch Dinge, die Glück brachten", fuhr Petr Ann fort. „Wenn man eine Münze über Bord warf, konnte man den Wind kaufen. Oder man konnte eine Münze unter den Mast legen, dann war man sie wenigstens nicht los."

„Das sollten wir machen!" rief Tara. „Wir sollten eine Münze unter den Mast legen."

„Hier gibt es keinen Mast", meinte Alex trocken.

„Dann werfen wir eine Münze über Bord." Alex holte schnell sein Portemonnaie hervor und gab ihr einen halben Dollar. Sie warf das Geldstück so weit sie konnte ins Wasser.

Wir fuhren schon ein paar Stunden, als plötzlich der Kapitän rief.

„Delphine", ging es von Mund zu Mund. Ich hatte schon einige Zeit Bewegungen gesehen, aber ich hatte nichts gesagt, weil ich nicht wußte, was es war. Gleich darauf sahen wir große Körper durch das Wasser gleiten.

„Das sind Buckelwale, die gehören zu den Furchenwalen", sagte Robert. „Und seht nur da, da ist ein Finnwal, ganz hinten. Seht ihr, wie riesengroß der ist?"

„Den kann man kaum sehen", beschwerte sich Tara.

„Den erkenne ich am Rücken und daran, wie er spritzt",

sagte Robert. Die Delphine in der Nähe des Schiffes schossen wie Pfeile aus dem Wasser. Nach einer Weile kamen wir auch näher an die Buckelwale und den Finnwal heran. Sie machten gewaltigen Krach, wie große Staubsauger, die immer wieder nicht genug Strom kriegen. Sie sahen uns genauso neugierig an wie wir sie.

Gerd kam und stellte sich neben Alex.

„Siehst du, wie er uns mustert?“ fragte er und deutete auf das kleine Auge eines Buckelwals. „Er sagt: ‚Du hast vielleicht ein Menschenbuch über Wale gelesen, aber ich habe ein Fischbuch über Menschen gelesen.‘ Was hältst du davon?“Alex lachte gezwungen über den Scherz seines Vaters.

„Witzig, ha, ha“, meinte er, und zu Tara sagte er: „Macht dein Vater auch immer so müde Witze?“ Tara antwortete nicht. Gerd tat, als hätte er den Kommentar seines Sohnes nicht gehört.

„Buckelwale haben ein sehr raffiniertes Kommunikationssystem. Früher konnten sie sich von einem Ende des Ozeans zum anderen unterhalten. Jetzt ist das mit dem Schiffsverkehr und den Bohrungen im Meeresboden unmöglich geworden, denn da sind zu viele Störungen. Der ganze Krach im Meer muß einem auf die Nerven gehen, wenn man so gut hören kann.“

Die See wurde unruhiger. Mein Magen war nicht mehr am richtigen Platz, aber das sagte ich keinem.

„Hier gibt es eine Menge Arten von Walen“, sagte Robert. Gerd nickte bekräftigend.

„Diese Gegend ist dafür bekannt, genau wie übrigens auch das Kabeljaukap. Man fährt sogar mit Touristen raus. So eine Fahrt zu den Walen ist sehr teuer, aber wenn man keine sieht, kriegt man sein Geld wieder.“

Zu ihm stellte sich ein Mann, der wie ein richtiger Fischer aussah. Ich stieß Tara an und deutete auf seinen Arm. Er hatte eine Tätowierung, die eine Meerjungfrau zeigte, die

an einen Pfahl gebunden war. Ihre Brüste waren bloß und ihr Gesicht war verkrampft. Tara begann zu kichern.
„Ist das Goody Hallet?“ fragte sie vorlaut.
Der Fischer schaute auf seinen Arm. „Goody Hallet?“ fragte er. „Das ist doch bestimmt die Meerhexe, vor der sich die Männer vom Kabeljaukap in die Hosen machen?“
„Warum ist sie an den Pfahl gebunden?“
„Was weiß ich“, antwortete der Fischer und ging.

31

„Eine Herde Grindwale", sagte Robert mit ausgestrecktem Arm, und seine Stimme war vor Aufregung höher als normal. Plötzlich war das Deck voller Menschen. Petr Ann verschwand blitzschnell. Alles lief herum und schrie. Das Schiff schien noch mehr zu schwanken. Roy Prescott rief uns etwas zu, was ich nicht verstand, weil der Wind seine Stimme verwehte. An den Becken sah ich mehrere Männer.
„Notch zuerst", sagte jemand nicht weit von mir. Unter Notch wurde ein seltsamer Käfig geschoben, der unten mit einer Klappe zu schließen war.
„Jedes Tier bleibt im Käfig, bis es sich wieder an das Wasser gewöhnt hat", sagte Alex, der es von seinem Vater gehört hatte. Tara sagte, das wüßte sie schon. Ich glaube, es war Bert, der den Käfig am Kran befestigte.
„Auf!" schrie Roy Prescott.
„Beeilt euch doch!" meckerte Tara. „Die Herde ist schon ein ganzes Ende weiter." Die Kranseile spannten sich. Notch wurde langsam von Deck gehoben und zur Seite geschwenkt, bis er über dem Wasser baumelte. Sein Sender war vorne an der Rückenflosse.
„Ab!" schrie Roy Prescott. Von dem Moment an ging es schief. Die Dünung der See war zu gewaltig. Der Käfig pendelte stark hin und her und wäre fast umgekippt. Das Seil löste sich. Notch fiel knallhart mit dem Käfig ins Wasser. Die Gitterstäbe brachen, der Käfig war offen, der Sender blieb an einem Tauende hängen.
Roy fluchte laut, und Alex murmelte: „Verdammt, das hätte nicht passieren dürfen." Aber Notch schien nicht verletzt zu sein. Ganz ruhig begann er seine Runden zu schwimmen. Alle brummelten und kommentierten.

„Der Sender", sagten alle. „Der Sender ist los. Schrecklich für Roy und Petr Ann. Alle Vorbereitungen für ihre Studien den Bach runter, buchstäblich den Bach runter." Notch schwamm zur anderen Bordseite.
„Warum betäuben sie ihn nicht und bringen den Sender wieder an?" fragte ich Tara. Mir war sofort klar, daß ich eine dumme Frage gestellt hatte.
„Du weißt doch, daß Wale bewußt atmen. Wenn sie bewußtlos sind, ertrinken sie."
Ich war froh, daß Alex meine Frage nicht gehört hatte. Er sah zu, wie der Kran repariert wurde. Tag und Baby mußten an Bord bleiben, bis es ruhiger wurde. Und Notch verschwand alleine, ohne das geringste Interesse für die davonschwimmende Herde seiner Artgenossen.
Am späten Nachmittag war alles so weit, die anderen beiden Grindwale ins Wasser zu lassen. Die See hatte sich beruhigt. Wir hatten Notch den ganzen Nachmittag nicht mehr gesehen, aber als ob er fühlte, daß der Moment gekommen war, tauchte er in der Ferne wieder auf.
„Das ist Notch. Er hat uns wiedergefunden!" rief Tara, denn sie erkannte ihn als erste.
„Er richtet sich wahrscheinlich nach dem Geräusch der Albatros", meinte Robert. „Unglaublich, was für ein Gehör und Gedächtnis die Tiere haben."
Tag und Baby wurden nacheinander ins Wasser gelassen. Es war ein seltsames Schauspiel: Am Kran Umrisse der schwebenden Grindwale, die sich langsam vor dem roten Hintergrund der untergehenden Sonne auf die Wasseroberfläche senkten. Sie bewegten die Schwänze ein paarmal auf und nieder, bevor sie ganz im Wasser verschwanden. Sie versanken und tauchten munter wieder auf.
Erst schwammen sie sehr schnell hin und her, nach einer Weile wurden sie ruhiger. Eine Herde Delphine kam in der Dunkelheit angeschwommen, um nachzusehen, was hier los war, und dann begannen sie, die kleine Gruppe der

Grindwale zu umkreisen. Immer wieder waren Klick- und Pfeiftöne zu hören.

„Ihr Kommunikationssystem ist unübertrefflich", fing Robert wieder an. „Sie können sich gleichzeitig auf zwei Ebenen verständigen. Sie wechseln Neuigkeiten aus, indem sie pfeifen, und gleichzeitig auch noch klicken. Als würden wir chinesich und englisch zugleich sprechen."

„Sie erzählen sich, was alles während ihrer Abwesenheit passiert ist", spann Tara den Faden weiter.

„Und die Grindwale erzählen vom Pflegebad in Boston, und von den beiden lieben Mädchen, die sie kennenlernen durften", ergänzte ich.

Tara prustete vor Lachen.

„Nicht übertreiben, Baby, die eine war ein Schatz, aber die andere war ein Scheusal", sagte sie mit verstellter Stimme.

Ich stieß ihr übermütig in die Rippen. Sie nahm mich beim Arm und führte mich zu Petr Ann, die sich mit einem Journalisten unterhielt.

„Ich bin nicht unzufrieden. Alles verlief ziemlich reibungslos, obwohl es natürlich sehr schade ist, daß Notch seinen Sender verloren hat. Aber Baby und auch Tag haben ihren noch, und das ist doch schon viel wert", sagte sie. Dann sah sie uns und sagte: „Oh, von diesen Mädchen müssen sie auch etwas schreiben. Die haben tüchtig geholfen."

Tara mußte von ihren Erlebnissen mit Baby berichten, und von uns beiden wurde eine Aufnahme gemacht. Mir taten die Augen weh vom Blitzlicht.

Alles starrte immer noch auf das Wasser.

„Es ist schon dunkel. Hoffentlich verirren sie sich nicht", sagte ich mehr zum Spaß als aus Sorge.

„Das Meer ist voller Wege", sagte Alex altklug. „Es gibt Schnellbahnen, die alle Wale deutlich spüren können, die aber kein Mensch sehen kann, weil wir nicht die richtigen Sinnesorgane haben. Aber die Schnellbahnen sagen ihnen immer, wo sie sind. Robert kam zu uns. „Manchmal geht

etwas schief“, ergänzte er. „Wegunterbrechung könnte man es nennen. Dann stranden sie. Aber das wißt ihr ja selbst.“
Draußen wurde es kalt, und darum gingen wir in unsere Kabine. Vom langen Stehen an der Reling tat mir der Rükken weh.
„Wenn ich die Augen schließe, sehe ich das Meer“, sagte Tara, die lang ausgestreckt auf ihrer Matratze lag.
„Komm, zieh mir die Schuhe aus. Ich rühre heute keinen Finger mehr.“
„Nein, zieh du mir die Schuhe aus und bring mir ein Glas Cola. Ich bin wirklich todmüde.“
Jede zog sich selbst die Schuhe aus, und dann krochen wir unter die Decke, ohne uns vorher zu waschen.

Am zweiten Tag war viel Nebel, und darum konnten wir kaum sehen, was sich auf dem Wasser abspielte. Ich trieb mich im Maschinenraum herum und sah dann zu, wie Petr Ann seltsame Figuren auf den Computerbildschirm zeichnete.
„Anna, mach, daß du wegkommst, ich muß mich konzentrieren“, sagte sie.
In der Küche war der Fischer mit der tätowierten Meerjungfrau auf dem Arm und schnitt Gemüse. „Aha, die junge Dame vom Kabeljaukap“, sagte er freundlich neckend, als ich hereinkam. Ich fragte ihn, was er kochte, und er antwortete, es würde eine Überraschung werden. Ich wüßte doch wohl, daß heute abend die gelungene Aussetzung der Grindwale gefeiert würde.
„Sind wir auch eingeladen?“
„Natürlich, der Kapitän hat alle eingeladen.“ Ausgelassen fuchtelte er mit dem Messer herum. Ein Röschen Broccoli fiel auf den Boden.
„Weißt du“, fügte er flüsternd hinzu, „wir brauchen eigentlich noch mehr Frauen zum Tanzen. An Bord sind nicht so viele, und Frau Jorssen, die ist für uns alle zu groß.

Für die bräuchten wir eine Leiter." Er lachte laut. Ich bat ihn um ein Glas Wasser und ging nach oben.
„Willst du auch einen Schluck?" fragte ich Tara, die sich ganz in ihre Decken eingewickelt hatte und ein Buch las. Sie trank und gab mir das halbvolle Glas zurück.
„Ist es kalt an Deck?" fragte sie.
„Ziemlich. Heute abend wird gefeiert. Wir müssen tanzen. Alle sind eingeladen."
„Prima", antwortete sie. „Aber ich tanze nicht."
„Alex will bestimmt gerne mit dir tanzen", neckte ich sie.
„Im Leben nicht! Der Schleimer!"
„Schleimer?" fragte ich entrüstet. „Ich finde Alex nett."
„Willst du mit ihm tanzen?"
„Ich glaube nicht, daß ich mich traue", antwortete ich. „Ich möchte, daß er mich auffordert, sonst komme ich mir blöde vor."
„Wenn er dich mag, fordert er dich auch bestimmt auf", meinte sie. Sie las ein paar Sätze in ihrem Buch. Dann sah sie mich wieder an und flüsterte: „Wenn er dich liebt, wird er dir mit den Händen zwischen die Beine fahren." Ich verschluckte mich, fing an, laut zu husten, stellte das Glas hin und lief zur Toilette. Als ich zu Atem gekommen war, wollte ich nicht zurück in die Kabine. Ich wollte nie mehr mit Tara über Jungen reden. Wenn sie darüber redete, wurde das leichte Gefühl in der Brust kalt, schmutzig, schlecht und gemein.
Tara legte mir den Arm um die Schulter.
„Tut mir leid, daß ich ihn Schleimer genannt habe", sagte sie mir ins Ohr. „Ich wußte nicht, daß du ihn nett findest."
Sie hatte sich neben mich auf die Eisentreppe zum Speiseraum gesetzt. Der Koch stellte klatschend Plastikteller auf den Tisch.
„Anna, ich sagte, es tut mir leid", sagte sie eindringlich. „Warum hast du mir nicht eher gesagt, daß du etwas für ihn übrig hast? War das womöglich geheim?" Ich schwieg immer noch. Sie legte mir die Hände in den Nacken. „Jetzt

kenne ich ein Geheimnis von dir, und das wollte ich." Sie massierte meine Schultern, bis ich weich und entkrampft war. „Komm, wir gehen in die Kabine", sagte sie. „Hier auf der Treppe ist es kalt."
Ich stand auf und ging mit ihr. In der Kabine hatte ich noch ein Buch, das ich lesen wollte. Ich drückte das Kopfkissen an die Wand und setzte mich gemütlich hin. Als ich das Buch aufschlug, fiel die Karte mit einem Regenbogen heraus. Ich rubbelte den rosa Streifen ab. Der Geruch war etwas schwächer geworden, und ich roch mehr Fisch als Erdbeeren. Ich drehte die Karte um und schrieb: FÜR TARA, VON ANNA. Ich stand auf und setzte mich zu ihr aufs Bett.
„O, das ist aber nett!" sagte sie.
„Wenn du rubbelst, kannst du alle möglichen Früchte riechen. Orange riecht auch nach Orangen, Lila nach Trauben, Gelb nach Bananen und Rot nach Erdbeeren."
Sie roch daran und las den Spruch: TRÄNEN SIND FÜR DIE AUGEN, WAS DER REGENBOGEN FÜR DEN HIMMEL IST.
„Das ist schön gesagt. Was ist damit gemeint, was glaubst du?"
Ich zuckte mit den Schultern. „Vielleicht, daß es manchmal ganz gut ist, wenn man weint, denk ich. So ungefähr."
Sie sah mich an und sagte: „Hast du vorhin auf der Toilette geweint?" Ich preßte die Fingernägel in die linke Handfläche und antwortete nicht. „Früher wollte ich nie weinen", fuhr sie fort. „Das fand ich kindisch. Aber dann kam es mir so vor, als wäre mein ganzer Kopf voll Wasser. So voll, daß ich nicht mehr denken konnte und alles nur noch verschwommen sah. Als wenn mir eines Tages die Haut platzen könnte und mindestens zehn Liter auslaufen würden. Eines Tages konnte ich es dann nicht mehr unterdrücken. Das war, weil du etwas gesagt hattest."
„Was hatte ich denn gesagt?"
„Etwas Gemeines."

„Was denn? Ich weiß es nicht mehr."
„Daß du verstehen könntest, warum meine Mutter Selbstmord begangen hat. Mit einem Kind wie mir wäre das Leben ja doch eine Hölle."
„O ja, das weiß ich noch. Aber das habe ich nur gesagt, weil ich wütend war. Ich habe das nicht so gemeint."
„Ich habe jedenfalls schrecklich geweint. Ich glaubte wirklich, es wäre meine Schuld. Ich glaubte, Mama hätte die vielen Tabletten geschluckt, weil sie von mir befreit sein wollte. Kim sagt, das wäre das Problem, daß ich mich schuldig fühle. Glaubst du, daß es meine Schuld war?"
Ich wußte nicht, was ich antworten sollte.
„Nein", sagte ich. „Ich glaube, Tante Tanja ging es so ähnlich wie den Grindwalen. Sie tat es, aber niemand weiß warum. Vielleicht hatte sie auch die Richtung verloren?"
Tara rückte ganz eng an mich heran. „Sie kapierte nichts", sagte sie mit harter Stimme. „Wenn ich versuchte, etwas zu erzählen, ging sie weg. Als ich ein Baby war, stellte sie neben meine Wiege einen Kassettenrecorder mit ihrer Stimme darauf. Dann ging sie aus dem Haus. Ich wurde im Dunklen wach und hörte immer nur ihre beruhigende Stimme flüstern: ‚Still, Taralieb, sei nur still.' Aber wie laut ich auch weinte, sie kam nie." Während sie erzählte, biß sie sich mit den Schneidezähnen in den Daumenknöchel. Mir brannten die Augen, als ich die Geschichte hörte. „Aber weißt du", erzählte sie weiter, „als die Tränen kamen, schienen auch die Wörter zu kommen. Ich habe damals das erste Mal etwas zu dir gesagt."
Das wußte ich noch. Das wußte ich noch ganz genau, und ich wünschte mir, nie mehr daran denken zu müssen. Ich wäre am liebsten wieder ein Kind von sieben Jahren gewesen, das Sandburgen baut, mit einem Dach aus Muscheln und mit Tunneln und richtigen Bäumchen am Ringgraben.

32

Die Feier begann mit einem Glas Wein. Ich war eine der ersten im Speisesaal, denn das Buch langweilte mich, und ich hatte nichts anderes zu tun. Ich trug meinen geblümten Rock, der mir nur bis über die Knie reichte, und um das Handgelenk trug ich mein Armband. Als ich dann in die Küche ging, pfiff der Fischer.

„Gibt es auch Nüsse oder Chips?“ fragte ich.

Er deutete auf die Sardellenschnittchen auf der Anrichte. „Hier, nimm eins“, sagte er.

Als ich wieder in den Speisesaal kam, waren da schon mehr Leute. Roy hatte eine Krawatte umgebunden. Ein Journalist machte Aufnahmen.

„Gut!“ sagte Petr Ann, als sie mich sah. Sie hatte Make-up um die Augen und hielt ein Glas in der rechten Hand. „Ist Tara noch nicht fertig?“

„Sie muß sich noch umziehen“, sagte ich. Ich hoffte, sie würde nicht das wunderschöne rote Kleid anziehen. Es war ein Hängekleid mit kleinen Spitzen am Saum, wie ich mir schon seit Jahren eins wünschte. Das hatte sie von ihrem Vater. Ich war dabei, als er es ihr schenkte. „Ich habe Rot genommen, weil das deine Lieblingsfarbe ist, nicht wahr, Püppchen“, hatte er gesagt.

Ein Mann mit einem Akkordeon kam herein. Ein paar Leute installierten einen Verstärker und Lautsprecherboxen. Jemand machte das Neonlicht aus und ließ nur die Lämpchen an der Wand brennen. Die Gesichter wurden in gelbes Licht getaucht, und die Musik begann zu spielen.

„Hallo“, sagte Alex. „Kann gut werden, meinst du nicht?“ Er roch nach Seife und Moschus. Ich zeigte ihm, wo er Co-

la bekommen konnte, aber er wollte noch etwas warten, sagte er.
Tara kam durch die Seitentür herein. Sie hatte das rote Kleid an. Es war am Hals hochgeschlossen und hatte unter den Ellbogen einen Besatz. Das Haar hatte sie nach hinten gekämmt und zusammengebunden. Den Kopf leicht gesenkt, kam sie zu uns.
„Das habe ich noch nie angehabt. Ich komme mir komisch darin vor", flüsterte sie mir zu.
„Hast du womöglich immer noch Angst vor Goody Hallet?" fragte ich ebenfalls flüsternd. Das hörte sich wie ein Scherz an, aber eigentlich wollte ich ihr weh tun. In meinem geblümten, kurzen Rock kam ich mir auf einmal wie eine dumme Göre vor.
Alex sah sie und kam sofort zu uns.
„Rot steht dir aber gut", sagte er, und ich stopfte mir noch ein Sardellenschnittchen in den Mund. Die waren so salzig, daß es mir den Mund verzog. Ich ging in die Küche und trank ein Glas Wasser.
Es dauerte etwas, bis die ersten zu tanzen anfingen. Es wurden Platten gespielt, die jeder kannte, und ab und zu spielte der Akkordeonspieler ein Seemannslied. Wir alberten mit Petr Ann.
„Petr Ann, hast du deinen Freund nicht mitgebracht?"
„Petr Ann, hast du überhaupt einen Freund? Wie heißt er? Wie sieht er aus?"
„Er ist groß und stark", antwortete sie.
„Größer als du?"
„O ja, viel größer. Er hat eine dunkle Haut und strahlend weiße Zähne. Er hat kleine, dunkle Augen. Seine Bewegungen sind äußerst elegant. Sein Lieblingsgericht ist Tintenfisch, natürlich auf meine Weise zubereitet. Er ist sehr ruhig und läßt sich nicht so leicht ärgern. Mal sehen, was ist er noch? O ja, er ist sehr sportlich. Er schwimmt jeden Tag."
„Kann er gut kochen?"

„Mmm, mit dem Kochen hat er so seine Schwierigkeiten."
„Und wo ist er jetzt?"
„Tja, er schwimmt gerade, glaube ich. Morgen sehen wir ihn wieder. Dann wird er mir erzählen, wie viele Kilo Fisch er verputzt hat, und wie es im Meer ist. Er wird mir natürlich auch sagen, wie sehr er mich liebt."
Alex gefiel die Geschichte. Er holte sich Salzplätzchen und brachte Tara auch welche mit. Einmal trank er aus ihrem Glas. Der Koch brachte uns eine Art gekochte Makrele, aber da waren Gräten drin, und ich spuckte mir mein Stück in die Hand, wickelte es in die Serviette und warf sie unauffällig in den Aschenbecher. Vom Zigarettenrauch tränten mir die Augen.
„Roy, rauchst du eine Pfeife?" hörte ich Petr Ann rufen. „Gib her, wir machen eine Friedenspfeife daraus." Sie zog daran und stieß Rauchringe aus.
„Hmm, schmeckt besser als ich dachte", sagte sie. Die Musik wurde lauter gestellt, und Bert dämpfte das Licht, indem er Kleidungsstücke über die Lampen hängte.
„Willst du, daß es hier gleich brennt?" rief jemand.
„Keine Sorge", antwortete er. Mehr und mehr Füße begannen, sich im Rhythmus zu bewegen. Tara legte die Wange an meinen Oberarm.
„Immer noch größer als ich. Du wärst eine gute Tanzpartnerin."
Das Schiff schaukelte ein wenig, es schien wieder Wind aufzukommen. Ich dachte an die drei Grindwale da draußen im kalten atlantischen Ozean. Seit gut zwei Stunden folgten wir ihnen nicht mehr. Die Studien waren beendet. Offensichtlich keine nennenswerten Anpassungsprobleme.

„Ich vermisse meinen Vater", unterbrach Tara meine Gedanken. „Ich finde es so schlimm, daß er da ganz alleine in dem Heim sitzt, während ich hier feiere und meinen Spaß habe. Wäre er doch nur hier."

Ich versuchte, mir vorzustellen, er wäre hier, würde eine Makrele essen, an seinen Fingern ziehen, bis die Gelenke knackten, den Discjockey fragen, ob er für seine Tochter eine besondere Platte auflegte, natürlich von Frank Sinatra.
„Tara, sollen wir tanzen?“ hörte ich Alex fragen. Sie schien zu zweifeln, ging dann aber doch mit. Über seine Schulter schnitt sie mir Grimassen. Ich setzte mich an einen Tisch und beobachtete das tanzende Paar. Ihre Hände lagen auf seiner Schulter, wie sie sie vor ein paar Wochen auf Babys Schultern gelegt hatte: nur ihre Handflächen berührten ihn, die Finger hatte sie hochgebogen. Den Kopf hielt sie die ganze Zeit zur Seite gedreht, und mit den Beinen blieb sie ungeschickt weit von ihm weg.
„Wenn Alex sie jetzt an sich zieht, schreit sie und läuft weg“, sagte ich mir. Aber er tat es nicht. Er führte sie, als tanze er mit einer gläsernen Puppe. Sogar als die Musik langsamer und die Stimmung intimer wurde, blieben sie hölzern auf Abstand. Es war ein seltsamer Anblick, wie sie da tanzten, er mit seiner dünnen Hand auf dem glänzenden Stoff ihres Kleides. Das erinnerte mich an etwas, an das ich schon lange nicht mehr gedacht hatte. Zum Beispiel an ein vergilbtes Bild von Tara hinter dem Schrank in der Garage. Oder an die Wände der Strandvilla mit den Kreidezeichnungen von Fischen und Flaschen. An ein Glas Fruchtlimonade ohne Kohlensäure auf einer brütendheißen Terrasse. An einen Mann und eine Frau im Rollstuhl am Strand. An eine breite Holztreppe mit einem Geländer aus einem anderen braunen Holz. Ans Baden gehen und hinterher unter einem Handtuch den Badeanzug von der Haut pellen und Sand finden im Nabel und in den Ohren. An Jungen, die Skateboard fahren, über Huckel, Treppen hinunter, auf Bänken und durch die Blumen von Makepeace. An ein Schild, auf dem steht: ZU VERMIETEN.
Je länger Tara tanzte, desto unsicherer wurden ihre Augen. Ihr Blick suchte mich, und sie sah mich an wie eine ängstli-

che Katze. Als die Musik endete, riß sie sich los. Sie kam sofort zu mir.
„Hat's dir gefallen?"
„Ich tanze nicht mehr", antwortete sie kurz. „Ich find's nicht so gut."
„Wieso, er hat doch nichts..."
„Er riecht nach Zwiebeln", sagte sie schnell. Und dann verließ sie den Saal durch die Seitentür. Es dauerte eine ganze Weile, bis sie wiederkam. Sie trug wieder die kaputte Jeans und das ausgebleichte T-Shirt. Wie ein Spuk mogelte sie sich hinter den Rücken der Leute in eine Ecke. Alex fragte sie etwas, aber sie schüttelte den Kopf.
„Ich würde mit dir tanzen, wenn Tara keine Lust mehr hat", sagte ich, als er sich zu mir setzte.
„Erst ein bißchen verschnaufen", sagte er. Wir schauten zu Tara hinüber. Ich dachte: Sie ist so schlimm verletzt. Das muß weh tun. Vielleicht vergeht der Schmerz irgendwann einmal. Vielleicht darf man sie eines Tages wieder berühren, wie Baby.
Petr Ann saß an einem Tisch und hatte ein Glas Bier vor sich stehen. Sie zog an ihrer Pfeife und lächelte Tara in der Ecke zu. Dann trank sie ihr Glas bis zur Neige aus.

anrich:

Eigenwillig und auf der Suche ...

Kratzspuren
Von Katarina von Bredow
144 Seiten, fest gebunden, ab 14

Sie ist schon sehr eigenwillig, und eckt manchmal ganz schön an bei den Erwachsenen und auch bei ihren Freunden. Aber das ist Felicia egal, sie liebt ihre Freiheit und mag das leichte Chaos in ihrem Leben. Bei ihrem Vater, dem Künstler, und dessen Freund Anton, dem Dichter, genießt sie ziemliche Freiheit, und die Regeln, die sie sich gibt, oder die ihr Vater ihr setzt, sehen völlig anders aus als die Regeln im Elternhaus ihrer Freundin Katja. Trotzdem verstehen die beiden Mädchen sich gut.
Und Felicia weiß ziemlich genau, was sie will und was sie nicht will. Auf keinen Fall will sie zu ihrer Tante in die Stadt ziehen, um in „ordentlichen“ Verhältnissen zu leben.
Aber dieser Sommer ist für Felicia auch eine Zeit der Verunsicherungen, und daran ist Simon, Katjas Cousin, nicht ganz unschuldig.

– Leseprobe –

aus Katarina von Bredow: Kratzspuren

Egon Almgren sah herausgeputzt und ein wenig nervös aus und zupfte hin und wieder an seinen blauen Anzugärmeln, als ob er seine ausgeleierte Wildlederjacke vermißte. Felicia spürte seine mißbilligenden Blicke auf ihre nackten, braungebrannten Füße, als die Klasse im Pulk durch die Vorhalle in die Kirche lief. Der Steinboden war kühl, glattgetreten und angenehm, um darauf zu gehen. Felicia taten alle anderen extrem leid, die Schuhe anhatten. Sie stellte sich vor, wie die Kirche sich immer mehr mit jammernden und stöhnenden Füßen füllte, die nichts lieber täten, als ihre verschwitzten Zehen auf dem balsamweichen Steinboden der Kirche auszubreiten.

Katja griff nach ihrem Arm und zog sie wieder auf die Erde hinunter.

„Weißt du was?!“ flüsterte sie so aufgeregt, daß Speichel in Felicias Ohr spritzte. „Simon kommt heute zu uns! Er bleibt den ganzen Sommer! Ich bin so verknallt in ihn, daß ich sterben könnte!“

„Woher willst du das wissen? Du hast ihn doch schon seit über einem Jahr nicht mehr gesehen. Vielleicht hat er inzwischen eine große, klobige Nase und so einen dünnen, flaumigen Schnäuzer ...!“

„Du bist ja bescheuert! Er ist doch erst vierzehn!“

„Sieh dir doch Klas an! Der ist auch vierzehn!“

Als Klas seinen Namen hörte, drehte er sich unruhig um. Felicia und Katja kicherten so laut, daß Almgren sie zur Ruhe ermahnen mußte.

Simon war Katjas Cousin. Der Sohn vom Bruder des Pastors. Simon wohnte immer mal wieder bei der Pastorenfamilie, weil sein Vater öfter ins Krankenhaus mußte.

„Was ist eigentlich mit Simons Vater?" fragte Felicia, als sie sich in die Kirchenbänke drängten.

„Weiß nicht so genau. Irgendwas mit dem Herzen. Papa sagt, daß er schon ganz lange krank gewesen ist."

„Fies."

„Ja."

Katja zog ihren Rock ordentlich zurecht, bevor sie sich setzte.

Die harte Holzbank scheuerte an Felicias knochigem Rücken, während eine Grundschulklasse nach der anderen von Vögeln und Eichhörnchen sang und den Eltern, die sich hinten in der Kirche versammelt hatten, Rührungstränen in den Augen standen. Auf der einen Seite von Felicia saß Viktor und las die neuste Nummer vom *Phantom*. Auf der anderen Seite saß Katja und fragte sich selbst die Kirchenlieder aus dem roten Gesangbuch ab. Sie konnte siebenundneunzig Kirchenlieder auswendig. Mit allen Strophen!

Felicia sank in die Bank und sah zu den leeren Bögen unter dem Dach hoch. Die Kirche war aus dem neunzehnten Jahrhundert. Sie dachte an die Kirchen, in denen sie mit dem Künstler gewesen war. Kleine Kirchen mit weißen Wänden und Resten mittelalterlicher Malereien. Sie erinnerte sich an die abgeblätterten Gesichter und die Stimme des Künstlers, wenn er erzählt hatte. Anton wartete fast immer draußen. Einmal, als Felicia vor dem Künstler rausgegangen

war, hatte sie ihn mit seinen langen, feinen Händen über die rauhe weiße Außenmauer der Südseite tasten sehen, als ob er nach einem Eingang suchte.
Endlich hatte auch die letzte Grundschulklasse fertiggesungen, und der Pastor trat aus dem Schatten hervor. Er war der Chef von Katjas Vater. Katja stellte das Gesangbuch weg und lauschte andächtig der Stimme, die von den Wänden widerhallte, so daß die Worte verzerrt klangen und ineinander übergingen. Felicia schielte zu ihr hinüber. Wie konnte man bloß an Gott glauben?
Für Katja war das selbstverständlich. Wie das Atmen. Wie konnte man NICHT an Gott glauben?
Felicia mochte es nicht, wenn Katja so religiös aussah wie jetzt. Dann schoß eine Mauer aus dem Ginnungagap empor. Auch, wenn Felicia manchmal schon verstehen konnte, daß der Mensch sich einen Gott erfinden mußte, der alles zusammenhielt, würde sie niemals begreifen, was das ganze kirchliche Brimbamborium mit Gott zu tun hatte. Sie seufzte erleichtert, als der Pastor dort vorne die erlösenden Worte sprach:
„Und jetzt erheben wir uns alle zusammen und singen ‚Geh aus, mein Herz, und suche Freud'."
Katja sang mit einer Ernsthaftigkeit, die ihr Gesicht porzellanartig erscheinen ließ. Sie und der Pastor übertönten alle anderen. Felicia konnte es nicht lassen, eine von Katjas weichen Schraubenzieherlocken zurückzustreichen und ihr ins Ohr zu flüstern:
„Stell dir mal vor, wie witzig das aussehen würde, wenn er unter dem weißen Talar einen Ständer kriegt!"

Katjas Gesicht verfärbte sich dunkelrot, und sie stieß Felicia wütend einen Ellenbogen in die Rippen. Das tat weh.
„Glaubst du etwa, daß Pfarrer keinen hochkriegen?! Wie bist du dann selbst entstanden? Durch jungfräuliche Geburt vielleicht?!"
„Kannst du nicht mal den Mund halten?!" fauchte Katja.
„Schwanz!" sagte Felicia.
Viktor neben ihr fing unkontrolliert an zu kichern, und Almgren in der Bank vor ihnen drehte sich um. Er war verschwitzt und sah aus, als ob sein Schlips ihn strangulieren würde. Das gelblich bleiche Haar klebte in seiner Stirn.
„Felicia!"
Viktor erzählte Andreas, was Felicia gesagt hatte, und Andreas beugte sich über Viktors Comic. Er hatte einen großen Pickel mitten auf dem Kinn.
„Du kriegst einen Zehner, wenn du das noch mal sagst! Aber lauter!"
„Sag's doch selber", sagte Felicia.
„Jetzt haltet aber endlich mal den Schnabel!" sagte Almgren.
Als der Abschlußgottesdienst vorbei war und alle drängelten, um schleunigst in die Sommerferien hinauszukommen, war Katja immer noch sauer. Das konnte man an ihrem gesenkten Blick und den rosa Flecken auf den Porzellanwangen sehen. Almgren hatte ebenfalls ziemlich miese Laune. Er griff hart nach Felicias Arm.
„Bei dir muß man aber auch mit allem rechnen! Man muß sich wirklich die Augen aus dem Kopf schämen!

Und wie du schon wieder aussiehst! Abgerissen und barfuß wie eine Zigeunergöre! Wenn es nicht so vollständig sinnlos wäre, würde ich mal wieder bei deinem Vater anrufen!"

Es gelang Felicia, sich loszumachen und sich unter die Klassenkameraden zu mischen. Ihr folgte ein langer Wortschwall darüber, was für ein verantwortungsloser Taugenichts der Künstler sei.

Wenn man einssiebzig ist und rotes Haar hat, kann man sich nicht in einer Volksmenge verstecken, aber man kann auf alle Fälle Abstand halten, und Almgren machte seinerseits keine ernsthaften Anstalten, an sie heranzukommen. Wahrscheinlich wollte er auch so schnell wie möglich Sommerferien haben wie die anderen. Felicia stellte sich ganz hinten in die Gruppe, als er sie auf der Rasenfläche zusammentrommelte und ihnen einen schönen Sommer wünschte.

Auf dem Weg zur Bushaltestelle holte sie Katja ein, die geradeaus marschierte, ohne sich umzusehen.

„Sei doch nicht sauer", sagte Felicia. „Ich entschuldige mich auch."

Entschuldigungen zogen immer bei Katja. Sie verlangsamte ihr Tempo.

„Wann kommt Simon?" fragte Felicia, um Katjas Stimmung noch ein wenig mehr zu heben.

„Jeden Augenblick. Vielleicht ist er schon da."

Erst als der Bus sie mit sich nahm und die Anhöhe auf die Landstraße hinauffuhr, spürte Felicia die Sommerferien in ihrem Körper. Sie sah die Fichten und die Felder und erinnerte sich an den Gesang.

Jetzt gab es für heute abend schon zwei Sachen für das Notizbuch. Sie war zu Fuß bis in den Ort gegan-

gen, und sie hatte in der Kirche Schwanz gesagt. Ziemlich laut und deutlich sogar.
Felicia grinste vor sich hin.
„Außerdem haben sie Hosen drunter", sagte Katja an ihrer Seite.
Felicia sah verwirrt aus ihren Gedanken auf.
„Was?"
„Die Pastoren", sagte Katja. „Sie tragen Hosen unterm Talar. Man würde es also gar nicht sehen, wollte ich damit sagen."
„Ach so", sagte Felicia. „Du mußt es ja wissen."